EL FESTÍN DE UHTRED

BERNARD CORNWELL
y SUZANNE POLLAK

EL FESTÍN DE UHTRED

El mundo de Northumbria, el último reino

Traducción de Mariana Planas

Consulte nuestra página web: https//www.edhasa.es
En ella encontrará el catálogo completo de Edhasa comentado.

Título original: *Uhtred's Feast: Inside the World of The Last Kingdom*

Diseño de la sobrecubierta: Calderón Studio®

Primera edición: septiembre de 2024

Diputación, 262, 2.º1.ª
08007 Barcelona
Tel. 93 494 97 20
España
E-mail: info@edhasa.es

ISBN: 978-84-350-6445-3

Impreso por Liberdúplex

Depósito legal: B 14769-2024

Impreso en España

Cuando utilice utensilios de cocina, siga siempre las instrucciones del fabricante. Si cocina a fuego abierto o en un horno no convencional, sea cuidadoso y busque ayuda profesional si es necesario.

El banquete de Uhtred está dedicado a Jordan Enzor, cuyos extraordinarios conocimientos fueron de gran ayuda para este libro.

Nuestro agradecimiento

ÍNDICE

EL NACIMIENTO DE INGLATERRA

Me crie en la costa de Essex, un lugar de marismas, estuarios y ríos. Desde el tejado de mi casa podía ver cómo el Támesis se ensanchaba en su enorme estuario y cómo los barcos navegaban río arriba hacia Tilbury o hacia los muelles de Londres. Las embarcaciones de vela eran habituales, sobre todo aquellas barcazas que cruzaban el Támesis con sus enormes velas cangrejas de color marrón rojizo transportando productos agrícolas a la ciudad. Pero también recuerdo que me cautivaba la visión de un barco alto, con todas las velas desplegadas, haciendo la misma travesía.

Lo que contemplaba era un reflejo del pasado. El Támesis, por supuesto, fue durante mucho tiempo una de las principales vías navegables de Inglaterra. Barcos romanos de vela cuadrada entraban y salían de él, mientras que, mucho más tarde, algunos de nuestros buques de guerra más famosos, como el *HMS Victory*, se construyeron en sus orillas y navegaron triunfantes en los océanos del mundo.

Sin embargo, de niño, me interesaban más otros barcos que habían frecuentado el estuario, embarcaciones que habían sembrado un verdadero pánico: los barcos de asalto de los famosos vikingos. Recuerdo que, cuando tenía seis años, el príncipe Georg de la casa real danesa visitó el pueblo cercano de Ashingdon y regaló a sus habitantes una bandera danesa y una maqueta de un barco vikingo, que todavía se exhibe en la iglesia parroquial de San Andrés. El motivo de este gesto de generosidad era conmemorar la batalla de Assandun entre el rey Canuto de Dinamarca y el rey Edmundo II de Inglaterra, conocido como Edmund Ironside. Los daneses ganaron, y Canuto se convirtió en rey de Inglaterra. Ya desde pequeño, me apasionaba la historia, y la presencia del barco suspendido en la nave de San Andrés despertó mi imaginación y curiosidad.

Una década más tarde, descubrí el poema anglosajón *La batalla de Maldon*, que describía un combate entre Byrhtnoth, líder de un ejército de sajones del este, y un ejército vikingo que se había instalado en la isla de Northey, en el río Blackwater, no muy lejos de Ashingdon. Una vez más, los vikingos ganaron, pero recuerdo que un profesor me dijo que el poema era «fantasioso», porque los sajones, ubicados en la orilla del río, nunca podrían haber oído un desafío clamado en voz alta desde la isla; estaba demasiado lejos. La duda nos llevó a mí y a unos amigos hasta Maldon, donde demostramos que dicho llamado sí era audible. Esta expedición se transformó en la única investigación original importante que he llevado a cabo.

Fue ya en mi infancia cuando se despertó en mí un interés constante por el periodo anglosajón, aunque pronto me di cuenta de que era un completo ignorante al respecto. En algún momento entre la retirada de los romanos de Britania y la llegada de los normandos, se había creado un país llamado Inglaterra, y, a pesar de que había recibido una educación más que suficiente, no tenía idea alguna de cómo había podido suceder tal cosa. También me di cuenta de que no era el único: un currículo escolar inglés afirmaba que la historia de Inglaterra empezaba en 1066. Es casi como si no hubiera existido historia antes de la llegada de Guillermo el Conquistador, salvo por los relatos en la escuela primaria sobre Alfredo quemando los pasteles de una campesina y el rey Canuto fracasando en su intento de hacer retroceder la marea.

En 1939, una canción grabada, entre otros, por Dame Vera Lynn, se hizo muy popular. Se llamaba *There'll always be an England*, y hacía referencia a que Inglaterra siempre había existido, aunque, en 1939, apenas tenía algo más de mil años. Su creación ocurrió durante esa historia previa al año 1066. Por desgracia, no podemos establecer una fecha exacta para ese acontecimiento trascendental, mas, en algún momento del otoño del año 937, el ejército anglosajón dirigido por el rey Æthelstan derrotó a un ejército combinado de vikingos y escoceses en un lugar llamado Brunanburh. La batalla de Brunanburh fue una de las más importantes de la historia de Inglaterra, y durante años recibió el nombre de «la gran batalla» e inspiró a la *Crónica anglosajona* a incluir pasajes poéticos en verso:

> Nunca hubo tanta matanza
> en esta isla, nunca antes tanta
> gente fue abatida
> por el filo de espada, como los libros y viejos sabios
> confirman, desde que los anglos y sajones
> navegaron hasta aquí desde el este,
> buscando a los britones por los anchos mares.
> Aquellos orgullosos forjadores de guerra
> vencieron a los galeses,
> señores hambrientos de gloria,
> y se hicieron dueños de esta tierra.*

Puede que realmente fuera una gran batalla, pero, sin embargo, pronto fue olvidada e incluso el lugar donde se libró también cayó en el olvido. Ahora sabemos que el enfrentamiento tuvo lugar en Wirral, y, aunque es tentador afirmar que fue el momento en que Inglaterra nació, es más acer-

* Traducción de la traductora.

tado verlo como una parte del proceso, que había comenzado mucho antes, cuando el abuelo de Æthelstan, el rey Alfredo, tuvo la ambición de unificar los diferentes reinos anglosajones.

Durante el reinado de Alfredo existieron cuatro reinos: Wessex, en el sur; Anglia Oriental, en el este; Mercia, en las Tierras Medias; y Northumbria, que se extendía hasta la frontera escocesa. Dos de esos reinos, Anglia Oriental y Northumbria, estaban bajo dominio danés. Mercia sufría la presión constante de los daneses, y, al aparecer, sólo Wessex estaba a salvo bajo el gobierno sajón.

La situación cambió en el 878, cuando los vikingos daneses invadieron Wessex y expulsaron a Alfredo a los pantanos de Somerset, donde se convirtió en fugitivo. De algún modo, logró reunir un ejército que derrotó a sus enemigos en Ethandun, y en los años siguientes, bajo el reinado de su hijo, el rey Eduardo, Mercia se convirtió en parte de Wessex y los sajones vencieron a los daneses en Anglia Oriental. La ambición de Alfredo era unificar todas las tierras en las que se hablaba inglés, la lengua de anglos y sajones. No sólo el idioma uniría a los pueblos, sino también la religión. Los daneses y otros hombres del norte que poseían una gran cantidad de tierras en Britania eran paganos, y Alfredo estaba decidido a que se cristianizaran.

La victoria en Brunanburh debilitó el control de los hombres del norte sobre Northumbria, y, en poco tiempo, el reino se convirtió en parte de lo que se llamaría Engla-land (Inglaterra). Hubo otras luchas para consolidar la conquista, mas, cuando los normandos (descendientes de vikingos, como su nombre indica) invadieron Inglaterra, descubrieron un país unido con un sistema de gobierno, impuestos y leyes eficaces. Los alguaciles de la comarca, de donde procede la palabra *sheriff*, eran los encargados de vigilar el cumplimiento de la ley. Las comarcas fueron invenciones sajonas, pero bajo los normandos se utilizó la palabra «condados», ya que era más común, y la figura del *sheriff* fue relegada al lejano oeste americano.

Existe una contradicción en la historia de la conquista sajona de Inglaterra. La lucha contra los hombres del norte fue casi una repetición de una invasión anterior, cuando los sajones llegaron por primera vez a Britania. Esto ocurrió cuando los romanos abandonaron la isla y dejaron atrás una cadena de fuertes a lo largo de la costa oriental, diseñada para ahuyentar a los sajones. Esos fuertes fracasaron, y una sucesión de invasores anglos y sajones desembarcaron y expulsaron a los britanos nativos hacia lo que hoy es el sur de Escocia, Gales, Cornualles, o bien hacia el sur a través del mar hasta Bretaña. Resuena un eco de aquella despiadada época en el texto de la *Crónica anglosajona* sobre Brunanburh, que sostiene que la famosa batalla representó la mayor masacre de la historia. Recordemos:

> ... desde que los anglos y sajones
> navegaron hasta aquí desde el este,
> buscando a los britones por los anchos mares.
> Aquellos orgullosos forjadores de guerra
> vencieron a los galeses,
> señores hambrientos de gloria,
> y se hicieron dueños de esta tierra.

Este poema, escrito en el año 937, también refleja la victoria sobre un antiguo enemigo y la celebración de la derrota de un nuevo adversario, del que la *Crónica anglosajona* dejó registro por primera vez en el 787. En ese año, tres barcos arribaron a las costas de Wessex.

> El alguacil cabalgó hasta el lugar y los obligó a ir a la ciudad del rey porque no sabía quiénes eran, y entonces lo mataron. Éstos fueron los primeros barcos de hombres daneses que buscaron la tierra de la raza inglesa.

Es posible que aquellos tres barcos hayan sido los primeros, aunque no fueron los últimos. Más y más saqueadores atacaron las costas británicas. El asalto más estremecedor se produjo en el 793, cuando los hombres del norte saquearon los monasterios de Lindisfarne y Jarrow. Los robos y asesinatos en Lindisfarne, bien visibles desde las murallas de Bebbanburg, horrorizaron a los sajones:

> Este año llegaron las espantosas advertencias sobre la tierra de Northumbria, aterrorizando a la gente de la manera más cruel. Eran inmensas hojas de luz que se precipitaban por el aire, y vientos torbellinos y dragones de fuego volaban por el cielo. Muy pronto, estas trágicas señales fueron seguidas de una gran hambruna. Y no mucho después, en el sexto día antes de los idus de enero del mismo año, las atroces incursiones de los paganos, llenas de robos y matanza, provocaron lamentables estragos en la iglesia de Dios, en la isla sagrada.

Sin embargo, estos ataques no dejaban de ser incursiones. Los asaltantes llegaban, prendían fuego a todo, robaban, mataban, conseguían esclavos y se marchaban. No obstante, todo cambió en el año 865, cuando un gran ejército vikingo zarpó de Irlanda hacia Inglaterra y, en lugar de asaltar y marcharse, se quedó allí. Su líder era Ivarr Ragnarson, más conocido como Ivarr «el Deshuesado», hijo de Ragnar Lodbrok, quien había muerto en el año 865 a manos del rey de Northumbria. Por lo visto, Ivarr quería vengarse, ya que lideró su ejército hasta Northumbria y se apoderó del reino. Desde ese momento, las amenazas no eran sólo por las incursiones costeras, sino también por la existencia de reyes y caudillos daneses que se habían asentado. Los daneses controlaban la mayor parte del norte y este de Inglaterra, y querían adueñarse de todo. En el 876, la *Crónica* relata que los invasores se habían «repartido las tierras de Northumbria y se dedicaban a cultivar y ganarse el sustento». Los saqueadores no labraban la tierra a menos que tuvieran intenciones de estar allí cuando llegara la cosecha. Se habían convertido en colonos, y, si los sajones querían recuperar lo que les pertenecía, tenían que derrotarlos.

En el 878, antes de la batalla de Ethandun, parecía que los sajones habían fracasado, que su destino era seguir a los britones al exilio y que los orgullosos guerreros eran los daneses. No obstante, Alfredo desafió ese destino al derrotar al gran ejército pagano* en Ethandun, con lo que conservó el reino de Wessex. Fue allí donde comenzó la lucha para unir a los reinos sajones en un solo país.

Y fue una verdadera batalla. Los invasores sajones se habían apoderado de una tierra en la que los romanos habían introducido el cristianismo, y los nuevos dueños de esa tierra eran paganos que preferían a los antiguos dioses del norte, como Odín y Thor. En el siglo VII, mediante un esfuerzo misionero iniciado por el papa Gregorio I, se logró convertirlos a la fe cristiana. Pese a que la conversión no fue inmediata, la «nueva» religión fue sustituyendo poco a poco a las antiguas creencias paganas. Northumbria fue el último de los cuatro reinos en establecer el cristianismo como religión oficial. Sólo un optimista podría haber pensado que adorar al Príncipe de Paz pondría fin a la violencia entre los reinos sajones, así como entre éstos y los vecinos escoceses y galeses, ya que, por un lado, los botines de guerra resultaban más atractivos que las recompensas que brindaba la paz, y, por el otro, la necesidad de difundir el Evangelio justificaba la lucha contra los paganos y la consideraba una acción noble. Alfredo estaba decidido a recuperar la mayor cantidad posible de tierras sajonas, pero junto a esa ambición había otra: convertir a los paganos. La lucha por

* El «gran ejército pagano» fue un ejército vikingo de origen danés que conquistó gran parte de Inglaterra a finales del siglo IX. *(N. de la T.)*

alcanzar la unidad de Inglaterra era tanto religiosa como territorial.

En el centro de esta batalla estaba el atractivo de Inglaterra; no el concepto de nación, sino la naturaleza del territorio que terminaría perteneciendo a los ingleses. En general, los hombres del norte venían de tierras que no ofrecían grandes pastizales ni cultivos abundantes, pero Britania sí los tenía. Era una época en la que las comunidades tenían que vivir de la tierra, y, cuanto más fértil era, mejor se vivía, tanto Inglaterra como Irlanda contaban con grandes superficies óptimas para el cultivo. Éste era el botín que los sajones les habían ganado a los britanos y que ahora perdían en manos de los vikingos, quienes, al igual que ellos, se habían apoderado de muchas granjas en actividad; se estaban adueñando y explotando una economía ya establecida, una economía agrícola próspera.

Los sajones conquistados, al igual que los britanos derrotados antes que ellos, sin duda se quejaban a sus nuevos gobernantes; sin embargo, la vida no habría sido muy diferente, una vida impuesta por las estaciones del año y la necesidad de atender los cultivos y el ganado. Para un campesino sajón, es probable que no hubiera ninguna diferencia entre cavar una zanja para un vikingo o para un sajón, al menos no hasta que su hija se casara con uno de los seguidores del vikingo y sus nietos crecieran hablando una mezcla de ambos idiomas. En vez de pedir *eyren* para desayunar, pedirían huevos; y, a medida que crecían, incorporarían cada vez más palabras vikingas a la lengua inglesa. En el libro *The Stories of English*, de David Crystal, se enumeran dos docenas de palabras que han sobrevivido desde su origen nórdico hasta el inglés moderno: *anger* (ira), *awkward* (incómodo, embarazoso), *bond* (lazo, vínculo), *cake* (tora), *crooked* (torcido), *dirt* (tierra), *dregs* (sobras), *egg* (huevo), *fog* (niebla), *freckle* (peca), *get* (obtener, conseguir, ganar), *kid* (niño, niña), *leg* (pierna), *lurk* (acechar, merodear), *meek* (humilde, dócil, modesto), *muggy* (húmedo), *neck* (cuello), *seem* (parecer), *sister* (hermana), *skill* (habilidad), *skirt* (falda), *smile* (sonrisa), *Thursday* (jueves), *window* (ventana).

Ésta es una breve lista. Hay muchas más palabras en inglés moderno que introdujeron los escandinavos, como *they* (ellos, ellas), *their* (suyo, suya, de ellos, de ellas) y *them* (los, las). En fin, a pesar de la guerra y la enemistad religiosa, los invasores empezaron a integrarse. Hicieron más que aportar palabras y ADN a su nueva tierra, pues también cambiaron sus nombres. Si vives en el norte o el este de Inglaterra, en algún lugar cuyo nombre termina en *by*, *toft* o *thorpe*, es casi seguro que resides en tierras que, alguna vez, pertenecieron a los vikingos.

Yo crecí en un pueblo de Essex llamado Thundersley. Éste se asienta sobre una prominente cresta con vistas al estuario del Támesis. El nombre significaría «cresta de Thunor» (Thunor es el dios Thor), y es probable que fuera una denominación sajona para conmemorar su antigua lealtad a Thor, pero no cabe duda de que había asentamientos vikingos en los alrededores. La creencia local insistía en que la colina Bread and Cheese, que conducía a la cima de la cresta, debía su nombre al grito de guerra de los sajones, que blandían sus afiladas espadas de hoja ancha al enfrentarse al enemigo. Durante mucho tiempo he querido creer esta historia, pero todavía no estoy convencido.

Tuve la suerte de crecer en un lugar impregnado de historia, aunque no comprendiera del todo lo enmarañada que dicha historia estaba. Sin embargo, el destino parece haberme llevado a la costa de Northumbria, donde, a mediados del siglo VI, un caudillo anglosajón llamado Ida «el Portador de la Llama» condujo a sus guerreros hasta la orilla y se apoderó de una fortaleza de madera construida en la cima de una enorme roca volcánica. Su nieto amplió en gran manera las tierras controladas por la fortaleza y, al morir, se la dejó a su esposa, Bebba, por lo que pasó a conocerse como Bebbanburg: la fortaleza de Bebba. Bebbanburg aún existe, sólo que hoy se conoce como el castillo de Bamburgh y está construido de piedra en lugar de los muros de madera que Ida conquistó y habitó.

Nada de esto habría tenido algún significado para un niño que vivía en la cresta de Thor, en el condado que recibe el nombre por los sajones del este, bien al sur de Bebbanburg. Sin embargo, en la madurez conocí a mi padre biológico, que vivía en la Columbia británica y tenía un árbol genealógico que se remontaba hasta Ida el Portador de la Llama y más allá del mismísimo Odín. Por aquel entonces, había decidido que quería escribir una serie de novelas que narraran más o menos la creación de Inglaterra e, indagando en mi árbol genealógico, descubrí algunos antepasados llamados Uhtred que habían vivido durante ese periodo. Cuando nací, me dieron el apellido de mi madre, pero mi padre, que nunca se casó con ella, se llamaba Oughtred. El vínculo era obvio, y decidí contar la historia del nacimiento de Inglaterra mediante un personaje llamado Uhtred.

Uhtred es sencillamente un personaje ficticio, y, si he hecho estragos con su historia real es porque, en primer lugar, como descendiente, creo que tengo derecho a hacerlo, y, en segundo lugar, porque se sabe muy poco de los verdaderos hombres llamados Uhtred que vivieron hace más de mil años. Es muy probable que los haya ofendido al proponer que mi personaje sea pagano, pero su lealtad a la antigua religión sajona hace que sus encuentros con el piadosísimo rey Alfredo sean más interesantes. No quiere decir que la vida de mi Uhtred, aparte de negociar la piedad de Alfredo, sea aburrida, ya que él vive los tortuosos y brutales acontecimientos que dan origen a Inglaterra.

No fue una creación fácil. Para hacer realidad la ambición de Alfredo, los gobernantes de Wessex tuvieron que superar los prejuicios nacionalistas de los anglios del este, los mercios y los northumbrios, y además los cuatro reinos tenían un historial de guerras entre ellos. Eran rivales, y la rivalidad solía acabar en un baño de sangre. Otros reyes ya habían querido unificar la Inglaterra sajona. Uno de ellos, el más famoso, fue Offa de Mercia, que gobernó no sólo Mercia, sino también Kent y partes de Anglia Oriental. Algunos documentos lo califican de *Rex anglorum*, es decir, rey de los ingleses, pero este título no es más que una adulación, ya que nunca llegó a tener dominio sobre la totalidad de lo que se convirtió en Inglaterra. Sin duda, fue un exitoso rey guerrero, pero el título de «rey de los ingleses» describe una ambición más que un logro.

La causa de la unificación de Inglaterra se vio favorecida por la irrupción de un nuevo enemigo. «Líbranos, Señor, de la furia de los hombres del norte», escribió un monje irlandés. Los hombres del norte eran los vikingos, aventureros escandinavos que, con sus barcos de magnífico diseño y armas letales, zarpaban de su tierra natal para robar tesoros del resto de Europa, oro y plata que por lo general se encontraban en edificios señalizados con una cruz, así como cualquier otra cosa que pudiera venderse, incluidos los humanos. Existían prósperos mercados de esclavos para la venta de prisioneros, y el surgimiento de la esclavitud a Britania data mucho antes de los vikingos.

Estar junto a un río como el Blackwater, en Essex, implica comprender el terror que generaban los vikingos; es imaginar sus barcos con cabeza de dragón acercándose despacio río arriba en un amanecer brumoso, con los bancos de remeros llenos de guerreros insensibles que bajarían a tierra con hachas, lanzas y espadas para llevarse lo que quisieran: tu ganado, tu cosecha, tus pertenencias, tu mujer, tus hijos... Toda tu vida. Los vikingos, que parecían imparables, representaban una amenaza cruel para los sajones, al igual que éstos lo habían sido para los britanos. Rápidamente ocuparon la mayor parte de Northumbria, tomaron Anglia Oriental y comenzaron a hacer importantes incursiones en Mercia. Fue el peligro inminente de su victoria final lo que obligó a Wessex y Mercia a dejar atrás las viejas enemistades y forjar una alianza para hacer frente a los invasores. Durante un tiempo, intentaron sobornar a los daneses para mantener la paz mediante el pago de un impuesto llamado *danegeld.* No obstante, esto sólo sirvió para aumentar la avaricia de los vikingos, así que la única solución era la guerra. En el 878, parecía que los daneses habían ganado la batalla: invadieron Wessex con éxito y obligaron a Alfredo a exiliarse en los pantanos de Somerset. Fue el momento de mayor debilidad para los anglosajones, pero, de manera milagrosa, Alfredo consiguió reunir un ejército y derrotar a sus enemigos en Ethandun. Durante el resto de su reinado y el de su hijo Eduardo, el ejército dirigido por los sajones occidentales logró hacer retroceder a los invasores.

Fue Alfredo quien diseñó la estrategia de aquella resistencia exitosa contra un enemigo que durante mucho tiempo había parecido invencible. Construyó *burhs* en todo Wessex y Mercia. Un *burh* era una ciudad fortificada, rodeada por una muralla que consistía en un elevado banco de tierra coronado con una empalizada de madera. Todavía pueden verse las elevaciones de tierra de Wallingford, en Oxfordshire; y de Wareham, en Dorset. Representan una prueba de la enorme fuerza de trabajo que se necesitó para construir semejantes estructuras. Dentro de las murallas, había una ciudad o un gran poblado que ofrecía protección a los habitantes locales que huían de un ataque vikingo. Ciudades como Chester, Bridgnorth, Tamworth, Stafford, Hertford y Warwick estaban fortificadas; algunas, como Chester, utilizaban murallas romanas para protegerse. Londres también fue un *burh,* al igual que Winchester, la capital de Alfredo. Gran parte de la riqueza que los vikingos buscaban estaba protegida en el interior de los *burhs,* así que Alfredo elaboró normas estrictas sobre cómo debían defenderlos. Los lugareños provenientes de las granjas vecinas debían vigilar las murallas, con un número aproximado de cuatro hombres por poste. Un poste medía alrededor de cinco metros.

La estrategia funcionó. Los vikingos tenían libertad para merodear por los alrededores, pero la mayor parte de los bienes que querían obtener se hallaban tras las altas murallas y, pese a que eran feroces guerreros, carecían de las habilidades necesarias para asediar a sus enemigos. Si se apostaban para sitiar un *burh* hasta la rendición, se convertían en blanco del ejército sajón. El hijo de Alfredo, Eduardo, y su hija Æthelflæd continuaron con la estrategia y construyeron defensas más al norte de Mercia, obligando así a los colonos vikingos a desplazarse cada vez más hacia el norte.

En el 937, Anlaf Guthfrithson, rey vikingo de Dublín, estaba ansioso por reclamar su derecho ancestral al trono de Northumbria. Para ello, estableció una alianza con el rey Constantino II de Escocia y con el rey Owain de Strathclyde. Strathclyde era básicamente un reino galés en el sur de Escocia, un lugar al que los britones, expulsados por los sajones, habían huido en busca de refugio. Tanto Owain como Constantino estaban preocupados por el creciente poder de Wessex y se unieron a Anlaf en lo que pretendía ser una gran invasión del territorio de habla inglesa. Las tropas de Escocia marcharon hacia el sur por la costa oeste y se sumaron al ejército de Anlaf, que había cruzado el mar de Irlanda hasta Wirral, donde los esperaba el nieto de Alfredo, Æthelstan, quien lideraba el ejército de Wessex apoyado por tropas mercianas. Así tuvo lugar la batalla de Brunanburh, que el poeta de la *Crónica* luego relataría como «nunca hubo tanta matanza». Gran parte de esta masacre ocurrió cuando los vikingos de Hibernia, hoy Irlanda, y los escoceses huyeron derrotados del campo de batalla. Fueron arrollados sin compasión por los sajones que los perseguían. El historiador Michael Livingston, en su impresionante libro *The Battle of Brunanburh*, señala que la verdadera importancia de Brunanburh no reside en las conquistas territoriales que se constituyeron bajo el reinado de Æthelstan –aunque de forma pasajera– en el campo de batalla. Por el contrario, Livingston sugiere que dicha batalla fue recordada como un llamado inspirador para formar una nación. Lo que Æthelstan ganó fue algo más que un reino de tierra en el 937; fue un reino que ejercía influencia sobre el corazón y las convicciones. Los que lo sucedieron en el trono no gobernaron como reyes de Wessex, sino como reyes de Britania. Alfredo el Grande pudo haber soñado con una entidad nacional que podríamos llamar «Inglaterra», pero la batalla la hizo realidad.

La creación de Inglaterra fue un proceso largo y violento. Los anglos y los sajones empezaron a llegar a Britania en algún momento entre el siglo IV y principios del V, y les llevaría medio milenio apoderarse de la tierra que se convertiría en Inglaterra para hacer de ella una sola nación. Pasarían ciento cincuenta años entre los primeros ataques vikingos y la matanza en Wirral para resistir el ataque de los hombres del norte contra aquel país emergente. Es una historia de enfrentamientos casi constantes por toda la isla de Britania. Farnham, en Surrey, es una pequeña y hermosa ciudad con elegantes calles georgianas, galerías de arte y edificios históricos. Es la típica localidad inglesa tranquila y próspera; sin embargo, en el 892 fue el escenario de una feroz batalla entre un gran ejército vikingo y las fuerzas de Wessex dirigidas por Eduardo, el hijo de Alfredo. Parece poco lógico imaginar una lucha sangrienta en la pacífica Farnham, mas sucedió, y hubo muchos otros conflictos de este tipo durante la creación de Inglaterra, y todos ellos fueron espantosos.

Había pocas armas arrojadizas. Se podían arrojar lanzas y disparar flechas, pero los arcos que se usaban eran los de caza, no los mortíferos arcos largos de las guerras posteriores. Con un buen escudo de sauce o con una cota de malla reforzada con un grueso forro de cuero, se podían detener las flechas. Los verdaderos combates se libraban a muy corta distancia entre hombres endurecidos por la experiencia.

Un gran señor de la guerra como Uhtred de Bebbanburg dirigiría tanto a sus guerreros, todos ellos protegidos con armaduras y provistos de los mejores escudos y armas, como también a los hombres de sus tierras, que quizá no tenían cotas de malla ni yelmos de hierro, sino que vestían prendas de cuero o jubones acolchados y empuñaban armas propias de su vida como campesinos: hachas de silvicultor, hoces, lanzas de pescar e incluso garrotes.

El verdadero enfrentamiento se producía entre guerreros entrenados, a una distancia muy corta. La poesía de los anglosajones habla de los muros de escudos que chocaban. Así comenzaba la masacre. El arma más preciada era la espada del guerrero, que podía tener una hoja de casi un metro de largo hecha de hierro endurecido con carbono (acero). Durante el sofocante trabajo de chocar los escudos, resultaba incómoda y sólo podía utilizarse como arma punzante, para lo cual el *seax*, el cuchillo, estaba mejor diseñado. El *seax* –algunos creen que esta arma dio su nombre a los sajones (*saxons*)– era como una daga, no muy diferente a la *gladius* o espada romana, y, cuando varias filas de hombres embestían a un enemigo y quedaban aplastados unos contra otros en el punto de contacto, un arma más corta era más fácil de manejar. Otros luchadores cargaban hachas y utilizaban la barba de la hoja para tirar hacia abajo el escudo del oponente, dejándolo vulnerable a las embestidas con una espada, un cuchillo o una lanza.

Romper un muro de escudos enemigo, como es evidente que ocurrió en Brunanburh, significaba romper sus filas y provocar pánico, y los hombres que huían eran más fáciles de abatir. Una vez que los soldados de Æthelstan derribaron el muro enemigo en Brunanburh, los victoriosos sajones persiguieron a los odiados adversarios durante todo un día. Con salvajismo, mataron al fugitivo por la espalda con espadas afiladas previamente en un molino. Está claro que el poeta de la *Crónica anglosajona* disfrutó de la matanza, pues incluso presenta una imagen de hombres sacando filo a sus armas en la piedra giratoria de un molino de agua.

El país que Æthelstan reclamaba había sido soñado por su abuelo, Alfredo, cuya ambición era unificar a los pueblos que hablaban la lengua inglesa. Si el momento más crítico de los sajones fue en el 878, cuando Alfredo se vio obligado a huir a los pantanos de Somerset mientras sus enemigos se apoderaban del reino, la venganza quedó asegurada cincuenta y nueve años más tarde en Brunanburh, y Britania tuvo por fin un reino sajón unido por el idioma, las costumbres y la religión. Inglaterra había nacido. Sin embargo, no era del todo inglesa. Daniel Defoe lo describe mejor en su poema *The True-Born Englishman* (en español, «El verdadero inglés»):

> Y así se creó de una mezcla de todas clases,
> esa cosa heterogénea, un inglés.
> En violaciones ansiosas y rabiosa lujuria engendrada
> entre un británico pintado y un escocés,
> cuyos retoños engendrados pronto aprendieron a inclinarse
> y a enyugar sus novillas al arado romano.
> De donde floreció un mestizo
> sin nombre ni nación ni lengua ni fama,
> en cuyas venas ardientes fluían veloces nuevas mezclas
> introducidas por un sajón y un danés,
> mientras que sus hijas de linaje, fieles a sus padres,
> acogieron a todas las naciones con promiscua lujuria.
> Esta repugnante criatura llevaba consigo
> la sangre pura de los ingleses.

La integración de sajones y daneses estaba en pleno apogeo en el norte y el este de Inglaterra, donde los matrimonios interraciales eran frecuentes, y, hasta el día de hoy, muchos ingleses o inglesas de nacimiento tienen ADN escandinavo. Mi Uhtred, a quien llamo mío para diferenciarlo de mis antepasados Uhtred, ilustra esta integración. Se casó con Gisela, una danesa, y sus hijos crecieron hablando y combinando ambos idiomas. Entre sus arrendatarios hay tanto anglos como daneses, y ambos luchan junto a él. Se aferra a la religión de los daneses; adora a Odín, a Thor y a una veintena de otros dioses, no porque sean daneses, sino porque son los mismos dioses de la antigua religión sajona, y también porque su lealtad a un credo pagano enfada a Alfredo y a su séquito de sacerdotes charlatanes.

El temor al dominio escandinavo fue lo que unió a los reinos anglosajones para enfrentarse a los invasores. Hubo grandes batallas, masacres y crueldad, aunque de aquel horror surgió lo que llamaríamos una sociedad multicultural. Y, a lo largo de todo ese caos, la enorme fortaleza de Bebbanburg permaneció en manos sajonas, lo cual me desconcertaba. ¿Cómo era posible que mis antepasados hubieran conservado su hogar cuando estaban rodeados de territorio danés?

Imagino que la respuesta fue la colaboración, pero preferí una solución más honorable e ideé las hazañas ficticias de Uhtred. Puede que su historia sea una ficción, mas, detrás de las aventuras que inventé para mi personaje, hay hechos reales, tales como aquellas batallas de antaño, la mayoría olvidadas, que formaron un país. La historia ficticia no es historia real, los novelistas dejamos ese trabajo a los historiadores. No obstante, nuestros libros deben ser auténticos, y la autenticidad está en los detalles de todos los días: ¿cómo vestían?, ¿cómo se desplazaban?, ¿qué comían?

En cuanto a la dieta de Uhtred, puedo suponer con certeza que para obtener carne tenía ganado vacuno, ovejas, cabras, cerdos y ciervos. También había centeno, judías, guisantes, trigo para elaborar pan y cebada para la cerveza.

Vivía junto al mar, por lo que disfrutaba de comer pescados y anguilas, y, en ocasiones, carne de foca o ballena. Sabía que, al ser aristócrata y señor de la guerra, tendría una alimentación de lujo, lo que significaba que comía mucha más carne que la gente menos afortunada y que, de vez en cuando, incluso degustaba vino de otras tierras. Sus comidas, en los libros, consisten sobre todo en pan, queso, cerveza y carnes conservadas en salazón.

Esta lista de ingredientes tan escasa atrajo la atención de Suzanne Pollak, una gran amiga y destacada escritora gastronómica. Quería llenar las lagunas de mi «menú», así que empezó a investigar sobre la comida sajona y vikinga e incluso cocinó para mí, aunque, debido a mi insistencia, no incluyó zanahorias. Su investigación dio lugar a este libro. Le estoy enormemente agradecido a ella y a Jordan Enzor, cuyo conocimiento de la comida antigua es de magnitud enciclopédica.

El rey Alfredo no vivió para ver hecho realidad su sueño de una Inglaterra cristiana unida, aunque, gracias a su visión, su firme oposición a los hombres del norte y su prudente gobernanza, sus sucesores vieron nacer una nación. Y en 1066, cuando una invasión liderada por Guillermo I, el nieto de un vikingo, conquistó Inglaterra, se apoderó de un país con una sociedad establecida, un sistema legal y un idioma que sobrevivió al impacto normando. Este impacto no marcó el comienzo de la historia de Inglaterra, sino que lo interrumpió. Alfredo, más allá de lo que Uhtred piense de él, sin duda merece ser llamado «el Grande».

PARTE UNO

EN CASA

ANTECEDENTES HISTÓRICOS

Durante el periodo anglosajón, en lo que hoy llamamos Gran Bretaña, la mayoría de la población vivía en zonas rurales o en aldeas con fácil acceso a alimentos. Era una época en la que gran parte de Inglaterra aún estaba poblada de bosques, pero donde también había grandes extensiones de tierra despejada; en especial las cercanas a los ríos eran ricas y fértiles. Éste fue el motivo por el cual surgieron asentamientos, y con ellos, áreas de cultivo. El surgimiento de zonas delimitadas, de las fronteras, cercas, muros o setos, vendría más tarde, con la llegada de los normandos, por lo que, en este periodo, las tierras de labranza eran más abiertas y de más fácil acceso para los ciudadanos comunes.

A menudo, no sólo utilizaban las tierras para proveerse de alimentos, sino también para abastecer al señor local como pago de su «renta de alimentos»; es decir, un impuesto que se pagaba con bienes en lugar de dinero. La abundancia de terrenos fáciles de cultivar era uno de los atractivos para los hombres del norte recién llegados, muchos de los cuales decidieron quedarse.

La cría de animales era clave para la subsistencia de la mayoría de las familias. Los cerdos eran los más económicos y fáciles de criar para los pequeños agricultores, ya que se podían tener cerca del hogar y soltarlos para que buscaran comida en los bosques de la zona. En algunas áreas más montañosas también criaban ovejas, aunque, por lo general, era más por la lana que por la carne. La mayoría de los hogares tenían gallinas, gansos y patos si había agua cerca, tanto por la carne como por los huevos.

Las vacas, que necesitaban pastizales ricos y extensos, eran valoradas por su leche y por su carne. Por lo general, eran los señores y sus arrendatarios quienes las criaban en lugar de los pequeños campesinos. Sin embargo, la carne de res no era tan preciada como lo es hoy. Los productos derivados de la leche eran los más importantes y no se podían producir sin el ganado vacuno. La misma palabra para «riqueza» o «dinero» en nórdico antiguo, *fé*, tiene una raíz etimológica que significa «ganado», de modo que por cada vaca que el granjero no pudiera mantener con éxito durante el invierno sufría una pérdida económica. Tener que sacrificar una de ellas para comer su carne implicaba, en cierto modo, aceptar el fracaso.

De hecho, los granjeros tenían que realizar una minuciosa evaluación de sus reservas de heno y grano y decidir cuántos animales podían pasar el invierno. Reservaban a los más fuertes y productivos y sacrificaban los demás para el consumo de carne. Dado que el sacrificio se realizaba principalmente al final de la temporada de pastoreo (en octubre se sacrificaba el ganado vacuno y ovino, y de noviembre a diciembre, el porcino), la carne era un producto estacional.

Por supuesto que los señores y su séquito podían cazar, de modo que obtenían carne de jabalí y cabra, liebres y conejos (eran muy apreciados y podían encontrarse en los terrenos cercanos). La cetrería era otra actividad que también proporcionaba aves salvajes para la mesa, junto con otras presas de caza menor, aunque las de mayor tamaño solían estar custodiadas por los terratenientes. Es probable que la carne de venado sólo se encontrara en los salones de banquetes y no en las viviendas comunes.

Cultivar lo propio también era una práctica cotidiana para los anglosajones. En los huertos de los aldeanos y en las tierras próximas a los asentamientos, se cultivaban más tubérculos que verduras. Si bien todavía no había patatas, sí se cultivaban zanahorias, nabos, cebollas, repollos, puerros, hinojo, guisantes, habas y remolachas. Los huertos de árboles frutales producían manzanas y peras, y donde quedaba espacio, ya fuera en el patio o en un terreno cercano, se construían colmenas. La miel era esencial para elaborar hidromiel y era el único endulzante disponible. Era un producto tan valioso que se utilizaba con frecuencia como forma de pago. La cerveza era igual de preciada, ya que era una opción segura, sabrosa y mejor considerada que el agua.

Sin embargo, el pan y los panecillos eran quizá la parte más importante de la vida anglosajona. El término común para referirse al pan era *hlaf* (en inglés, *loaf*, que significa «hogaza»), y su importancia en la dieta del pueblo se hace evidente por la forma en que llamaban a sus señores (*hlafward* o «custodio de hogazas») y señoras (*hlaefdige* o «amasadora de hogazas»). Lo elaboraban con centeno y cebada y, en ocasiones, con trigo. En los primeros tiempos, se cocinaba en el interior de las casas, en sartenes planas o en hornos de piedra al aire libre construidos sobre una fogata. Más tarde, se crearon hornos comunitarios en los molinos, controlados por el señor local. Como el uso de la moneda era escaso, este servicio se pagaba con un porcentaje de trigo, cebada o centeno.

Los panaderos profesionales existen desde el año 2000 a. C. o incluso antes, pero la elaboración del pan era una habilidad doméstica común. El pan leudado (fermentado) se elaboraba de varias maneras, sobre todo con levaduras naturales que flotaban en el aire. Se cree que la levadura (el agente de fermentación) se descubrió en Egipto por accidente. Al parecer, las levaduras se colaron en una hornada de masa vieja y la arruinaron. La preparación se horneó de todos modos y el resultado fue un pan más ligero y con un sabor excelente. El siguiente descubrimiento consistió en conservar parte de la masa para darle sabor y leudar el pan del día siguiente.

Otra alternativa era hacer pan con levadura seca, que se obtenía de la fermentación del licor para elaborar cerveza, un proceso que data de mucho antes del periodo anglosajón. La palabra «levadura seca» procede de *doerst*, «posos de la cerveza», en referencia a los sedimentos de levadura que eran de acción lenta y daban como resultado un pan agrio y pesado. La levadura se lavaba en agua dulce y se extendía sobre una madera para que se secara; después se cortaba y almacenaba. Podía conservarse durante varios meses y, cuando se necesitaba, se partía un trozo y se desmenuzaba en agua caliente.

Se sabe que los anglosajones moldeaban sus hogazas en tamaños pequeños y grandes. En el testamento de Eduardo el Viejo, por ejemplo, se habla de doscientas hogazas grandes y cien pequeñas. Las pinturas también nos muestran que eran redondas y del mismo tamaño que nuestras barras de pan actuales.

Durante gran parte del año, la cocción de los alimentos se realizaba de diferentes maneras sobre un fuego abierto dentro de las viviendas que se encendía en el centro del espacio habitable (que solía ser una sola habitación). La carne podía asarse sobre piedras junto al fuego o en hornos abovedados con una sola entrada, similar a lo que hoy se conoce como horno de barro o de leña. También podía colocarse en un espetón colgado sobre las llamas, que a veces un amable niño hacía girar con la ayuda de una manija. Para cualquier alimento que no se asara u hornease, por ejemplo, el estofado de carne, se colocaba un caldero sobre el fuego. Los anglosajones solían lavar la carne de res en agua. La dejaban en remojo entre doce y cuarenta y ocho horas, y luego la hervían. Al estofarla durante mucho tiempo, la carne dura resultaba más agradable al paladar y conservaba los nutrientes. Cualquier sobra o vegetal recolectado podía añadirse a la olla.

La comida marcaba las horas de vigilia. Los anglosajones comían dos veces al día: una al amanecer, antes de empezar las tareas cotidianas, y otra al final del día, lo que significaba bien temprano en invierno. Los platos solían ser de madera, y la mayoría comía con los dedos, a menos que cenaran en el gran salón. De vez en cuando, a cambio de servicios, los aldeanos se sentaban a la mesa del señor local, pero debían llevar sus cuchillos.

Por cierto..., tenga en cuenta que todas las recetas son para cuatro personas, a menos que se indique lo contrario.

RECETAS

Las recetas que encontrará en este libro representan los sabores y el espíritu de la comida de la época. Se utilizan los mismos animales, criados y salvajes; las mismas plantas, cultivadas y silvestres, y los mismos métodos de conservación.

Los anglosajones, al igual que los vikingos, cultivaban, criaban, cazaban y pescaban la materia prima y elaboraban su propio vino y cerveza. Este enfoque resulta inspirador para muchos de los que cocinamos hoy en día, incluso en circunstancias muy diferentes.

ACLARACIÓN SOBRE LAS GRASAS

Las grasas son fundamentales para cocinar y contienen nutrientes importantes. Los anglosajones consumían mantequilla, también conocida como manteca, en los meses en los que las vacas, cabras y ovejas podían pastar, pero en los meses más fríos la producción de leche se detenía y, aunque algunos inviernos conservaban la mantequilla en terrenos cenagosos, solían recurrir a las grasas animales en su lugar.

Si nos resulta incómodo crear nuestras propias grasas animales, cosa fácil, usaremos mantequilla. Las grasas de pastoreo son las mejores, ya que son más ricas en omega-3, mucho más bajas en omega-6 y además contienen los mejores nutrientes. Utilice las de mejor calidad posible.

No se conocían los aceites vegetales. El aceite de oliva se podía llegar a conseguir a través del comercio, no siempre próspero; además, era costoso y tendía a ponerse rancio. Si prefiere utilizar aceite de oliva, no dude en hacerlo, pero debe saber que comerá como sólo lo hacía la nobleza anglosajona.

RECETAS

CARNES

Panceta de cerdo • Chicharrones • Chuletas de cerdo con manzana • Patas de cerdo rustidas • Carne de cerdo salada • Pata de cerdo salada y ahumada (jamón) • Cabeza de cerdo ahumada • Costillas asadas con alcaravea

VEGETALES

Potaje de primavera • Zanahorias glaseadas con cerveza • *Chips* de chirivía • Repollo (de varias maneras) • Nabos (de varias maneras) • Compota sajona

LÁCTEOS, HARINAS Y CEREALES

Pastel de huevo • *Frittata* con trozos crujientes de carnes de res • Pan • Tortas de avena sin levadura • Pan plano de cebada • Pasteles del rey Alfredo

CARNES

Panceta de cerdo

Una carne maravillosa con beneficios adicionales que provienen de la salazón antes del ahumado, lo que preserva la carne sin la necesidad de utilizar grandes cantidades de sal (un producto muy costoso en la época sajona). Además, preparar tocino (o panceta) permite conservar las importantísimas grasas para cocinar que se utilizaban durante el invierno, ya que la mantequilla era un producto de verano.

Salar y ahumar carne de cerdo

Es un proceso sencillo y se puede escoger entre utilizar azúcar, que era la miel para los sajones, o simplemente una base de sal. Puede elegir los condimentos adicionales que desee; no obstante, le ofrecemos dos sugerencias.

Una de ellas incluye dos variantes de sal: sal de mesa y un condimento muy común disponible desde tiempos antiguos, algas marinas o *kelp*. Existe registro de que las algas se utilizaban como envoltorio, no sólo para conservar los alimentos, sino también para condimentarlos. El polvo de algas marinas y el de *kelp* se puede encontrar en los supermercados que cuentan con un «sector internacional».

La otra sugerencia consiste en usar sal, miel y raíz de diente de león tostada (en bolsitas de té), que se encuentran en los pasillos de té de muchos supermercados modernos. Si prefiere algo un poco más histórico, puede extraer raíces de un jardín para tostarlas. En este caso, estamos haciendo uso de lo que estaba disponible en la época sajona.

Ingredientes

- 1 tripa de cerdo sin piel. Puede pedirle al carnicero que retire la piel o puede hacerlo en casa y reservarla para los chicharrones (consulte la página 47).
- Mezcla de condimentos preferida (consulte la introducción de la receta).
- Maderas para ahumar (las de cerezo, manzano y roble son magníficas).

Preparación

La cantidad de condimento variará en función del tamaño de la pieza de cerdo. Antes que nada, sálcla bien, asegurándose de cubrir todas las partes de la carne. Si ve que la sal se absorbe enseguida, esparza más. Deje que se asiente unos minutos antes de añadir miel u otros condimentos. El alga *kelp* en polvo puede incorporarse junto con la sal, ya que es básicamente sal vegetal de origen marino. Si utiliza miel, no bañe la carne, pero asegúrese de cubrirla bien.

Coloque la carne sobre una rejilla de alambre en una fuente para asar. Esto permitirá que el aire circule alrededor. Cubra la bandeja con papel de aluminio y métala en el frigorífico para que la carne se cure y seque durante 1 semana.

Para ahumar, siga las instrucciones de su tipo de ahumador o barbacoa. Lo importante es ahumar el cerdo mientras se cocina. Para ello, utilice la temperatura de ahumado más baja, ya que no debe eliminar la grasa ni cocinar la carne hasta que se ablande. Ahúme durante el tiempo que desee, aunque 6 horas son suficientes.

Chicharrones

La piel y la grasa de la carne son un manjar. No siempre tienen que acompañar un asado; se pueden preparar en una fogata, en un hogar o en el horno. Estos bocaditos energéticos son una excelente opción para completar potajes, huevos, sopas o simplemente como *snacks.*

Ingredientes

- 900 g de piel de cerdo con grasa, o panceta de cerdo con piel, cortada en cuadrados o rectángulos de 4 cm.
- Grasa de cerdo suficiente para cubrir los trozos cortados (también se puede utilizar aceite de maní o vegetal).

Preparación

Para empezar, precaliente el horno a una temperatura de 180 °C. Luego coloque los trozos de grasa o piel en una bandeja para hornear, úntelos con la grasa de cerdo o el aceite, y llévelos al horno. Cocínelos durante 1 hora o hasta que los trozos estén dorados y la piel comience a hincharse y romperse.

Con un colador de malla, retire los trozos y páselos a un plato cubierto con papel de cocina para escurrirlos. Puede que ya estén cocidos, pero, si desea una textura aún más ligera, cocínelos de nuevo. Suba la temperatura del horno a 200 °C, deje que se caliente el aceite en la bandeja y coloque otra vez los chicharrones durante 10-12 minutos, hasta que estén crujientes. Vigile que no se quemen. Una vez listos, colóquelos en un plato cubierto con papel de cocina para eliminar el exceso de grasa.

Chuletas de cerdo con manzanas

El tocino y el jamón se conservaban durante todo el invierno, de modo que los cerdos se sacrificaban a finales de año. Los sajones acostumbraban a servir frutas junto con las carnes, y, como las manzanas maduraban en la misma estación, maridaban a la perfección con la carne de cerdo. Al parecer, esta receta la disfrutaban los campesinos y los nobles justo después de la matanza.

Hacia el año 1000, un cerdo sajón adulto pesaba entre 70 y 80 kg. Sin embargo, un milenio después, los cerdos adultos pueden pesar 350 kg. Las chuletas se cortan del lomo, que va desde la cadera hasta la paleta y contiene una pequeña franja de carne llamada solomillo. Compre las mejores chuletas que pueda encontrar: es imposible mejorar una de calidad inferior.

Ingredientes

- Aceite de oliva o grasa de tocino, para freír.
- Chuletas de cerdo (procure que la grasa quede bien gruesa en el lado de la chuleta).
- Hojas de salvia fresca.
- Manzanas cortadas en rodajas gruesas.

Preparación

Ponga a calentar una sartén de hierro fundido a fuego fuerte. Cuando la superficie esté caliente, vierta un poco de grasa. Se debe saltear la chuleta, por lo que se necesita un poco más de grasa que una simple capa. Una cantidad suficiente de aceite caliente hará que la grasa se dore y se vuelva deliciosa.

Cuando el aceite empiece a saltar, después de unos 30 segundos, coloque las chuletas de cerdo en la sartén y déjelas cocinar 5 minutos, luego voltéelas. Cuando les dé la vuelta, añada las hojas de salvia y las rodajas de manzana alrededor de la carne y cocínelas, dándoles la vuelta una vez, hasta que estén crujientes y doradas. (Si tiene un termómetro de lectura instantánea, debe indicar 60 °C).

Chuletas de cerdo asadas

Imagine un festín en una sala sajona. Una pata de cerdo fresca, en lugar de una curada en sal, resulta muy atractiva. Consiga una con piel y, de ser posible, todavía con el pie. Así, tanto si lo deja como si no, puede reservarlo para espesar un delicioso caldo (consulte la página 146) o para que un invitado especial lo disfrute en la mesa.

Este plato estaba reservado para la corte, por lo que las especias utilizadas, clavo molido y polen de hinojo, sólo habrían estado al alcance de aquellos que contaran con los medios para obtenerlas a través de la red de comercio.

El hinojo es muy fácil de cultivar y produce flores amarillas, como la planta de encaje de la reina Ana, y luego semillas. De una cabeza floral se obtiene abundante polen, que se puede desmenuzar con los dedos. El anís tiene un sabor muy parecido al del regaliz, lo que nos invita a rememorar banquetes olvidados.

Ingredientes (para 8 personas)

- 1 pierna de cerdo de unos 3 kg sin deshuesar, con piel y el pie unido (a ser posible).
- Sal, para frotar.
- Polen de hinojo, para cubrir.
- Clavo recién molido, para cubrir.

Preparación

Prepare la carne al menos 48 horas antes de asarla. Con un cuchillo afilado (tenga en cuenta que la piel de cerdo puede ser un desafío si utiliza una hoja sin filo), haga un corte en forma de diamante de 2,5 cm de diámetro. Este patrón de corte permite que la grasa se derrita mejor y simbolizará una armadura de escamas cuando esté bien asada.

Después de marcar, frote la carne con abundante sal. Dado que es un trozo grande, se necesitan dos días para que la sal se distribuya hasta el centro.

Una vez que haya salado, espolvoree una cantidad suficiente de polen de hinojo y haga lo mismo con los clavos (puede emplear los que ya vienen molidos, pero si los muele con un mortero o un triturador de especias obtendrá un sabor más natural).

Después de condimentar la pierna, déjela reposar destapada en el frigorífico durante 2 días. Esto hace que la carne absorba la sal y los sabores, y que la piel se seque para que quede más crujiente a la hora de asarla.

Antes de cocinarla, deje la carne a temperatura ambiente durante 2 horas. Precaliente el horno a 230 °C (¡al máximo!) y ásela entre 35-40 minutos, o hasta que tenga una piel crujiente y burbujeante. Luego baje la temperatura a 160 °C, cubra la preparación con papel de aluminio y cocínela despacio durante 3 horas 30 minutos, o hasta que la carne esté tierna y se separe fácilmente.

Córtela como prefiera, aunque una buena sugerencia es servir el jamón en trozos con los diamantes de piel de cerdo crujiente a un lado.

Carne de cerdo salada

La salazón era esencial en tiempos anglosajones, ya que extraía la humedad y evitaba que la carne se descompusiera. Puede utilizar sal marina, pero su precio es un poco más elevado, y, de todas formas, todos los depósitos de sal son «sales marinas».

Desde la antigüedad, la carne de cerdo salada ha sido un complemento delicioso en casi todos los platos. Se puede obtener de varias partes del animal: recortes de costillas, un trozo de barriga, carrillada y papada, o lo que resulte más económico. Conserve los recortes.

Ingredientes

- Carne de cerdo, con algo de grasa.
- Sal en escamas.

Preparación

El resultado que desea es una carne de cerdo bien rodeada y cubierta de sal, que no se apoye en el líquido que puede liberarse. Sale bien la pieza y colóquela sobre una rejilla de secado encima de una bandeja para horno para que se libere el exceso de humedad y no se acumule alrededor de la carne. Deje que se airee y se seque durante un día. Puede ponerla en el frigorífico, sobre una mesa o una encimera. Ya que la sal protegerá la carne de cualquier plaga, como insectos o bacterias, debe cubrirla por completo.

Después de pasar 24 horas al aire secándose, la carne está lista para guardar. Para ello, son ideales los recipientes de plástico comunes: cualquiera en forma de cubo o cilindro servirá. Vierta una buena capa de sal y ubique la carne encima. Si la coloca en capas, es necesario que haya suficiente sal entre los recortes para que no se toquen con los otros pedazos. Lo mismo ocurre al ponerlos uno al lado del otro. Dispóngalos en capas y cúbralos bien con sal, sin dejar espacios de aire.

Se puede conservar en un recipiente hermético durante el tiempo que desee y no requiere refrigeración, ya que cocinará el producto final. Eso sí, no lo ingiera crudo. Cuando desee consumirlo, remoje los trozos en al menos un cambio de agua para eliminar parte de la sal y luego escúrralos. Cualquier recipiente con bastante agua para sumergir la carne servirá. Si quiere comer el cerdo salado como plato principal, remójelo en dos cambios de agua, o incluso más. El sabor dependerá del gusto de cada uno. La cantidad de veces que enjuague la carne modificará la cantidad de sal que hay en ella. Tenga en cuenta que la pieza de cerdo salará el plato terminado, así que debe ajustar la forma de sazonar el resto de los ingredientes. Para cocinar, puede cortarla en trozos o cubos y freírla como el tocino.

Pierna de cerdo salada y ahumada (jamón)

Otro de los métodos preferidos por los anglosajones para conservar la carne era el ahumado. Para obtener mejores resultados, utilice una pierna de cerdo con piel, ya que esta última, además de adquirir una textura maravillosa, hará que la grasa bañe la carne mientras se ahúma y se asa.

Ingredientes (para 8 personas)

- 1 pierna de cerdo, con piel.
- Sal marina, para frotar.
- Carbón vegetal (del bueno).
- Madera para ahumar de su preferencia (manzano, cerezo, roble, etc., todas maderas sajonas o danesas).

Preparación

Con pequeños golpecitos con papel de cocina, seque la pata y marque la piel con el tradicional patrón de rombos. Cubra la parte exterior con una buena capa de sal, frotándola por todas partes. Envuélvala en *film* transparente y déjela en el frigorífico al menos 24 horas para que la sal penetre.

Pasado este tiempo, prepare el fuego. Si va a utilizar una barbacoa, emplee un encendedor de chimenea grande y llene ¾ partes con briquetas de carbón. Cuando las brasas de arriba estén semicubiertas de ceniza, viértalas de forma uniforme sobre la mitad de la barbacoa. Déjelas que tomen temperatura hasta que estén casi blancas. Coloque chips o trozos de madera sobre ellas. Ubique la parrilla de cocción en su sitio, cierre la barbacoa y abra la rejilla de ventilación por completo. Deje que se caliente y que los trozos de madera humeen unos 5 minutos. A continuación, limpie con un cepillo y aceite la parrilla. Luego desenvuelva la pierna de cerdo y ubíquela en la parte más fría, con el lado plano hacia abajo. Cierre la barbacoa (si utiliza carbón, coloque la rejilla de ventilación justo encima de la carne) y cocínela durante 2 horas. Si utiliza un ahumador, siga las instrucciones del manual.

Antes de que retire el cerdo de la barbacoa, mueva la rejilla del horno a la posición del medio y precaliente el horno a 150 °C. Cuando la pata haya terminado de asarse en la barbacoa o en el ahumador, dispóngala, con la parte plana hacia abajo, en un molde para hornear de 32 × 23 cm y cúbrala bien con papel de aluminio. Ase la carne en el horno hasta que, al insertar un tenedor, penetre con facilidad y el termómetro de lectura instantánea marque 100 °C, es decir, unas 2 horas 30 minutos.

Retire el cerdo del horno, cúbralo con una lámina de papel de aluminio y déjelo reposar mientras cocina la piel hasta que esté crujiente. Aumente la temperatura del horno a 200 °C y cubra una bandeja para hornear con bordes con papel de aluminio. Con la ayuda de unas pinzas, retire la piel en un solo trozo grande. Póngala en la bandeja, con la grasa hacia abajo. Llévela al horno unos 25 minutos y ásela hasta que esté dorada y crujiente, y suene hueca al darle unos golpecitos con un tenedor. Rote la bandeja a mitad del tiempo de asado.

Cabeza de cerdo ahumada

La cabeza de cerdo contiene abundante carne y, si dispone de ella y tiene ganas, puede hacer un delicioso estofado, ya que la carne es muy sabrosa. Ahúme toda la cabeza y podrá utilizarla entera, pero excluya los sesos. La lengua es puro sabor a cerdo, así que no olvide pelarla antes de comerla, y ¡las carrilladas son una de las mejores piezas!

Una vez que la cabeza esté lista, sólo tiene que desmenuzarla con las manos y desechar los trozos que no desee. Se pueden hacer salchichas, utilizarla en una sopa y, por supuesto, elaborar queso, pero ésa no es una opción ahora.

Ingredientes (para 8 personas)

- 1 cabeza de cerdo bien limpia (sin pelo ni glándulas).
- Sal marina (opcional).
- Carbón vegetal (del bueno).
- Madera para ahumar de su preferencia (manzano, cerezo, roble, etc., todas maderas sajonas o danesas).

Preparación

Puede colocar la cabeza en salmuera antes de cocinarla, aunque no es necesario. Una simple mezcla de agua con sal funciona bien, a la que puede añadir cualquiera de sus condimentos favoritos (consulte la página 45).

Primero, prepare el fuego. Si lo prefiere, puede utilizar un ahumador o transformar la barbacoa en un asador, pero también es posible asar al horno a 110-120 °C, durante unas 5 horas, o hasta que las carrilladas estén tiernas. Prenda un encendedor de chimenea grande con ¾ partes de briquetas de carbón. Cuando las brasas de arriba estén semicubiertas de ceniza, viértalas de forma uniforme sobre la mitad de la barbacoa. Deje que tomen temperatura hasta que estén casi blancas. Coloque chips o trozos de madera sobre ellas. Ubique la parrilla de cocción en su sitio, cierre la barbacoa y abra la rejilla de ventilación por completo. Deje que se caliente y que los trozos de madera humeen unos 5 minutos.

Limpie la rejilla con un cepillo y acéitela. Ubique la cabeza, con el cuello hacia abajo. Si desea una presentación elegante, envuelva las orejas en papel de aluminio para que no se quemen. Ahúmela durante unas 5 horas. Pasado ese tiempo, compruebe si las carrilladas están tiernas. Cubra la cabeza con papel de aluminio después de sacarla del ahumador. Déjela reposar 10-15 minutos.

Mientras deja que repose, caliente el horno a 110-120 °C. Lleve la cabeza al horno y continúe la cocción alrededor de 1 hora. Desmenúcela o trocéela, ¡y a disfrutar! Es ideal en sándwiches o en potajes.

Costillas asadas con alcaravea

Esta receta es muy fácil y deliciosa. Las costillas de cerdo pueden contener bastante grasa, pero se cocinará poco a poco y, mientras lo hace, bañará la carne y le añadirá sabor. La alcaravea es un condimento que a menudo se pasa por alto para sazonar carnes saladas, pero es muy tradicional en la cocina sajona. Impactará en su paladar y en su cabeza, y creerá que le han echado algún alucinógeno por error, como el beleño.

Ingredientes

- Costillar de cerdo de granja (½ costillar por persona).
- Sal y pimienta blanca, al gusto.
- Semillas de alcaravea, enteras o recién molidas.

Preparación

Precaliente el horno a 140 °C.

El truco consiste en retirar toda la membrana que recubre el interior de las costillas, ya que no todos los carniceros lo hacen. Para ello, tome un cuchillo de pelar y haga una incisión para poder introducir un dedo, luego tire hacia arriba con presión constante desprendiendo la membrana hacia fuera. En ocasiones, puede resultar complicado, pero los animales criados en libertad suelen tener membranas más gruesas que se desprenden con facilidad. Una vez que la haya retirado, deséchela.

A continuación, condimente bien con sal y pimienta. Si es posible, use pimienta blanca para darle un toque más germánico. Luego esparza las semillas de alcaravea, ya sea enteras o molidas, hasta cubrir bien la carne. Las semillas enteras añaden una textura muy agradable y adquieren un sabor tostado cuando se termina la cocción. Después de esparcirlas, presiónelas sobre la carne. Tenga en cuenta que el lado inferior retendrá menos, pero también debe aderezarse. Ase las costillas en el horno 3-4 horas, hasta que la carne esté tierna o se desprenda del hueso fácilmente, usted elige.

VEGETALES

Potaje de primavera

Los potajes y estofados eran el eje central de la existencia anglosajona. Los potajes, expresión común de la época y de la Edad Media tardía, se elaboraban sobre todo con granos y restos de verduras junto con cebada y trigo. La cebada era el cereal más abundante y aportaba un suplemento sustancioso. Los estofados se preparaban, en gran parte, con carne. Ambos platos se cocinaban en un caldero sobre el fuego.

Ingredientes

- Grasa para freír (la que usted prefiera).
- 150 g de cebollas, picadas.
- 15 g de cebolletas, picadas.
- 15 g de menta, picada.
- 200 g de cebada.
- 1 litro de caldo de buena calidad, comprado o casero (consulte la página 146).
- 5 nabos pequeños, cortados por la mitad, o 1 nabo de buen tamaño, cortado en trozos.
- 200 g de hojas verdes (hojas de nabo o zanahoria, col rizada, hojas de mostaza, repollo, hojas de diente de león).
- Sal y pimienta negra recién molida.

Preparación

En primer lugar, coloque una olla a fuego medio-alto, añada la grasa con una cuchara y fúndala hasta que tenga un aspecto brillante. Luego agregue las cebollas, las cebolletas, la menta, un poco de sal y pimienta, y hierva hasta que las cebollas estén transparentes y la pimienta comience a liberar aroma.

Añada la cebada y tuéstela ligeramente, removiendo de vez en cuando, durante 5 minutos. A continuación, vierta el caldo sin dejar de revolver e incorpore los nabos y las hojas verdes. Cocínelo a fuego lento durante 30-40 minutos, hasta que la cebada esté cocida a su gusto, ya sea más firme o tierna.

Zanahorias glaseadas con cerveza

En la época sajona, las zanahorias eran pequeñas y de color púrpura rojizo. Si bien en invierno estas hortalizas son más dulces, es posible que en la Edad Media se glasearan con cerveza, ya que el agua solía estar contaminada, razón por la cual la mayoría de las personas, incluidos los niños, bebían cerveza.

Ingredientes

- 1 manojo de zanahorias gruesas.
- 3 cucharadas de mantequilla o grasa de pollo.
- 250 ml de cerveza (la *pale ale* funciona bien, con su característico sabor a pino y malta).
- Sal y pimienta negra recién molida.

Preparación

Pele las zanahorias y córtelas en rodajas gruesas. Funda la grasa en una sartén grande, añada las zanahorias, sazónelas con sal y pimienta negra, y cocínelas unos minutos hasta que se doren un poco.

Incorpore la cerveza, lleve a ebullición y disminuya el fuego para que el líquido hierva a fuego lento. Cocine las rodajas hasta que estén tiernas, alrededor de 20 minutos. La cerveza se reducirá y quedará como un jarabe. Si no se reduce, retire las zanahorias de la sartén y hierva el líquido hasta que se forme un almíbar.

Chips de chirivía

Las chirivías se parecen a las zanahorias, aunque crudas no son comestibles. Adquieren un sabor dulce al cocinarlas. Busque chirivías firmes de tamaño medio, ya que las grandes tienen el medio leñoso y las pequeñas, una vez peladas, son demasiado chicas para prepararlas como *chips.*

Ingredientes

- 3 chirivías.
- 1 cucharada de aceite de oliva o grasa de pollo.
- Sal y pimienta negra recién molida.

Preparación

Precaliente el horno a 245 °C.

Pele y corte las chirivías en rodajas lo más finas posible (está bien si tienen un grosor un poco irregular). A continuación, métalas en la grasa, aderécelas con sal y pimienta, y extiéndalas en una bandeja para hornear.

Áselas durante unos 8 minutos, hasta que los bordes comiencen a dorarse. Gírelas y déjelas asar otros 8 minutos. Algunas estarán crujientes, pero no quemadas; otras, dulces.

Repollo rehogado

Las semillas de alcaravea eran muy populares en el antiguo Egipto y Roma. Ya en el año 1500 a. C. se utilizaban como medicina y digestivo. Fueron los romanos quienes las llevaron a Inglaterra.

Esta sencilla receta, de probable origen sajón, se prepara con repollo cortado en rodajas gruesas que se llevan a la parrilla sobre el fuego. Otra opción es envolverlas en papel de aluminio con un poco de mantequilla y sal antes de cocinarlas.

Ingredientes (para 6-8 personas)

- Mantequilla, para freír.
- 1 repollo, sin el centro y cortado en rodajas finas.
- Semillas de alcaravea, al gusto.
- Sal y pimienta negra recién molida.

Preparación

Derrita un poco de mantequilla en una sartén grande a fuego medio, añada un poco de agua y el repollo cortado en rodajas. Tape la sartén y póngalo a fuego medio-bajo hasta que esté tierno (unos 20 minutos).

Retire la tapa, deje que el líquido se reduzca y sazone con semillas de alcaravea, sal y pimienta negra. Sirva caliente.

Repollo relleno

Ésta es una receta sencilla que combina alimentos de diversos orígenes para crear un plato digno de la corte: ingredientes simples que se elevan a un nivel superior mediante su uso. También es una estrategia muy útil para aprovechar al máximo la carne disponible.

Utilizaremos trigo sarraceno, ya que era común en las culturas nórdica y germánica, y aporta un sabor y aroma floral, así como una mejor sensación en boca que el arroz. El hidromiel y las cerezas le dan un sabor agridulce similar al de la salsa moderna de tomate estofado. Utilice cualquier clase de cerezas que encuentre, incluso secas. Si lo desea, puede preparar el trigo sarraceno y el relleno el día anterior, lo que permitirá que se genere una mezcla de sabores.

Ingredientes (para 8 personas)

- 1 repollo verde.
- Grasa a elección, para freír.
- 1 cebolla, cortada en cubos.
- 185 g de trigo sarraceno.
- 450 g de carne de ternera, picada.
- 450 g de carne de cerdo, picada.
- 1 cucharada de mejorana seca o 15 g de mejorana fresca.
- 138 g de cerezas secas o 675 g de cerezas frescas.
- 1 botella de hidromiel.
- Sal y pimienta negra recién molida.

Preparación

El primer paso es preparar el repollo. Un atajo sencillo consiste en congelar la cabeza y luego dejar que se descongele. De este modo, las hojas se ablandan y resultan maleables, sin aumentar el contenido de agua como lo haría el escaldado. Se consigue el mismo efecto dejándolas bajo una helada (¡arrancadas de raíz, por supuesto!). Sólo compruebe que las hojas estén descongeladas antes de usarlas.

A continuación, siga con el relleno. Funda la grasa en una cazuela o cacerola grande a fuego medio. Agregue la cebolla con un poco de sal y cocínela hasta que se ablande y quede translúcida. Llévela a un bol y deje que se enfríe. Luego prepare el trigo sarraceno según las instrucciones del paquete, y, cuando se haya enfriado, añádalo al recipiente. Incorpore la carne picada, la mejorana, la sal y la pimienta, y mézclelo todo con las manos. Déjelo reposar para que los sabores se integren. Si lo desea, puede dejarlo en el frigorífico toda la noche.

Cuando la preparación esté lista, precaliente el horno a 180 °C. Extienda una hoja de repollo y ponga en el centro unas 2 cucharadas colmadas de la mezcla de carne (la cantidad dependerá del tamaño de la hoja). Enrolle las hojas como si fueran pequeños paquetes y doble los extremos hacia dentro. Colóquelos en una bandeja para hornear, con el lado del pliegue hacia abajo.

Ahora es el turno de las cerezas. Si son frescas, remueva el carozo y pártalas por la mitad o píquelas, usted elije. Si son secas, córtelas en trozos. Puede combinarlas con el hidromiel en una sartén pequeña y cocerlas a fuego lento durante unos 30 minutos para que los sabores se integren. Otra opción es esparcirlas sobre los paquetes y verter la botella de hidromiel encima.

Cubra la bandeja con una tapa o papel de aluminio y hornee durante 1 hora. Si al hidromel le falta espesor, retire la tapa y deje que se cocine otros 30 minutos o hasta que se reduzca a su gusto.

Repollo con manzanas y miel

- 2 cucharadas de aceite vegetal.
- 1 repollo verde, sin centro y cortado en rodajas
- 2 manzanas Granny Smith (manzanas verdes), peladas, descorazonadas, cortadas en trozos grandes.
- 75 ml de vinagre de manzana.
- 1 cucharada (o menos) de miel.
- Semillas de alcaravea (la cantidad que desee), apenas tostadas en una sartén.
- 1 cucharadita de sal.
- Pimienta negra recién molida, al gusto.

Preparación

En una cacerola grande, caliente el aceite y agregue el repollo. Cocínelo durante 1 hora, hasta que esté tierno. Luego incorpore las manzanas.

Mezcle el vinagre con la miel en un bol pequeño y viértalo en la cacerola junto con una buena cantidad de semillas de alcaravea, un poco de sal y pimienta negra. Tape la olla y deje que se cocine despacio, removiendo de vez en cuando, hasta que la mezcla esté bien tierna. Las manzanas se desharán con la cocción prolongada.

Nabos

Plinio el Viejo, escritor y militar romano que murió en el año 79 d. C., consideraba que el nabo era una de las hortalizas más importantes de su época y lo ubicaba justo después de las legumbres o, en todo caso, después de las alubias, ya que su utilidad era superior a la de cualquier otra planta. Esta verdura no exige un tipo de suelo especial para crecer y, dado que puede permanecer en la tierra hasta la próxima cosecha, tiene un papel crucial para «prevenir los efectos de la hambruna».

Sopa de nabos

Esta sopa de nabos es estupenda tanto fría como caliente. Resulta muy sabrosa cuando tiene una textura suave, por lo que es recomendable utilizar un mezclador. Elija nabos que se sientan pesados. Los más viejos y menos sabrosos son livianos y esponjosos en el centro. Si vienen con hojas, corte algunas hojas y utilícelas para aderezar la sopa.

Ingredientes

- 2 cucharadas de mantequilla.
- 4 nabos grandes, unos 900 g, pelados y picados en trozos grandes.
- 1 cebolla grande, picada.
- 1 puerro grande, cortado en rodajas.
- 1 litro de caldo de pollo o verduras, comprado o casero (consulte la página 146).
- 120 ml de crema doble.
- Una pizca de sal.

Preparación

Derrita la mantequilla en una cacerola grande. Añada los nabos, la cebolla, el puerro y una pizca de sal. Cocínelos a fuego lento hasta que se ablanden, unos 8-10 minutos.

Vierta el caldo sobre las verduras y lleve a ebullición. Baje el fuego y deje que hierva durante 15 minutos, hasta que los nabos estén tiernos. Sirva la sopa en una fuente o en boles individuales, y agregue la crema.

Nabos estofados

Los nabos, junto con los beneficios que aportan sus deliciosos tallos verdes, habrían sido uno de los principales tubérculos. Para esta receta, partimos por la mitad los nabos más tiernos y pequeños, y dejamos bien limpia la piel y un poco de tallos verdes. Las hojas de laurel aportan un sabor delicioso y los sajones las habrían utilizado, pero puede sustituirlas por la hierba que prefiera. Si lo hace, trate de que sea suave, ya que el protagonista aquí es el nabo.

Si desea que el plato resulte más abundante, puede añadir un huevo para obtener una sopa ligera. Para una versión más sustanciosa todavía, incorpore un poco de carne o pescado hervido sobre la preparación al momento de servir.

Ingredientes

- 12 nabos pequeños.
- 4 nabos medianos (si la piel es gruesa, pélelos como prefiera).
- ½ cebolla blanca o amarilla, cortada en cuartos.
- 2 cucharadas de mantequilla o grasa de pollo, cerdo o ternera.

- 3 hojas de laurel.
- Sal y pimienta negra recién molida.

Preparación

En una cacerola grande con suficiente agua para cubrir los ingredientes, mezcle las verduras, la grasa y las hojas de laurel y luego sazone. A continuación, lleve a fuego lento hasta que esté todo bien cocido, unos 20 minutos. A mí me gusta utilizar el líquido que sobra como una deliciosa salsa para mojar pan.

Nabos salteados

Ingredientes

- Grasa de pollo o aceite de oliva, para freír.
- Nabos (pelados si no son frescos), cortados en trozos grandes.
- Sal.

Preparación

Funda la grasa en una sartén a fuego medio. Cocine los nabos hasta que se doren de un lado, unos 15 minutos, y luego voltéelos para que se doren del otro.

Espolvoree con sal mientras estén calientes para que el condimento penetre en la preparación.

Nabos triturados

Ingredientes

- Nabos, pelados.
- Mantequilla.
- Sal y pimienta negra recién molida.

Preparación

Precaliente el horno a 200 °C.

Envuelva cada nabo en papel de aluminio y agregue un trocito de mantequilla dentro de los paquetes. Hornee durante 45 minutos. A continuación, retire los nabos del papel, colóquelos en un plato y aplaste la parte superior con un mazo de cocina (o un pasapurés). Condimente con sal y pimienta negra molida.

Nabos crudos

Ingredientes

- Nabos, pelados y cortados en trozos finos.
- Sal gruesa.

Preparación

Sirva los nabos cortados con un bol de sal gruesa.

Compota sajona

Se trata de una compota de guerrero, con cerveza para ayudar en la maceración. Es perfecta encima de las tortitas matutinas o sobre una corteza de pan con un poco de queso. También es un condimento maravilloso para carnes asadas y de caza.

Ingredientes

- 2 manzanas medianas (Fuji, Granny Smith, firmes, dulces, ácidas), sin el corazón y cortadas en trozos grandes (con piel).
- 35 g de nueces, picadas en trozos bien pequeños.
- Grasa (la que usted prefiera).
- 5 cucharadas colmadas de buena miel.
- 300 ml de buena cerveza negra.
- Sal y pimienta negra o blanca recién molida.

Preparación

En primer lugar, coloque las manzanas y las nueces en una cacerola lo bastante grande para que quepan todos los ingredientes a fuego medio y lleve a un hervor suave. A continuación, añada la grasa con una cuchara, sazone con sal y pimienta, vierta la miel y agregue la cerveza. Remueva para incorporar. Lleve a ebullición a fuego medio, luego disminuya la temperatura, tape la olla y cocine a fuego lento durante 30 minutos. Luego retire la tapa para que la cerveza se reduzca y otorgue ese característico toque a malta.

LÁCTEOS, HARINAS Y CEREALES

Pastel de huevo

Los panqueques se mencionaron por primera vez alrededor del año 600 a. C. Se trata de una mezcla de huevo cocida en el horno (como el pudin de Yorkshire). Tres huevos hacen que el panqueque suba y se esponje, lo cual es intencional y forma parte del placer. Saben deliciosos con una capa de buena miel de la zona y mantequilla o grasa de vaca, de cerdo o *schmaltz* (grasa procesada de pollo o ganso). También puede acompañarlos con nuestra compota sajona.

Ingredientes

- 3 cucharadas de grasa (puede ser de cerdo, de vaca, *schmaltz* o mantequilla).
- 3 huevos.
- 60 g de harina (puede optar por harina de centeno, de trigo sarraceno, de avena y, por supuesto, de trigo integral).
- ¼ cucharadita de sal.
- 120 ml de leche entera.
- Una pizca de especias molidas para condimentar: nuez moscada, canela o clavo.

Preparación

Precaliente el horno a 230 °C.

Vierta la grasa en un recipiente apto para horno. Lo ideal es una sartén de 23 cm, pero también puede utilizar cualquier recipiente de 15 × 15 cm o de 15 × 23 cm. Esto crea una base maravillosa para freír rápido la parte inferior de la masa.

Mezcle todos los ingredientes en un bol grande. Vuelque la mezcla en la sartén y hornéela durante 15 minutos, hasta que cuaje.

Frittata con trozos crujientes de ternera

¡Un pastel, o *frittata*, de huevos y sobras de carne! Esta receta es deliciosa acompañada de una salsa de vegetales (consulte la página 79) sobre huevos o hierbas recién picadas, con un poco de buen vinagre de manzana.

Ingredientes

- 8 huevos.
- 1 cebolla.
- Un puñado de recortes de carne, picados (carne cortada en trozos o sobras).
- Grasa extra según sea necesario, a menos que los restos de carne sean grasos.
- Sal y pimienta negra recién molida.

Preparación

En un bol grande, rompa los huevos, añada una pizca de sal y bátalos con fuerza para integrarlos.

Corte la parte superior de la cebolla, pártala por la mitad a lo largo y pélela. Luego pártala en rodajas finas, en forma de medialuna. En una sartén a fuego medio, añada la carne, revolviendo de vez en cuando, y cocínela hasta que la grasa de los recortes se haya derretido en su mayoría o esté crujiente. Incorpore las rodajas de cebolla y deje al fuego hasta que se ablanden. No se olvide de revolver la preparación ocasionalmente. Pruebe antes de condimentar y añada más sal y pimienta si lo prefiere.

A continuación, vierta poco a poco los huevos batidos y distribúyalos de manera uniforme por toda la base de la sartén. La carne y las cebollas deben quedar cubiertas o asomar apenas. Coloque un plato o una tapa sobre la sartén y deje que los huevos se cuezan bien, unos 7-10 minutos. ¡Vigílelos! Si su cocina se calienta más de lo normal, puede que quiera cocerlos a fuego medio-bajo. Una vez que la parte superior de la *frittata* esté lista, dele la vuelta sobre el plato o la tapa para que quede boca abajo, mostrando el atractivo fondo cocido.

Por último, colóquela en una tabla de cortar y sírvala en porciones.

Pan

La siguiente receta combina un agente leudante con la levadura seca que utilizaban los anglosajones. Las harinas de hoy en día son muy diferentes de las que utilizaban los sajones, y este pan tendrá un sabor rústico y casero con la adición de una pequeña cantidad de harina de trigo integral. La masa tiene que leudar cuatro veces, ya que estamos creando un agente leudante nuevo.

Ingredientes

- 380 g de harina para pan, más harina para espolvorear.
- 30 g de harina de trigo integral.
- 1 cucharadita de levadura seca.
- 1 cucharadita de miel.
- 1 cucharadita de sal.

Preparación

¡A preparar el agente leudante! En un bol grande, mezcle 135 g de harina para pan, toda la harina de trigo integral, la levadura y la miel con 325 ml de agua tibia. Revuelva hasta obtener una masa homogénea. Tape la mezcla con *film* transparente y déjela reposar durante 1 hora. Luego deje enfriar toda la noche o un día entero.

Retire la masa del frigorífico y espere a que alcance la temperatura ambiente, alrededor de 1 hora. A continuación, coloque el resto de la harina para pan sobre la mezcla. Cúbrala de nuevo con *film* transparente y déjela reposar unas 4 horas a temperatura ambiente para que fermente.

Añada la sal. Integre los ingredientes con una cuchara de madera o con las manos. Cuando la masa comience a unirse, amásela en el bol 5 minutos. Estará pegajosa, así que déjela reposar 20 minutos para que sea más fácil trabajarla.

Vuelque la preparación sobre una tabla enharinada y amásela durante 10 minutos, o el tiempo necesario para que la masa cambie de consistencia (se volverá lisa). Llévela al bol y cúbrala con una tela. Déjela durante 1 hora a temperatura ambiente para que aumente de volumen. Amásela con fuerza y déjela reposar de 45 minutos a 1 hora. A continuación, llévela a la tabla enharinada y amásela de nuevo. Estará pegajosa, pero sólo utilice la cantidad de harina necesaria para formar una bola. Cúbrala con una tela y deje que duplique su tamaño durante 1 hora.

Precaliente el horno a 245 °C. Con un cuchillo afilado, haga dos o tres cortes de 1 cm de profundidad en la parte superior de la masa. Hornee durante 10 minutos, luego disminuya la temperatura a 220 °C y continúe horneando 20-30 minutos más. Cuando el pan esté bien cocido, la parte de abajo debe sonar hueca al golpearla. Deje enfriar antes de cortar.

Panecillos

Ingredientes

- La receta de la masa anterior también sirve para hacer panecillos.

Preparación

Corte la masa en 8-12 pedazos, luego enrolle cada pedazo hasta formar una bola y colóquelos en bandejas de hornear enharinadas. Tápelos con una tela y déjelos leudar durante 1 hora, o hasta que dupliquen su tamaño.

Precaliente el horno a 200 °C y, cuando esté bien caliente, hornee los panecillos 20 minutos.

Tortas de avena (o panqueques) sin levadura

Los panqueques son un alimento barato y rápido para consumo diario. Los anglosajones los preparaban en grandes sartenes de hierro sobre fogatas. Se pueden comer a cualquier hora del día, solos o acompañados de carne de ave o pescado.

Ingredientes

- 120 ml de leche.
- 125 g de avena de cocción rápida.
- 1 huevo.
- 2 cucharadas de perejil, picado.
- 60 g de mantequilla.
- 1 cebolla pequeña, picada.
- Sal y pimienta negra recién molida.

Preparación

Caliente la leche en una cacerola pequeña hasta que hierva, luego viértala sobre la avena en un recipiente resistente al calor, revuelva y déjela reposar 15 minutos. Incorpore el huevo, el perejil y un poco de sal y pimienta.

Cocine la cebolla en una sartén con la mitad de la mantequilla, hasta que se ablande. A continuación, agréguela a la masa.

Derrita la mantequilla restante en una plancha a fuego medio. Con 1 cucharada de masa por torta (o panqueque), cocínelas de una en una hasta que estén doradas y crujientes por ambos lados.

Pan plano de cebada

La cebada se cultivaba hace 10 000 años. Los sajones la utilizaban para elaborar cerveza y harina. Es probable que hayan hecho pan sin levadura a partir de harina, sal y agua.

Ingredientes

- 185 g de harina de cebada, más harina para espolvorear.
- ¼ de una cucharadita de sal.
- 120 ml de agua.
- 1 cucharada de miel.

Preparación

En primer lugar, mezcle la harina junto con la sal, luego revuelva añadiendo el agua y la miel hasta que se forme una masa.

Caliente una plancha o una sartén grande a fuego medio-alto. A continuación, coloque la preparación sobre una encimera ligeramente espolvoreada con harina y amásela hasta conseguir una masa homogénea. Este proceso le llevará unos minutos. Extienda la masa con un rodillo de amasar hasta que quede bien delgada y corte círculos con un vaso grande, tapas de ollas o un cuchillo alrededor de un plato pequeño. Llévelos a la sartén caliente y cocínelos unos 2 minutos de cada lado, hasta que adquieran un ligero color dorado.

Puede servirlos al natural, con miel y yogur, o con queso y carne.

Pasteles del rey Alfredo

Los *crumpets* son una especie de tortitas inventadas por los anglosajones. Al principio, eran como panqueques duros que se cocinaban en una plancha, como la receta que se muestra a continuación. Siglos después, se les añadió polvo de hornear y, más tarde, levadura, lo que les dio los agujeros y la textura característica que los hicieron tan populares.

Ingredientes

- 300 g de avena.
- 60 g de harina de avena.
- 175 g de mantequilla, derretida.
- 35 g de frutos secos, picados gruesos.
- 6 cucharadas de miel.
- ½ cucharadita de sal.

Preparación

Coloque una placa o sartén a fuego medio-alto.

Mezcle todos los ingredientes en un bol y forme entre 10-12 tortitas. Llévelas a la sartén caliente y cocínelas 2 minutos de cada lado, hasta que alcancen un ligero tostado, presionando con una espátula de goma para que se doren.

MI PRIMERA VICTORIA

En esta sección que titularemos «En casa», la historia muestra a Uhtred de niño, en Bebbanburg. No recuerda sus primeros años de vida con mucho agrado, al menos hasta que Ragnar lo adopta. Sin embargo, su infancia muestra el afán que sentía por convertirse en un guerrero que luchará tanto con inteligencia como con fuerza.

Existe una creencia general según la cual todos los hombres recuerdan a su primera mujer. Desde luego, no es mi caso. Pese a que me acuerdo de las circunstancias, no puedo recordar con exactitud qué edad tenía. Creo que doce, pero podría estar equivocado. Sucedió en la orilla norte del río Humber, cuando los señores daneses que habían conquistado Northumbria convocaron a Ragnar el Viejo, quien me había adoptado como hijo. Aún recuerdo cómo arrastraron los barcos a una playa de guijarros, las tiendas, las grandes fogatas y los pasatiempos que animaron la reunión. Se organizaron juegos de tira y afloja, simulacros de combates con espadas (algunos demasiado reales), carreras de caballos y apuestas por la bebida. Cuando la diversión terminó, los hombres se reunieron alrededor de una enorme hoguera para discutir asuntos de estado, y a nosotros, los niños, demasiado jóvenes para participar de las aburridas conversaciones, nos ordenaron que cuidáramos el fuego, protegiéramos a los caballos y nos mantuviéramos al margen. Como no podía ser de otra manera, creamos nuestros propios divertimentos, y uno de ellos era jugar al escondite en un amplio espacio. Una noche me escondí en un barco, bajo la plataforma del timón en la popa, que resultó ser un escondite ideal, ya que estaba lloviendo y tenía un lugar donde refugiarme. Hasta encontré unas mantas ásperas sobre las que me tumbé, y allí escuché las voces que buscaban en los alrededores.

Otros dos o tres chicos me encontraron y, como les gustó mi refugio, decidieron acompañarme. Poco a poco, fueron llegando más, tanto niños como niñas, y me empujaron hacia el extremo de popa del barco, donde me senté con las piernas estiradas y la espalda apoyada en el codaste. Estaba cómodo, caliente y seco, y al cabo de un rato me di cuenta de que el pequeño espacio estaba abarrotado de gente y de que a mis compañeros no les interesaba en absoluto permanecer en silencio. La oscuridad era total, las nubes de lluvia ocultaban cualquier luna que pudiera lucir en el cielo, y la playa estaba protegida de las fogatas por una arboleda. Yo era bastante feliz y me unía a las risas del grupo. Nadie me acosaba ni me despreciaba por mi origen sajón; de hecho, nadie parecía notar mi presencia.

Y entonces los sonidos cambiaron y una oleada de emoción llenó el concurrido espacio. Hubo menos carcajadas y más risitas nerviosas, respiros entrecortados y gemidos. Deseaba poder ver, pero reinaba una penumbra total y no me interesaba preguntar cuál era la causa de los nuevos ruidos, así que permanecí en silencio, en mi rinconcito. De repente, me agarraron. Por unos instantes, pensé que alguien intentaba forcejear conmigo, pero luego la voz de una niña se acercó a mi oído:

–¿Quién eres? –preguntó.

–Uhtred –respondí.

La muchacha había trepado por mi cuerpo y estaba tumbada encima de mí.

–Y estás vestido –comentó sorprendida, incluso conmocionada.

–Así es –le contesté con voz débil. Me quedé sin aliento cuando intenté apartarla de mi cuerpo, que se encontraba en una posición incómoda, ya que toqué el suyo y era evidente que estaba desnuda.

–Pobre Uhtred –dijo, y empezó a tratar de quitarme la ropa.

Al final, le pregunté cómo se llamaba y creo que me contestó, aunque para entonces ya estábamos entre un montón de cuerpos desnudos que se retorcían, y ni siquiera puedo estar seguro de que la chica a la que le pregunté fuera la misma que se había subido encima de mí por primera vez en la popa del barco. Creo que sí, y guardo buenos recuerdos de ella, pero no tengo ni la menor idea de quién era. Hace ya mucho tiempo que olvidé su nombre.

Sin embargo, lo que sí recuerdo, y con lujo de detalles, es mi primera victoria. Es curioso que, ahora que soy viejo, piense en mujeres, mas no en los triunfos. Pensar en mujeres me trae consuelo, mientras que las victorias saben a sangre, a muerte de amigos y a terror. Incluso mi primera victoria tenía un componente aterrador, y éste iba a crecer y acercarse más a mí en las largas guerras que vinieron después.

Esa primera victoria empezó con anguilas.

Mi padre creía que las anguilas nacían cuando los pelos de la cola de un caballo caían a un arroyo, y, como le gustaba tanto comérselas, algunas veces cortaba pelos de su semental y los arrojaba al Ellewic, un arroyo que fluía al norte de Bebbanburg. Comía anguilas ahumadas o hervidas en cerveza, todo servido en un gran plato humeante.

Yo las odiaba. Mucho más tarde, después de que Ragnar el Danés me capturara y me tratara como a un hijo, decidí que las anguilas eran la semilla de la Corpse-Ripper, la Destripadora de cadáveres, esa espantosa serpiente que vive en Niflheim, el infierno helado que espera a la gente malvada. Una de las tareas que mi padre me encomendaba era pescar anguilas. Creo que me obligaba a hacerlo porque no me quería. Para ser justos, no le gustaban los niños, aunque aseguraba que le tenía cariño a mi hermano mayor, quien, según él, llegaría a ser un famoso guerrero. «Tú eres demasiado bueno, o bueno para nada. Tal vez te conviertas en cura», solía decirme.

Yo no deseaba ser sacerdote, pero tampoco anhelaba convertirme en pescador de anguilas, pese a que llegué a ser muy hábil. Ealdwulf, el herrero de Bebbanburg, me enseñó cómo atraparlas.

–Busca una vieja red de pesca y tráela aquí, muchacho –me dijo.

Aquí era donde se encontraba su forja, una choza humeante y sucia en el patio inferior de Bebbanburg, donde me gustaba ver a Ealdwulf golpear el hierro ardiente para fabricar puntas de lanza o espadas. Parecía caerle bien, sobre todo cuando me iba buscar cosas al cementerio de Bebbanburg, justo al sur de la fortaleza.

En ocasiones, una marea alta y un fuerte viento del este dejaban al descubierto las tumbas y le llevaba huesos para que él los pusiera en el horno.

–Nadie sabe por qué, muchacho, pero, si añades huesos al fuego, el hierro se vuelve más resistente. Se transforma en *stehl*, en acero, y las mejores hojas son las de *stehl* –me explicó. Le gustaba utilizar huesos humanos porque creía que poseían más propiedades mágicas que los de vacas u ovejas.

Pese a que era pagano, usaba una cruz de madera quemada, ya que todos en Bebbanburg eran cristianos y porque mi padre había insistido, aunque desconozco las razones, pues sospechaba que él también era pagano en secreto. A veces alardeaba de que nuestra familia descendía de Odín. «¡La sangre de los dioses corre por nuestras venas!», exclamaba, y Gytha, su segunda esposa y mi madrastra, se lamentaba, impotente, y se llevaba la mano a la cruz de plata que le colgaba en el pecho.

–Trae suficiente red como para cubrir mi yunque, muchacho –me pidió Ealdwulf.

Y yo, obediente, busqué entre los restos de la marea hasta encontrar un pedazo de red de cordel alquitranado.

–Ahora ve a buscar lombrices y llénala –ordenó luego, al tiempo que me tendía una jarra de arcilla del tamaño de su enorme mano llena de cicatrices de quemaduras.

Esa tarea sí sabía hacerla. Me dirigí a los campos de cultivo que había detrás del pueblo, al otro lado del puerto poco profundo de Bebbanburg, busqué un lugar húmedo que estuviera lleno de moho de hojas y cavé en la tierra. Me llevó casi toda la mañana llenar la jarra de gusanos, que luego llevé de regreso a la forja.

–Ahora observa –sostuvo Ealdwulf.

Colocó la red sobre una mesa y enrolló las lombrices para hacer un tubo que luego ató con un cordel formando una tosca bola. Dejó un largo pedazo de hilo a modo de agarradera.

–Llévala al Ellewic después del anochecer y tírala al agua. Lleva un rastrillo o una lanza de pescar y una cubeta para traer a esas malditas. ¡Sacarás un montón!

–¿Por la noche? –pregunté, nervioso.

–No funciona a la luz del día –repuso–; no sé por qué, pero no funciona. Seguro que es brujería. Hazlo de noche, muchacho, y las malditas se lanzarán sobre el manojo de gusanos.

Y no se equivocó. Me metí hasta las rodillas en el arroyo de Ellewic y, bajo la luz de la luna, arrojé la bola de lombrices. En cuestión de minutos, estaba sacando anguilas de la orilla. Se sacudían alrededor del cebo, retorciéndose como aquellos cuerpos jóvenes que años más tarde se encontrarían en el largo barco junto al Humber. Las sacaba del arroyo con un rastrillo y después las perseguía por la larga hierba hasta agarrarlas. Se me enroscaban en el brazo mientras trataba de meterlas en un barril.

Tenía ocho años, y tuve que esforzarme para llevar el recipiente hasta el fuerte donde Kenric, uno de los guerreros más expertos de Bebbanburg, estaba al mando de la guardia de la Puerta Baja. Por aquel entonces, era la Puerta Baja. Cuando el traidor de mi tío me robó la fortaleza, empezó a decorar la entrada con calaveras y la bautizó con el nombre de Puerta Calavera.

–¿Qué tienes ahí, muchacho? –preguntó Kenric.

–Anguilas.

–Déjame ver.

Era un hombre delgado y musculoso, con fama de ser rápido en la batalla, como una serpiente. Era compañero de combate de Ælfric, el hermano menor de mi padre, que vivía con nosotros en Bebbanburg, e incluso siendo niño noté que mi tío estaba resentido por ser el hermano menor y no haber heredado la fortaleza. Quizá Kenric alimentaba aquel resentimiento, pero esa noche se mostró bastante amable cuando me quitó el barril, levantó la tapa y lanzó un leve silbido de satisfacción.

–¡Qué buena noche de cacería, muchacho! –exclamó–. Tomaré una para el desayuno. –Sacó una larga anguila de color amarillo verdoso–. ¿Tu padre te paga por ellas?

–Espero que lo haga –contesté mientras observaba cómo Kenric le cortaba la cabeza con un cuchillo. El cuerpo decapitado seguía retorciéndose.

–¿Te dará plata? –inquirió el guerrero.

–Eso espero –respondí, aunque en realidad mi padre rara vez me recompensaba. Sólo una o dos veces me había dado una moneda de cobre maltrecha, y era porque estaba de buen humor.

–Serás rico después de la pesca de esta noche –afirmó Kenric. Dejó que tapara el barril y observó cómo me tambaleaba por el enorme peso hacia la puerta interior.

Mi padre estaba contento. Incluso se acercó a los fogones a ver las anguilas.

–¿Tú las has pescado?

–Sí, padre.

–No es tan inútil como parece –les comentó a las mujeres que trabajaban junto al gran horno de piedra, y me dio un chelín de plata, lo cual, para él, era de una generosidad desmesurada–. Tráeme más, muchacho, nos daremos un festín. –Escogió la más grande, una bestia gorda de piel plateada que se retorcía desesperada entre sus manos. La sujetó a la pared con un cuchillo clavado justo debajo de la cabeza, luego sacó un cuchillo más pequeño de su cinturón, le hizo dos cortes en la piel y se la arrancó con facilidad–. Quedará bien como cinturón –dijo, e hizo un gesto con la cabeza a una de las mujeres–. Fríe el resto para la comida del mediodía. –Me dio una palmada en la cabeza–. Bien hecho, muchacho. Trae más y te pagaré bien.

Me agradaron sus elogios; para mí valían más que el chelín de plata que me había dado y que, para ser honesto, no me era de ninguna utilidad. No tenía en qué gastarlo, así que lo añadí al pequeño montón de monedas de cobre que guardaba escondidas en la galería del gran salón donde dormía.

A la mañana siguiente, después de desayunar pan untado con grasa y un poco de cerveza, comencé mis quehaceres.

Mi padre insistía en que mi hermano y yo trabajáramos; sin embargo, a mi hermano mayor le tocaban las tareas más limpias, como supervisar las constantes reparaciones de las grandes murallas de madera de Bebbanburg. Mi primer trabajo cada mañana era alimentar a los queridos loberos de mi padre, y, cuando terminaba, tenía que recoger orín de caballo en una cubeta y usarlo para pulir plata. Cuando acababa mis tareas, el cura Beocca, el sacerdote de mi padre, me daba clases; me enseñaba a leer y a escribir y a aprender la vida de los santos. Me gustaba Beocca, pero hubiera preferido fregar bandejas de plata con arena y orín antes que escuchar sus historias de santos predicando a focas y frailecillos.

–¿Los frailecillos van al cielo? –le pregunté.

–Son criaturas de Dios –repuso–, y todas las criaturas de Dios van al cielo.

–¿Y los perros?

–No se puede imaginar el cielo sin perros –respondió con una sonrisa.

–¿Y qué hay de los mosquitos?

Suspiró y señaló el libro.

–Léeme esa palabra.

A media mañana, llegaba la hora de las clases para aprender a blandir la espada. Todos los niños debían entrenarse con espadas de madera y escudos medianos. Disfrutaba de este momento, porque, como a la mayoría de los más pequeños, me apasionaban las historias de guerreros. Muchas veces, durante la noche, me escabullía hasta la orilla de la galería y escuchaba mientras un arpista cantaba un cuento de batalla. Podía oír a los hombres de mi padre rugir de aprobación y golpear la mesa a medida que se narraban las historias. Eran relatos gloriosos de cómo algún guerrero había abatido al enemigo con su espada, derribado un muro de escudos o convertido un campo de trigo en un pantano de sangre. Nunca se hablaba de los moribundos que clamaban por sus madres ni del hedor de la mierda cuando los hombres se ensuciaban de miedo. Por lo general, los enemigos eran los escoceses, pero luego llegaron los daneses, e incluso el padre Beocca, que durante mucho tiempo me había enseñado que la guerra era una triste necesidad, se volvió beligerante. «¡Son los enemigos de Cristo! ¡Son los malditos enviados de Satanás! ¡Paganos! Aprende a usar la espada, muchacho, ¡aprende bien!», me decía.

Los niños empezábamos con espadas de madera. Aprendíamos a cortar y embestir. Por lo general, luchábamos entre nosotros, pero a veces nos enfrentábamos a los guerreros de mi padre, quienes disfrutaban golpeándonos sin piedad. «¡Enseñadlos a ser fuertes!», gruñía mi padre. Nunca preguntaba al padre Beocca cómo iba con la lectura, pero a menudo me observaba mientras practicaba con la espada, y a veces me retaba para que combatiera con él. Yo siempre aceptaba, y siempre acababa magullado, tirado en el suelo. Incluso una vez terminé con una costilla rota.

–Si no sabes luchar, niño, no sirves para nada –se quejó. Luego le ordenó a Deogol, su guerrero principal, que me hiciera combatir contra chicos más grandes–. Tiene que aprender. ¡Asegúrate de que lo haga!

Odiaba el momento en que Deogol nos decía que eligiéramos un bando. Aquel año de la pesca de anguilas, yo tenía ocho, era uno de los más jóvenes, y la mayoría de las veces me escogían el último. A veces, como mi padre era el señor de Bebbanburg y yo era su hijo, me elegían primero, pero siempre recibía burlas porque los otros chicos, casi todos mayores que yo, creían que me habían elegido antes para ganarme su aprobación. Sin embargo, la mayoría de las veces quedaba entre los dos o tres últimos.

–No sirves para nada, Chillón –me dijo Grindan–. Eres pequeño, lento y tonto.

Nunca me escogía, mas le gustaba pelear conmigo, ya que era mayor, más robusto y más rápido. Me llamaba Chillón porque decía que chillaba cada vez que me golpeaba con una de las espadas de madera. Grindan era hijo de Kenric. Tenía trece años, ya casi era lo bastante mayor para unirse a los guerreros adultos. Lideraba un grupo de muchachos de su misma edad que afirmaban, con presunción, que se convertirían en los luchadores más temidos de Bebbanburg, así que entrenaban con afán, armados de espadas, lanzas y escudos, para hacer realidad su sueño. Todos ellos se deleitaban de manera cruel haciéndome daño.

–Es por tu propio bien, muchacho –aseguró mi padre cuando me vio con un tajo en el cuero cabelludo y el pelo empapado de sangre–. Serás un inútil si no puedes luchar.

–Podría convertirse en sacerdote –sugirió Gytha esperanzada.

–Es lo que acabo de decir –replicó mi padre–. Será buen hombre y no conseguirá para nada.

A la mañana siguiente de mi primera exitosa pesca de anguilas, me enfrenté de nuevo a Grindan. Nos estaban enseñando a usar hachas, que también estaban hechas de madera.

–Enganchas el hacha en el escudo enemigo –explicó Deogol– y lo derribas. Luego el hombre que está a tu lado mata al pagano bastardo. ¡Inténtalo!

Luchábamos con fervor, colaborando con un compañero que debía asestar una lanza o una espada una vez que hubiéramos derribado con éxito el escudo del oponente, aunque yo no tenía la fuerza necesaria para apartar el escudo de Grindan. Por primera vez, no aprovechó para golpearme en la cabeza con su hacha de madera.

–¿Así que tu padre te paga por las anguilas?

–Así es.

–¿Cuánto?

–Lo suficiente –gruñí mientras intentaba quitarle el escudo.

–¿Cuánta plata te da?

–Suficiente –repetí, tirando en vano de su escudo.

–Eres patético, Chillón. Morirás en tu primera batalla.

Golpeó mi escudo con su hacha y me hizo retroceder. Era corpulento para su edad, con un rostro ancho y redondo desfigurado en la mejilla izquierda por una mordedura de perro. Estaba orgulloso de su cicatriz, pues pensaba que le daba el aspecto de un guerrero experimentado. Había provocado al sabueso, uno de los loberos de mi padre, que se abalanzó sobre él y podría haberlo matado si su padre no lo hubiera alejado a golpes. Kenric no se atrevió a matar al animal porque mi padre adoraba a sus canes. Andaban sueltos por todo Bebbanburg, ensuciaban el gran salón y gruñían a cualquiera que tratara de controlarlos. Grindan les tenía miedo desde que le destrozaron la mejilla, pero yo les caía bien. Algunas tardes, me acurrucaba en un rincón de la sala y dos o tres de los enormes perros me encontraban y se echaban a mi lado. Bana, que significa «asesino», era el perro líder; un valiente sabueso de pelo gris y flancos llenos de cicatrices que a veces me lamía la cara cuando me escondía en la sombra de la sala.

–¿Así que pescarás más anguilas, Chillón? –me preguntó Grindan, al tiempo que golpeaba de nuevo mi escudo con su hacha de madera.

–Lo haré si mi padre las quiere. –Intenté enganchar de nuevo su escudo, pero lo apartó demasiado rápido.

–¡Es para lo único que sirves! –se mofó el muchacho–. Nosotros mataremos daneses, y tú serás un pescador de anguilas.

Aquella tarde desenterré más gusanos y utilicé el mismo pedazo de red andrajosa para enrollarlos en una bola. Al anochecer, salí de la fortaleza cargando el barril, el cebo y el rastrillo. Kenric estaba de nuevo a cargo de la Puerta Baja.

–¿Otra vez sales, muchacho?

–Volveré tarde –le dije.

–Quizá te dejemos entrar –sonrió y cerró la puerta tras de mí.

Regresé al arroyo Ellewic, me adentré un poco más hacia el mar y esperé a que oscureciera. La penumbra más allá de la fortaleza me ponía nervioso, porque el padre Beocca a veces me contaba temibles historias de los *sceadugengan*, los caminantes nocturnos, que según él eran criaturas de Satanás, metamorfos, acechadores en la oscuridad y enemigos de los cristianos. «Quieren tu alma, muchacho, y, si te encuentran, te arrancarán la carne de los huesos y llevarán tu alma al diablo. Lleva siempre la cruz, sobre todo de noche, que es cuando el diablo sale a divertirse», me decía el sacerdote.

Sin embargo, descubrí que me gustaba estar solo en el susurro del viento marino, lo bastante alto en las colinas para contemplar los largos reflejos plateados de la luna creciente sobre las relucientes aguas. Era un soñador. Mi padre a menudo me daba un golpe en la cabeza para despertarme. «No sirve de nada pensar, muchacho, lo que importa es hacer. Pensar es cosa de mujeres», solía decirme. Durante un rato, en aquella segunda noche, me quedé en la parte alta, observando el mar, prestando atención a los pequeños sonidos nocturnos y preguntándome por mi futuro. Mi hermano heredaría Bebbanburg, ¿y yo en qué lugar quedaría? Beocca quería que me hiciera sacerdote, pero mi padre creía que mi destino era convertirme en guerrero de algún gran señor.

Su hermano menor, mi tío Ælfric, me dijo que debía conquistar mis propias tierras.

–Así es como se hace, muchacho. Reúne algunos hombres, afila las espadas y toma lo que quieras.

–Tu nunca has hecho eso, tío –le respondí, un tanto desconcertado.

–Ya llegará el momento, muchacho, ya llegará –repuso.

Y cuando el momento llegó me arrebató Bebbanburg, pero esta traición ocurrió tres o cuatro años después, cuando mi padre y mi hermano ya habían muerto.

Durante mi noche de pesca, me imaginé como un guerrero al servicio de algún señor hasta que la llamada de un búho cercano me arrancó de mis pensamientos. Bajé hasta el arroyo y arrojé la bola de lombrices para que las anguilas se abalanzarán sobre ella.

Llené el barril y lo cargué de regreso por el camino que llevaba al pueblo. Bebbanburg se alzaba frente a mí sobre un gran peñasco. Las murallas resplandecían donde los guardias sostenían antorchas encendidas que se reflejaban en las aguas poco profundas del puerto. El peso del barril hacía que me tambaleara. En un terreno más bajo, donde crecía una arboleda azotada por el viento al norte de la aldea, solté el barril y descansé un rato. Escuchaba el movimiento de las anguilas y me preguntaba cuántas necesitaría si mi padre organizaba un festín para todos sus guerreros y cuánto me pagaría. Fue entonces, mientras descansaba, cuando oí al *sceadugengan.*

¡Caminantes nocturnos! Sentí el crujido de una rama, de una pisada, y miré a mi alrededor, pero los árboles se veían oscuros, cubiertos de sombras proyectadas por la luna. Yo también me hallaba en la penumbra, y me quedé allí, con el corazón latiéndome a toda prisa y la mano en la empuñadura del pequeño cuchillo que llevaba enfundado al cinto. Sabía que los *sceadugengan* eran los muertos. El padre Beocca me había dicho que eran las almas de los pecadores que salían de los cementerios durante la noche para vengarse de los vivos.

Pese a que sabía que debía aferrarme a la cruz que me colgaba del cuello, el cuchillo era más reconfortante; aunque de nada serviría una pequeña hoja contra una criatura que estaba medio viva. No lo sabía, así que recé. En aquellos días, era un cristiano asustado que creía en el dios de los clavos porque no conocía nada mejor. Elevé una plegaria silenciosa y desesperada al cielo para que los caminantes no me vieran. Sin embargo, el barril de anguilas, iluminado por la luna, yacía en el centro del sendero, donde lo había dejado, y temí que atrajera a los demonios. Presté atención, pero lo único que escuché fue el susurro de las hojas y el interminable romper de las olas en la playa, más allá de la fortaleza.

Me quedé de pie y continué esperando. Seguía sin oír nada, así que regresé por el barril. Estaba a punto de levantarlo cuando los *sceadugengan* irrumpieron de entre las sombras, mas no eran caminantes nocturnos, sino tres muchachos, dos de los cuales me golpearon y me hicieron retroceder por el sendero. Uno me propinó un golpe en la cabeza y me mareé durante un instante, apenas consciente de que me pateaban con fuerza hasta que un agudo dolor en el pecho hizo que gritara bien fuerte.

–Dejadlo –dijo una voz–. Espero que te haya dolido, Chillón.

Uno de ellos volvió a patearme. Se echaron a reír y se marcharon con el barril de anguilas.

Estaba claro que había sido Grindan. Reconocí su voz y la de sus amigos, que, al igual que él, sólo soñaban con ser guerreros que pudieran formar parte del muro de escudos y presumir de sus proezas.

Estaba herido. Tenía sangre en la boca y un diente flojo, y las costillas me dolían horrores, pero me las arreglé para ponerme en pie y avanzar tambaleándome por el camino. Luego me detuve.

Kenric custodiaba la Puerta Baja. Debía de saber que su hijo me había seguido, y era probable incluso que hubiera alentado la emboscada. No quería que me viera lleno de sangre y magullado; no quería oír su risa burlona, así que, con gran sufrimiento, caminé hasta la playa que se extendía al norte de la fortaleza. La marea se arremolinaba en el estrecho canal que desembocaba en el puerto, pero ya había nadado en él bastantes veces y aún conservaba aquel gran rastrillo de madera con el que podría mantenerme a flote. Me adentré en la fuerte corriente, estremeciéndome por el dolor en las costillas, y, nadando a patadas, me abrí paso hasta el otro lado del canal. Temblaba mientras subía por la orilla sur. Cuando llegué a la Puerta del Mar golpeé con el mango del rastrillo.

–¡En nombre de Dios! ¿Quién eres tú? –gritó una voz somnolienta desde las murallas.

–¡Osbert! –respondí con voz chillona y asustada. En aquel entonces me llamaban Osbert, porque el hijo mayor siempre llevaba el nombre de Uhtred, y a mi hermano todavía le faltaban meses para morir en manos de los daneses.

–¡Por el amor de Cristo, muchacho, mira cómo estás! –El que abrió la puerta fue Wulfgar, un guerrero más joven que a veces ayudaba a enseñarnos cómo manejar la espada–. ¡Qué hora más tonta para ir a nadar! Métete dentro. –Me miró con atención–. ¿Qué ha sucedido?

–Me he caído –repuse.

–No debes deambular por la noche, niño. ¡Hay espíritus malignos por ahí! –Permaneció en silencio mientras subía los empinados escalones de piedra.

Lo único que quería era recostarme en mi cama, pero mi padre me vio antes de que pudiera llegar al gran salón y subir las escaleras hasta la galería. Venía del patio inferior y me llamó.

–¡Santo Dios! ¿Qué has estado haciendo?

–Estaba pescando anguilas.

Me inclinó la cabeza hacia arriba.

–¿Estás llorando?

–No es nada, padre.

–Los hombres no lloran. ¿Dónde están las anguilas?

–¡Grindan me las robó! –espeté.

Hizo una pausa y luego rio entre dientes.

–Le acabo de dar plata por ellas. –Me tiró del hombro–. Vamos, muchacho, vamos a secarte.

–¡No es justo! –grité.

–Por supuesto que no es justo. No seas patético. La vida no es justa. –Me llevó hasta la sala, cerca del gran fuego que se extinguía–. No me gustan los llorones. Tienes un enemigo, así que demuéstrame que puedes con él. ¡Consigue más anguilas!

–¡Lo mataré! –solté con furia.

–No lo harás, niño. Con una buena paliza es suficiente. Ahora acércate al fuego para secarte.

Esa noche no dormí bien. Aún tenía frío por la humedad de la ropa y estaba concentrado imaginando una venganza contra Grindan. En mis sueños despiertos, lo golpeaba hasta dejarlo hecho polvo, lo cortaba con un cuchillo, lo hacía llorar, pero sólo eran sueños, sueños despiertos. Mi enemigo era demasiado grande y fuerte, y yo lo sabía.

Al día siguiente, el padre Beocca me hizo leer en voz alta de su libro la vida de santa Hilda, una mujer que había fundado un convento en Whitby.

–Una mujer muy santa –sostuvo con entusiasmo–. ¡Puedes aprender mucho de ella!

–¿Transformaba las serpientes en piedra? –indagué.

–Así es.

–¿Usted puede hacerlo, padre?

–Dios no me ha otorgado ese poder.

–¿Por qué no?

–En una ocasión, estuve en Whitby –comentó para cambiar de tema–, y, cuando las gaviotas volaban sobre la iglesia de santa Hilda, plegaban las alas en su honor. ¡Yo mismo lo vi!

–¿Caían desde el cielo? –pregunté, ansioso, mientras me imaginaba una iglesia cubierta de aves muertas.

–¡Por supuesto que no! Pliegan sus alas en señal de homenaje, y Dios las eleva. –Me decepcionó la respuesta, y debió de notarse, porque Beocca me tocó el hombro–. ¿Qué sucede, muchacho?

–Tengo un enemigo –confesé– y debo luchar contra él.

–¡Tonterías! Debes perdonarlo.

–Mi padre dice que debo enfrentarme a él.

Beocca jamás se atrevía a contradecir a mi padre, pues era quien le pagaba. Se persignó.

–Cuéntame, muchacho –me dijo con tristeza.

Así que le conté la historia de mi búsqueda de anguilas y de cómo Grindan y sus dos compañeros me habían emboscado. La vergüenza aún me atormentaba, y las lágrimas asomaron a mis ojos.

–Y debo regresar esta noche –me lamenté–. Mi padre quiere más anguilas.

–No debes salir de la fortaleza al anochecer –dijo Beocca–. ¡Es muy peligroso!

–Pero tengo que conseguir las anguilas. Y sólo lo puedo hacer de noche.

–Entonces debes rezar, muchacho. Ven, iremos a la capilla e imploraremos la ayuda de Dios.

En aquellos días, la capilla de Bebbanburg estaba en el patio superior, cerca de los graneros y almacenes. Mucho más tarde, después de recuperar la fortaleza, la reconstruí en la roca más alta, junto a la gran sala. Para entonces, yo era pagano, pero al menos la mitad de mis hombres eran cristianos, y los obsequié con la nueva capilla como recompensa por su lealtad. Era un edificio de madera con un tejado de paja por donde se filtraba la lluvia y tenía un suelo de juncos húmedos. El altar era de madera, y debajo, en una caja de plata, se encontraba el tesoro más grande de Bebbanburg: el brazo de san Oswaldo. Oswaldo había sido rey de Northumbria y, según repetía Beocca hasta el hartazgo, un gran guerrero cristiano.

–Rezaremos a san Oswaldo y le pediremos que te proteja –me dijo cuando llegamos a la capilla–. Su brazo es incorrupto.

–¿Y eso qué significa? –pregunté.

–Después de la muerte –comenzó a explicar el sacerdote mientras sacaba el valioso relicario de abajo del altar–, nuestros cuerpos se descomponen. Los gusanos y lombrices nos devoran, aunque el día de la resurrección nos recomponemos de forma milagrosa. Pero el cuerpo de un santo nunca se descompone.

–¿De verdad? –inquirí, incrédulo.

–¡De verdad! –repuso Beocca, y agarró con torpeza los pestillos del relicario de plata, que era una caja del largo de la hoja de una espada–. Arrodíllate –me ordenó. Yo, obediente, me arrodillé mientras él abría la tapa con sumo respeto.

La caja estaba forrada de un lino tenue que se había descolorido donde yacía el brazo del santo. El brazo estaba cubierto por una manga bordada con cruces, y desde el puño emergía una mano color gris oscuro, con dedos delgados y curvos como garras, recubiertos de piel oscura y con uñas negras.

–He aquí el brazo del bendito san Oswaldo. Ahora cierra los ojos y rezaremos.

Entrecerré los ojos mientras Beocca, con las manos juntas, oraba para que el santo intercediera ante Dios Todopoderoso y me diera fuerzas. Al tiempo que rezaba, me percaté de un movimiento detrás de mí. Me di la vuelta, y vi que Bana, el gran sabueso, había entrado en la capilla. El perro llamó mi atención. Movió la cola, se acercó despacio con sus enormes patas y bajó la cabeza para olisquear el brazo.

–¡Concédele valor! –Los ojos cerrados del sacerdote miraban al techo de la capilla–. ¡Dale fuerza a tu servidor Osbert en este momento de prueba!

Bana tomó el brazo y retrocedió. La manga bordada raspó el borde de la caja, y el pequeño ruido bastó para alertar al cura, quien lanzó un grito de alarma y se abalanzó sobre el brazo, pero el sabueso giró hacia el otro lado y corrió hacia la puerta abierta de la capilla.

–¡No! –gritó Beocca, poniéndose de pie. Yo me reía–. ¡Vamos, muchacho! –ordenó golpeándome el hombro–. ¡Vamos!

–¡Bana! –exclamé–. ¡Quieto! –Y el gran perro se detuvo, dio la vuelta y se sentó, obediente, mientras el sacerdote le sacaba con sumo cuidado la sagrada reliquia de las fauces.

–¡Dios mío, perdóname! –pronunció Beocca al tiempo que devolvía el brazo a su lugar. Lo colocó sobre el lino, cerró la tapa y aseguró los pestillos–. Nadie puede enterarse –me advirtió.

–Mi padre debe saberlo –comenté con aire travieso.

–¡No! ¡No! ¡Es nuestro secreto! El brazo no está dañado. No ha sufrido ningún daño. No debes decir nada. ¡Prométemelo! –El pobre Beocca temblaba al pensar que la reliquia más sagrada de Bebbanburg había estado a punto de convertirse en un bocado para un perro lobo–. ¡Prométemelo! –me suplicaba. La ira de mi padre lo aterraba.

Mi padre no era un cristiano muy devoto, pero se enorgullecía, a su manera medio perversa, de aquella reliquia que congregaba a los peregrinos en Bebbanburg. Por supuesto que le encantaba decir que Oswaldo había sido un guerrero mediocre que pasó mucho tiempo de rodillas y muy poco aprendiendo a luchar. Gytha protestaba tímidamente ante tal impiedad, lo que incitaba a mi padre a realizar más comentarios despectivos sobre lo fracasado que había sido el rey Oswaldo. «El inservible fue derrotado. Sin embargo, ¡ahora es útil! Nos trae dinero», comentaba. El dinero lo traían los peregrinos, que acudían impacientes a implorar la ayuda del santo y que siempre introducían monedas en una gran urna colocada cerca del altar de la capilla.

–No diré nada –le prometí a Beocca.

–¡Dios y san Oswaldo te recompensarán! –comentó el sacerdote, aliviado–. Y los perros están prohibidos en la capilla.

–Pero me dijo que los perros van al cielo.

–Dije que son criaturas de Dios.

–Entonces deberían permitirles entrar en la iglesia –insistí.

–No, si comen santos –repuso con tono sombrío–. Cierra la puerta.

Pese a que hizo que me quedara largo rato mientras él rezaba, Dios o san Oswaldo ya habían ofrecido una respuesta a mi dilema. Sabía que Grindan me esperaría de nuevo, junto con sus compañeros, y sabía que mis amigos le tenían tanto miedo como yo. Era demasiado grande y musculoso para luchar contra él, así que necesitaba aliados, pero debían ser fuertes como mi oponente.

Aquella tarde salí de la fortaleza por la Puerta del Mar. Trepé por la roca y fui a lo largo la playa antes de atravesar la franja de tierra que conducía a la Puerta Baja. Tomé ese largo camino para que nadie me viera. Una vez estuviera en la franja, los hombres que custodiaban la Puerta Baja podrían verme, aunque esperaba que no les importara. Subí al bosque donde me habían emboscado, me quedé allí unos minutos antes de desenterrar más gusanos a la orilla de los árboles y luego regresé a la fortaleza por la Puerta Baja. Ninguno de los guardias dijo nada, sólo me saludaron.

Usé la red para atar las lombrices en una bola bien apretada y la dejé dentro del barril. Más tarde, al caer la noche, saldría con el rastrillo y la recogería. Una vez más, Kenric estaba al frente de la guardia de la Puerta Baja.

–¿Otra vez cazando anguilas? –me preguntó.

–Mi padre quiere más –repuse.

–Ten cuidado –dijo con una amplia sonrisa. Sabía que su hijo me perseguiría de nuevo, y también sabía que mi padre pagaría por las anguilas.

La puerta se cerró de un golpe detrás de mí, pero no escuché caer la barra de cierre, así que supuse que Kenric cerraría la entrada una vez que su hijo se hubiera escabullido en la oscuridad, a mis espaldas.

Crucé la franja de arena iluminada por la luna, rodeé el pueblo y seguí el sendero que conducía al norte, a través de los árboles, hasta llegar al Ellewic. Al llegar, arrojé la bola de gusanos en un estanque y escuché el revuelo de las anguilas mientras mordían el cebo. Llené el barril y martillé la tapa con el mango del rastrillo. Regresé tambaleándome por el sendero y dejé caer el recipiente a pocos metros del lugar donde me había detenido la noche anterior, antes de que Grindan me atacara. Una vez más, la luz de la luna dejaba ver la cubeta mientras me escabullía entre las sombras. Y, una vez más, llegaron los *sceadugengan*. Tres de ellos cargaban bastones y avanzaban con sigilo por el sendero.

–Ha escapado –comentó uno–. Es un *earsling*, un cagarruta.

–¡Chillón! –llamó Grindan–. ¿Dónde estás?

–Tiene miedo –sostuvo uno.

–¡Chillón! ¡Maldito pedazo de mierda! ¿Dónde estás?

Me quedé agazapado, sin pronunciar palabra.

–Se ha ido –comentó otro–. Y nosotros tenemos sus anguilas.

–Recoged el barril –ordenó Grindan a sus compañeros, quienes obedecieron y emprendieron el regreso entre los árboles. Podía escuchar cómo se reían.

Pero yo había estado aquí antes. Había abandonado la fortaleza por la Puerta del Mar y caminado alrededor de ella con Bana y otro sabueso, a los que había dejado atados con largas correas de cuero. Me habían permitido sacar a los dos perros del fuerte para pasearlos por la playa, donde perseguían gaviotas y chapoteaban felices en las pequeñas olas. Me había arriesgado al llevarlos por la franja de arena que quedaba a plena vista de las murallas del sur, pero nadie dijo nada cuando regresé sin los animales, a los que había dejado resguardados junto a un roble raquítico en el bosque, con un cuenco de arcilla lleno de agua.

Después de soltar el pesado barril de anguilas, regresé con los dos perros, les di un puñado de tripas que había robado de los fogones y esperé a que los *sceadugengan* se acercaran.

Una vez que Grindan y sus compañeros emprendieron el camino de regreso a la fortaleza, desaté las correas del árbol y los seguí. Podía ver a mis enemigos bajo la luz moteada de la luna, a unos cuarenta pasos de distancia. Todavía se escuchaban sus risas.

–¡Grindan, maldito ladrón! –grité–. Devuélveme las anguilas.

Los dos que cargaban el barril lo bajaron mientras Grindan se daba la vuelta.

–¡Chillón! ¿Quieres las anguilas? Ven a buscarlas.

–¡Ya voy! –exclamé, y caminé despacio hacia ellos.

Me movía en las sombras, y los perros, agazapados uno a cada lado, quedaban a oscuras. Grindan no los había visto, y se percató de su presencia por primera vez cuando entramos en un claro de luna. Bana gruñía y tiraba de la correa. ¡Ese perro sí que era un guerrero!

–¡No! –protestó Grindan.

–Traje a dos amigos, al igual que tú.

Me detuve a unos seis o siete pasos de ellos. Ambos sabuesos gruñían y jalaban de las correas. Mi enemigo sostenía un bastón frente a él y no apartaba la mirada de Bana.

–Puedes quedarte con las anguilas –dijo.

–Y vosotros podéis cargarlas –repuse.

–Nos vamos –gruñó.

–Los perros corren más rápido que vostros. –Dejé que la correa de Bana se me escapara de las manos, y el enorme sabueso dio un salto hacia delante. Apenas pude sujetar el extremo de la soga–. No puede esperar, tiene hambre. Agarrad el barril.

–No te atreverías, Chillón –dijo Grindan, desafiante.

Pero sí me atreví. Liberé a Bana, y el perro saltó. Grindan gritó. Se olvidó del bastón y se dio la vuelta para correr, pero, antes de que hubiera dado un paso, el sabueso le clavó los dientes con fuerza en la mano derecha. Mi oponente lanzó otro alarido cuando el animal lo tiró al suelo.

–¡Bana, quieto! –le ordené

Grindan estaba tirado en el sendero, y Bana, con las patas sobre mi enemigo, salivaba sobre su rostro. Le acaricié el lomo, tomé la correa y tiré de él.

–Te dije que levantaras el barril, así que hazlo.

–¡Tu perro me ha mordido!

–Y te matará si se lo ordeno. Coge las anguilas.

Las llevó por el sendero, a lo largo del camino que bordeaba el puerto y a través de la franja de arena. Sus dos compañeros caminaban junto a él, echando miradas nerviosas a los dos sabuesos que tiraban amenazadores de sus correas. Uno de los amigos llamó a la Puerta Baja, y el padre de Grindan quitó la tranca y la abrió.

–Hacia los fogones, Grindan –le ordené.

–Me ha mordido –le dijo el muchacho a su padre, solicitando su intervención–. ¡El perro me ha mordido!

–Y lo hará de nuevo si no me obedeces –repetí.

Kenric dirigió la mirada hacia mí y luego hacia los dos perros. Solté unos centímetros de correa a Bana, y éste se lanzó hacia delante, mostrando los dientes.

–Lleva las anguilas –ordenó Kenric a su hijo.

–Pero me ha lastimado. Me ha hecho daño. –Grindan se apartó del sabueso.

–No tanto como quisiera –agregué.

–Vete, muchacho –dijo Kenric. Me di cuenta de que quería castigarme, pero tenía miedo de lo que mi padre pudiera hacerle a cambio–. ¡Vete! –gruñó.

Caminamos hasta los fogones, donde Grindan, obediente, depositó el barril y luego, al momento, huyó a las cabañas donde dormían las familias de los guerreros.

Pensé que mi padre aparecería, pero no fue así, de modo que llevé a los sabuesos de vuelta a sus jaulas. Después me dirigí al gran salón, subí a la galería y me quedé dormido.

A la mañana siguiente, como de costumbre, alimenté a los perros, pulí la plata y aguanté las enseñanzas de Beocca durante una hora o más. Luego tomé mi escudo y espada de madera y me dirigí al patio superior, donde Deogol me puso frente a Grindan.

–Hoy practicaremos pelea directa –anunció Deogol–. Uno contra uno.

–¡Te mataré, Chillón! –me dijo Grindan entre dientes.

–Escudos arriba –ordenó Deogol–. ¡Comenzad!

Grindan empezó golpeando su escudo contra el mío valiéndose de su peso y altura para empujarme hacia atrás. Siguió con un poderoso balanceo de su espada de madera, que chocó contra mi protección. Luego vino otro terrible impacto con su escudo. Lancé una débil estocada que mi oponente detuvo, y advertí que blandiría de nuevo su arma de práctica en un intento de apartar mi protección y dejar mi cuerpo expuesto a un fuerte ataque. Balanceé el escudo hacia la izquierda para recibir el golpe, que resonó en el borde lo bastante fuerte como para abollar la madera. Grindan tenía el brazo derecho extendido, así que bajé mi espada con fuerza, a través de mi cuerpo, para golpearlo en el antebrazo donde Bana lo había mordido la noche anterior. Había una rasgadura desprolija en su manga que indicaba el lugar, y la golpeé con fuerza.

Mi atacante chilló. Dio un paso atrás, y lo embestí con el escudo, haciéndolo retroceder. Luego di un paso a la izquierda y blandí la hoja de madera hacia atrás, de modo que impactó de nuevo en su brazo herido, y volvió a gritar, pero esta vez más fuerte. Deogol se dio cuenta y se apresuró a separarnos.

–¿Qué sucede? –le preguntó a Grindan.

–¡Tengo el brazo destrozado! El muy bastardo me ha atacado con sus perros.

–Déjame ver –dijo Deogol, e hizo que se levantara la manga.

Bana lo había lastimado hasta hacerlo sangrar, y ahora tenía costras en dos o tres partes rodeadas de un gran moretón negro. Sonreí, satisfecho, mientras Deogol le recorría el brazo herido con la mano. Grindan gritó de dolor cuando el guerrero deslizó los dedos sobre el hematoma.

–No hay nada roto –sostuvo con desdén–, puedes seguir luchando.

–No puedo... –comenzó a decir mi oponente.

–¡Lucha! –gruñó Deogol, y lo empujó hacia mí.

Levantó su espada, lo que me brindó una oportunidad de asestarle otro golpe, y eso hice. Le di con todas mis fuerzas en la herida amoratada con mi espada de madera, y volvió a chillar. Esta vez soltó el arma en medio del dolor. Aproveché el momento para atacar de nuevo y le pegué justo encima del estómago, de manera que se dobló de dolor, llorando. Descargué dos ataques más con la parte plana de la espada en su brazo lastimado. Luego, por si acaso, con un movimiento descendente y curvo, como el de una guadaña, le propiné otro golpe terrible, y oí el crujido de un hueso. Lanzó un alarido. Sus amigos lo miraban atónitos y yo me llené de alegría por la victoria.

–¡Basta! –exclamó Deogol, y se interpuso entre nosotros–. Osbert gana.

Aquella noche cenamos anguilas hervidas en cerveza, y mi padre le arrojó un suculento trozo a Bana.

–Un sabueso excelente –anunció a los presentes.

Grindan nunca llegó a ser guerrero. El brazo le quedó mal y no podía blandir una espada ni sostener un escudo, así que mi padre le encontró trabajo en los establos. Murió joven e infeliz.

Ésa fue mi primera victoria.

PARTE DOS

DE LA TIERRA Y DEL AGUA

ANTECEDENTES HISTÓRICOS

Gran parte de lo que comían los anglosajones procedía de la recolección de alimentos en los boques y campos más extensos, así como también de la pesca, tanto en los ríos como en los mares cercanos.

En la tierra, abundaban las bayas silvestres. Se podían encontrar endrinas, ciruelas, moras, frambuesas, bayas de saúco, majuelas (bayas de espino blanco), cerezas, guindas, ciruelas silvestres (*bullace*), camemoros (moras de los pantanos), fresas, manzanas silvestres, escaramujos y serbas. Algunas verduras, que en la actualidad se cultivan, también se recolectaban en la naturaleza, como el hinojo y el apio, así como casi todas las hierbas, que se utilizaban no sólo para añadir sabor a los platos, sino también con fines medicinales. La naturaleza proporcionaba una abundante cantidad de avellanas, castañas y nueces, que eran fáciles de almacenar y representaban una importante fuente de proteínas. Y, por supuesto, también podían recolectarse setas en los bosques cercanos.

El pescado era una parte esencial de la dieta. Lo capturaban quienes se encontraban próximos a los ríos o al mar, aunque pocos podían darse el lujo de poseer una embarcación. Las truchas y las anguilas eran bastante fáciles de conseguir, y su consumo estaba muy extendido, sobre todo entre los habitantes cercanos a ríos y lagos. El salmón era más raro; sin embargo, los sajones que vivían cerca del océano también consumían otros tipos de pescado y mariscos de agua salada.

Los alimentos que los anglosajones y los vikingos invasores cultivaban, pescaban y comían parecen haberse combinado entre sí, según la disponibilidad. El lugar donde creció y vivió Uhtred estuvo gobernado por reyes daneses o nórdicos durante la mayor parte de su vida. Aunque es posible que conservara sus propias tierras, se trataba de un pequeño enclave en territorio vikingo. Incluso cuando finalmente los reyes sajones del sur derrotaron a los hombres del norte, muchos de ellos permanecieron en las tierras que habían conquistado y se integraron en la población local. Con el tiempo, la lengua inglesa adoptó algunas de las antiguas palabras nórdicas, incluidas aquellas relacionadas con la comida. Por ejemplo, lo que hoy llamamos «huevos» (*eggs*, en inglés moderno) eran conocidos como *eai* por los anglosajones, y lo curioso es que ambas palabras, tanto *eggs* como *eai*, se utilizaban en simultáneo durante la Alta Edad Media.

Nunca había mucho tiempo para comidas elaboradas en la complicada vida de Uhtred, pero sí celebró una: un banquete tres días después de la batalla. Había más cerveza que comida, y la poca que había no sabía bien. Había pan, jamón y un estofado que creo que tenía carne de caballo. Lo llamaron «banquete de la victoria», y supongo que lo fue, pero, hasta que la cerveza no soltó las lenguas de los hombres, más bien parecía un funeral.

¡Tal fue el festín para celebrar la batalla que dio lugar a una Inglaterra unida!

RECETAS

ANIMALES

Conejo estofado en cerveza • Estofado real de ternera • *Hash* de falda de res • Pierna de cordero estofada • Pollo asado al estilo *Spatchcocked* • Albóndigas triples • Hígado a la parrilla • Albóndigas de jabalí especiadas con enebro • *Hash* de vísceras • Codorniz (de dos maneras) • Falda de res estofada • Estofado de venado • Caldos

VERDURAS SILVESTRES

Estofado de puerros a la crema • Remolachas (de dos maneras) • Verduras estofadas • Hinojo (de dos maneras) • Ensalada de diente de león con tocino • Salsa de vegetales • Tortilla de setas silvestres • Tortilla de salvia y pimienta • Tostada con rebozuelos

DE RÍO Y MAR

Trucha a la parrilla • Pastel de anguilas • Arenque al escabeche • Cazuela de pescados y mariscos • Estofado de ostras • Abadejo cocido en cerveza • Salmón (de varias maneras) • Rodaballo (de dos maneras)

ANIMALES

Conejo estofado en cerveza con puerros e hinojo

Los romanos criaban conejos para comer y algunos creen que los trajeron a Inglaterra para practicar la caza como deporte. Otras investigaciones afirman que los conejos no aparecieron en Britania hasta la conquista normanda. No obstante, las liebres y los ciervos pequeños sí existían en la época anglosajona, y pueden cocinarse igual que los conejos. Elija el animal que prefiera para esta cazuela.

Ingredientes

- 1 conejo entero.
- Aceite de oliva, para freír.
- Ramitas de tomillo.
- 2 puerros grandes o 6 pequeños, cortados en rodajas.
- 1 bulbo de hinojo, en cuartos y cortado en rodajas.
- 250 ml de cerveza.
- 1 cabeza de ajo, separada en dientes.
- 1 manzana, descorazonada, cortada en trozos grandes.
- Sal y pimienta negra recién molida.

Preparación

Precaliente el horno a 180 °C. En una cacerola grande a fuego medio-alto, cocine el conejo con el aceite durante 8 minutos de cada lado, hasta que se dore. Cuando le dé la vuelta, añada las ramitas de tomillo en la cavidad del animal.

Una vez que se haya dorado, agregue los puerros, el hinojo, la cerveza, los dientes de ajo y condimente al gusto. Llévelo al horno, bien tapado, y deje que se cocine durante 1 hora 30 minutos. Pasados 45 minutos, voltee la pieza e incorpore las manzanas.

Estofado real de ternera

Para la mayoría de los anglosajones, la carne era un recurso escaso, así que utilizaban los trozos sobrantes para dar sabor a los platos. Si servían carne como comida principal, solían remojarla en agua durante un período de 12 a 48 horas antes de hervirla en un caldero sobre un fuego abierto en el centro de la vivienda, que, por lo general, consistía en una única habitación. Estofar la carne de forma lenta y prolongada mejoraba el sabor y preservaba los nutrientes en el líquido de cocción.

Hoy no es necesario lavar, remojar o hervir la carne para hacer un estofado, pero, si desea darle un cierto toque sajón, puede añadir vinagre, miel, puerros, apio e hinojo. Incluso puede agregar albaricoques, también conocidos como damascos, si le gustan. Un guiso tan sabroso como éste habría sido un lujo.

Ingredientes (para 6 personas)

- 2 cucharadas de mantequilla o grasa de pollo, cerdo o ternera.
- 1,1 kg de aguja o redondo de ternera, cortada en cubos de 4-5 cm.
- 4 puerros grandes (sólo la parte blanca), picados en trozos.
- 350 g de zanahorias, peladas y cortadas en pedazos.
- 1 bulbo de hinojo, cortado en trozos grandes.
- 3 tallos de apio, cortados en trozos grandes.
- 60 ml de vinagre.
- 1 cucharada colmada de miel.
- 1 botella de vino tinto.
- 1 cucharada de pimienta negra en grano.
- 12 clavos.
- Ramita de hojas de laurel.

- 1 cucharadita de sal.
- Un puñado de chantarelas o colmenillas (si es posible), salteados, añadidos antes de servir.

Preparación

Funda la grasa en una cacerola a fuego fuerte y selle los trozos de ternera. Una vez dorados por todas partes, lleve la carne a una fuente.

En la misma olla, saltee los puerros, las zanahorias, el hinojo y el apio hasta que estén blandos, unos 10 minutos. Desglase la cacerola con el vinagre y añada la miel.

Coloque de nuevo la carne en la olla y vierta el vino hasta cubrir los ingredientes por completo. Luego añada la pimienta y los clavos. Ponga la ramita de laurel encima.

Lleve el guiso a ebullición y luego reduzca la temperatura a fuego lento. Cúbralo y déjelo cocer durante 4 horas. También se puede cocinar en un horno a 120 °C durante 4 horas.

A continuación, retire la grasa, la cebolla y el apio. Vuelva a calentarlo y pruebe si está bien de sal y pimienta. El guiso estará más sabroso si lo deja enfriar y lo guarda toda la noche en el frigorífico.

Saltee las setas (si utiliza) y añádalas a la preparación antes de servir con una rebanada gruesa de pan tostado sobre el fuego.

Hash de falda de res

El *hash* se prepara con carne sobrante que se pica y cocina nuevamente con condimentos y cebollas. Es tan delicioso que, muchas veces, la falda de res se prepara sólo para elaborar esta especie de revuelto. Si está bien sazonado, no necesitará ni sal ni pimienta. Es una delicia servido con huevos fritos o poché, o con huevos revueltos y pasteles del rey Alfredo (consulte la página 83).

Ingredientes

- 390 g de nabos, pelados y cortados en cubos de 5 mm.
- Grasa de ternera, de pollo o aceite de oliva, para freír.
- 1 cebolla, finamente picada.
- 4 puñados de falda de ternera (consulte la página 141), cortados en cubos de unos 5 mm.
- 2 dientes de ajo, picados.
- 1 cucharada de tomillo fresco, picado.
- 150 ml de crema doble.
- Sal y pimienta negra recién molida.

Preparación

En una sartén, cueza los nabos con la grasa hasta que estén crujientes y dorados de un lado. Luego agregue la cebolla y siga cocinando hasta que todos los ingredientes se doren. Añada la carne, el ajo, la mitad del tomillo, y cocínelos 5 minutos más, revolviendo de vez en cuando.

Vierta la crema y revuelva para integrar. A continuación, presione el *hash* con una espátula durante 10-12 minutos, hasta que quede crujiente y dorado. A mitad de la cocción, dele la vuelta al revuelto con la ayuda de la espátula. Espolvoree el resto del tomillo. Si es necesario, condimente con sal y pimienta. Sirva con su cobertura preferida.

Pierna de cordero estofada

Hace unos mil años, al igual que hoy, las piernas de cordero eran sabrosas, económicas y mejoraban si se cocinaban durante más tiempo, lo que aportaba textura y un jugo más sabroso. Esta receta incluye anchoas, que los romanos pueden haber utilizado, pero también se pueden emplear otras conservas de pescado que los anglosajones habrían tenido en abundancia. Remojar las anchoas hace que se ablanden para que se disuelvan en la base del estofado. Asimismo, elimina el exceso de sal, lo que proporciona al cocinero mayor control sobre el sabor final. La combinación de carne y pescado aporta un sabor terroso y salobre, el cual se potencia con la adición de setas.

Ingredientes

- 15 g de sus setas secas favoritas, o 150 g de setas frescas, cortadas en rodajas.
- 2 piernas de cordero.
- 1 cucharada colmada de mantequilla o grasa de pollo, cerdo o ternera.
- 1 cebolla, cortada en trozos grandes.
- 2 dientes de ajo, cortados en trozos grandes.
- 2 anchoas, remojadas y enjuagadas dos veces, picadas.
- 120 ml de vinagre de manzana crudo.
- 1 cucharada de hojas de tomillo fresco o 1 cucharadita de hojas secas.
- 25 g de hojas de menta fresca o 2 cucharadas de secas.
- 1 cucharada de ajedrea seca.
- 8 zanahorias pequeñas o 4 grandes, cortadas en trozos (reservar las partes superiores).
- 675 g de nabos, cortados en trozos.
- Sal y pimienta negra recién molida.

Preparación

Para secar las setas, colóquelas cerca de una fuente de calor (125-150 °C) durante un día. Luego déjelas al aire durante, al menos, tres días.

Ponga las setas secas en una olla pequeña hasta cubrirlas con agua, llévelas a ebullición y después retírelas del fuego. Déjelas en remojo durante 30 minutos. Sáquelas, escúrralas (reserve el líquido) y trocéelas. Si utiliza setas frescas, enjuáguelas, córtelas en trozos y resérvelas.

Sale las piernas de cordero por todos lados, frotando un poco para que se impregnen bien. Añada la grasa en una olla de fondo y fúndala. A continuación, agregue el cordero y fríalo hasta que se dore. Si por casualidad tiene un buen lecho de brasas en el hogar, disponga las patas en una rejilla y gírelas hasta que estén doradas. También puede asarlas a la parrilla, según los sabores que quiera conseguir.

Precaliente el horno a 200 °C.

Coloque una cacerola a fuego medio y, cuando esté caliente, añada la grasa (si utiliza mantequilla, deje que empiece a dorarse), la cebolla, el ajo y una pizca de sal, y remueva para integrar. Cocine y revuelva cada 1 minuto hasta que los ingredientes estén translúcidos, unos 3 minutos. Incorpore las anchoas y macháquelas con una cuchara de madera. Cocínelas hasta que las cebollas estén ligeramente doradas en los bordes, pero no quemadas, unos 3 minutos más. Desglase la sartén con el vinagre, removiendo durante 1 minuto para eliminar los restos marrones de la base. Añada todas las especias, las partes de las zanahorias picadas y la pimienta. Revuelva durante 1 minuto. A continuación, agregue las setas y el líquido de remojo (si utiliza setas secas).

Introduzca las piernas doradas en el fondo de la olla, bien acomodadas en la base. Añada agua suficiente para cubrirlas en ¾ partes. Disponga encima los nabos y las zanahorias, y mézclelos. Lleve a ebullición, tape la olla e introdúzcala en el horno durante 3 horas. Pasado este tiempo, retire la tapa y vuelva a colocar la olla en el horno durante 15 minutos para dorar las verduras y reducir el líquido.

Al momento de servir, disponga una pierna en un bol grande, cúbrala con la mezcla de nabos y zanahorias, y añada la salsa con una cuchara.

Pollo asado al estilo *Spatchcocked*

Esta original presentación surge de la ejecución conocida como «águila de sangre», famosa en las sagas nórdicas. En realidad, es un método infalible para asar el pollo perfecto. Abre la cavidad, lo que permite una distribución uniforme e inmediata del calor, ya sea que el pollo se grille (cocción rápida a fuego vivo), se ahúme o se haga a la barbacoa (cocción lenta a fuego bajo).

Ingredientes

- 1 pollo (de corral u orgánico).
- 1 cucharada de aliño sajón (consulte la página 253).
- Sal marina.

Preparación

Precaliente el horno a 220 °C.

Vayamos paso a paso. Lo primero que debe hacer es cortar el pollo en mariposa. Para ello, introduzca las tijeras de cocina y corte a lo largo de la columna vertebral, empezando por la cola y subiendo hasta el cuello. Corte por un lado y luego por el otro. Reserve la columna, ya que tiene todos los ingredientes necesarios para preparar un sencillo caldo de pollo (consulte la página 146). También puede colocarla debajo del ave y asarla antes de añadirla al caldo. A continuación, abra o rompa el esternón aplastando el pollo hacia abajo con las manos, aplicando la misma presión para no dañar la carne. Si lo prefiere, puede pedirle al carnicero que lo haga por usted.

El próximo paso consiste en sazonar el ave. Asegúrese de salarla bien, de un lado y del otro. Luego aplique el condimento, esparciéndolo generosamente para cubrir la pieza por completo. Una vez que termine de condimentar, coloque el pollo con la pechuga hacia arriba en una fuente de horno profunda. Esto le permitirá recoger la grasa que se haya derretido para utilizarla en otras preparaciones, o para mojar la carne o para bañarla en ella cuando esté casi lista.

Llévelo al horno y áselo durante 45-50 minutos, o hasta que el ave alcance una temperatura interna de 75 °C. Puede bajar la temperatura a 110 °C (más o menos) después de los primeros 10 minutos para que la carne se cocine despacio. Si decide cocerlo así, déjelo de 1 hora 30 minutos a 2 horas, dependiendo del tamaño del ave.

Albóndigas triples

Los sajones utilizaban cuchillos y hachas para cortar y picar carne. Separaban pequeñas porciones de articulaciones para hacer albóndigas, salchichas y púdines. Las diferentes mezclas de carne picada podían elaborarse con cualquier animal o ave comestible. En esta receta, utilizaremos carne de tres animales: cordero, cerdo y ternera. Esta combinación, que incluye la grasa del cordero y del cerdo, crea albóndigas deliciosas con un excelente sabor y textura. Añadiremos menta, que estaba disponible para los sajones, pero, si lo prefiere, puede usar tomillo, cebolleta o salvia, bien picados, ya que creían que estas hierbas tenían importantes poderes curativos. Otra gran combinación es 60 % de cerdo y 40 % de venado que, al parecer, habría sido una opción para la nobleza.

Para esta receta, hemos cubierto las albóndigas con una exquisita salsa cremosa, lo cual es una manera moderna de servirlas.

Ingredientes (para unas 50 albóndigas aprox.)

- 2 cucharadas de grasa o de aceite de oliva.
- 1 cebolla grande, picada.
- 50 g de pan rallado fino.
- 120 ml de crema doble o leche de almendra.
- 1 cucharadita de ajo picado.
- 450 g de carne de ternera, picada.
- 450 g de paleta de cerdo, picada.
- 450 g de cordero, picado (mejor si es paletilla).
- 1 huevo grande.
- 2 cucharadas de miel.
- 3 cucharadas de perejil, picado.
- 2 cucharadas de menta fresca, picada.
- Sal y pimienta negra recién molida.

Para la salsa

- 500 ml de caldo de gallina, comprado o casero (consulte la página 146).
- 240 ml de crema doble.
- 1 cucharada de mermelada de arándano rojo.
- 3 o 4 cucharadas de líquido de encurtidos (consulte la parte de «Conservación» a partir de la página 223).

Preparación

Precaliente el horno a 180 °C.

En una sartén grande, funda la grasa a fuego medio y cocine el ajo y la cebolla durante 5 minutos o hasta que se ablanden. Luego deje que se enfríen.

En un bol, mezcle el pan rallado con 120 ml de crema o leche y déjelo reposar unos 5 minutos para que el pan absorba el líquido y se ablande.

En un recipiente grande, mezcle la ternera, el cerdo, el cordero, la cebolla, el ajo, el huevo, la miel, el perejil y la menta. Condimente con sal y pimienta. Incorpore la mezcla de pan y crema. Revuelva bien para integrar los condimentos. A continuación, forme las albóndigas. Dispóngalas en una bandeja de horno cubierta con papel de aluminio y hornéelos durante 20 minutos.

Mientras las albóndigas están en el horno, prepare la salsa. En una sartén grande, combine el caldo, 120 ml de crema, la mermelada y el líquido de encurtidos, y cocínelos a fuego lento. Salpimiente al gusto.

Por último, agregue las albóndigas cocidas a la salsa, reduzca el fuego a medio y déjelos unos 5 minutos más, hasta que la salsa se espese un poco y las albóndigas estén bien calientes.

Hígado a la parrilla

El hígado es un ingrediente bastante económico que tiene un sabor único, fuerte. Sin embargo, la clave está en la calidad del hígado que se utilice, así que consiga el mejor posible. Los de animales grandes, como cerdos y vacas, resultan más sabrosos si se marinan antes de asarlos, mientras que los de animales pequeños, como pollos y conejos, no necesitan marinarse.

Ingredientes

- 1 hígado (preferible de ternera o de cerdo, pero el de res es muy bueno, ¡un poco más fuerte nada más!).
- Grasa de cerdo o aceite de oliva de buena calidad.
- 1 cucharada de sal y pimienta negra recién molida.
- 3 cucharadas de hierbas frescas, como menta, romero, eneldo o de aliño sajón (consulte la página 253).
- Vinagre de manzana, para servir (opcional).

Preparación

En primer lugar, enjuague el hígado y, si tiene una membrana externa unida, quítela con los dedos. Luego córtelo en trozos de 1 cm de grosor y dispóngalos en una fuente de horno en una sola capa. Unte las piezas con la grasa de cerdo o el aceite, salpimiéntelas y espolvoréelas con las hierbas frescas picadas o el condimento sajón. A continuación, tápelo y déjelo reposar en el frigorífico durante una hora, o toda la noche si desea que los sabores se impregnen bien. Lleve los trozos a temperatura ambiente antes de asarlos.

Ase a unos 10 cm de las brasas o debajo de un *grill*, unos 3 minutos de cada lado (el tiempo depende del tamaño del hígado). El hígado debe estar rosado en el centro. Como no tiene grasa, puede endurecerse si lo cocina durante mucho tiempo. Si lo prefiere, cuézalo en una sartén a fuego medio-alto. Pruebe antes de servir. Si sabe demasiado fuerte, añádale un chorrito de vinagre de manzana.

Albóndigas de jabalí especiadas con enebro

Para los sajones, el jabalí era símbolo de fuerza y fertilidad. Su imagen se empleaba para adornar cascos y estandartes de batalla. Un festín en donde el jabalí era el plato principal demostraba el poder de un señor y fomentaba la camaradería, ya que este animal no estaba al alcance de las clases más bajas.

Las bayas de enebro tienen un sabor característico, un aroma intenso y un suave picor. Se machacan ligeramente antes de utilizarlas como especia y todavía hoy sirven para condimentar carne de caza, cerdo, repollo y chucrut.

Ingredientes (para 30 albóndigas pequeñas)

- 2 cucharaditas de aceite de oliva, más una cantidad extra para freír.
- 1 cebolla pequeña, picada.
- 2 cucharaditas de bayas de enebro, ligeramente machacadas.
- 450 g de jabalí, picado.
- 1 huevo.
- 25 g de pan rallado.
- Sal y pimienta negra recién molida.

Preparación

Primero, caliente el aceite de oliva en una sartén a fuego medio y cocine la cebolla 5 minutos, hasta que se ablande. Luego añada las bayas machacadas, removiendo para que la cebolla absorba el enebro. Apártelo del fuego y déjelo enfriar.

En un bol, mezcle el jabalí, la cebolla fría, el huevo y el pan rallado. Condimente con abundante sal y pimienta, y forme albóndigas. A continuación, cocínelas en un poco de aceite en una sartén grande hasta que estén crujientes por fuera y bien cocidas por dentro, unos 10 minutos.

Hash de vísceras

(¡Lo que sobra se aprovecha y se transforma en un manjar!).

Las aves y los conejos nos regalan pequeñas delicias que a menudo desperdiciamos. Este picadillo tiene un sabor fuerte, lo que lo hace ideal para muchos usos. Puede comprar los trozos de carne en mercados o en carnicerías. Si es posible, pida los de corral o los orgánicos. Recuerde que un entorno de crianza saludable produce mejores órganos animales.

El hígado es una excelente fuente de hierro y tiene un característico sabor a caza que vale la pena probar. Las mollejas requieren de una larga cocción para que se queden más tiernos. Debe picarlas bien para este plato. Los riñones de conejo son tiernos y de sabor suave, mientras que los corazones saben similar a la carne del animal.

Este *hash* se puede comer sobre cebada o avena, dentro de un potaje o con huevos revueltos. También puede añadir cebollas asadas para preparar un delicioso sándwich.

Ingredientes

- Grasa, para freír (la que usted prefiera).
- Corazones e hígados de pollo o conejo.
- Mollejas de pollo.
- Riñones de conejo.
- Cerveza (opcional).
- Sal y pimienta negra recién molida.

Preparación

En primer lugar, pique bien todos los ingredientes. Luego lleve la grasa a una sartén antiadherente a fuego medio-alto. Añada la carne, salpimiéntela y remueva de vez en cuando para que los trozos queden crujientes y se cuezan. Puede cocinarlos rápido o dejarlos a fuego lento para que se ablanden. Si lo desea, añada un poco de cerveza para desglasar la sartén o estofar los pedazos de carne.

Codornices para la corte

La codorniz y otras presas procedentes de la cacería y de la caza de aves eran alimentos perfectos para banquetes y que sólo consumían los ricos. La preparación de los festines requería de una habilidad especial, y la codorniz es una delicia que encaja a la perfección en los banquetes de hoy en día. La clave está en cocinarla rápido para mantener los jugos en su interior.

Codornices estofadas en sartén

La técnica de estofar en sartén consiste en dorar la carne y luego cocerla a fuego lento en líquido, lo que evita que la codorniz se seque y, al mismo tiempo, crea una sabrosa salsa. En la segunda receta hemos utilizado té y vinagre como líquido, pero puede reemplazarlo por vino tinto si lo prefiere. Los señores sajones disfrutaban de ambos.

Ingredientes

- 6 codornices.
- 1 cucharada colmada de grasa de pollo o aceite de oliva.
- Una pizca de tomillo fresco, picado.
- 175 ml de vino tinto.
- 1 cucharada de crema doble.
- 5 cucharadas de mantequilla.
- Sal y pimienta negra recién molida.

Preparación

Coloque la grasa en una sartén y selle las codornices a fuego alto hasta que se doren. Espolvoree las aves con tomillo, sal y pimienta. Cocínelas por los dos lados hasta que estén doradas, unos 8 minutos en total. Luego apártelas en un plato.

Vierta el vino tinto en la misma sartén y reduzca el líquido hasta que la superficie se llene de burbujas. La salsa se reducirá a unos 60 ml. Añada la crema y bátala. A continuación, agregue la mantequilla, una cucharada tras otra, moviendo la sartén o batiendo todos los ingredientes. Coloque de nuevo las codornices a fuego lento y voltéelas cada cierto tiempo durante unos 10 minutos.

Al momento de servir, vierta la salsa sobre las aves.

Codornices estofadas en vinagre y té

Ingredientes

- 6 codornices.
- 2-3 peras, ya limpias del hueso, cortadas en trozos (o cualquier fruta de hueso).
- 1 cucharada de grasa de pollo o aceite de oliva.
- Un puñado de hojas de salvia fresca.
- 175 ml de té recién hecho.
- 1 cucharada de vinagre de manzana, o al gusto.
- 1 cucharadita de miel.
- 5 cucharadas de mantequilla.
- Sal y pimienta negra recién molida.

Preparación

En primer lugar, coloque la grasa en una sartén y selle las codornices y las peras a fuego fuerte. Añada las hojas de salvia, sal y pimienta. Cocínelas bien de cada lado hasta que se doren, un total de 8 minutos. Luego lleve las codornices a un plato.

Vierta el té, el vinagre y la miel en una sartén a fuego medio y reduzca el líquido hasta que la superficie se llene de burbujas. La salsa se reducirá a unos 60 ml. A continuación, incorpore la mantequilla, una cucharada tras otra, moviendo la sartén o batiendo todos los ingredientes. Coloque de nuevo las codornices en la sartén a fuego lento y voltéelas cada cierto tiempo durante unos 10 minutos.

Falda de res estofada

La falda es un corte que se obtiene de la parte baja del pecho de la vaca o ternera. En esa zona, los músculos soportan mucho peso, así que la carne está llena de tejido conectivo, que puede ablandarse con una cocción lenta. Se puede ahumar, asar o hervir, siempre que se haga despacio. Con las sobras, puede preparar deliciosos revueltos o sándwiches con chucrut (página 244).

Ingredientes

- Falda de res (aprox. 1,3 kg).
- Aceite vegetal, para freír.
- 900 g de cebollas amarillas, partidas por la mitad, en cuartos o en rodajas.
- 1 cabeza de ajo, cortada por la mitad, o unos pocos dientes de ajo, picados.
- 2-3 zanahorias, peladas y picadas.
- 2-3 tallos de apio, picados.
- Algunas hojas de laurel.
- Algunas ramitas de tomillo.
- 500 ml de caldo de pollo, comprado o casero (consulte la página 146).
- 500-750 ml de vino tinto.
- Sal gruesa y pimienta negra recién molida.

Preparación

Precaliente el horno a 150 °C.

Con pequeños golpecitos con papel de cocina, seque la falda y condimente con sal y pimienta. Luego ponga el aceite en una cacerola a fuego medio-alto. Una vez que esté bien caliente, selle la carne por todas las caras, de 3 a 6 minutos por lado. Una vez sellada, colóquela en un plato.

En una olla, agregue las cebollas, el ajo, las zanahorias, el apio y las hierbas, y dore las verduras, removiendo los trozos dorados del fondo un par de minutos. Añada el caldo y el vino, lleve a ebullición y apague el fuego. A continuación, acomode la falda entre las verduras y tape la cacerola.

Colóquela en el horno y déjela cocer durante 2 horas 30 minutos. Para saber si la carne está lista, introduzca un tenedor: debe estar blanda, pero no desmenuzarse. Si quiere que se deshaga en la boca, deberá cocinarla de 3 a 3 horas y media.

Si desea comerla de inmediato, deje que se enfríe para poder manipularla y córtela a contra grano, es decir, en sentido contrario a la fibra. De este modo, se rompe el tejido muscular y la carne queda bien tierna. La falda estofada es más fácil de cortar cuando se enfría y sabe mejor cuando se recalienta al día siguiente porque los sabores se mezclan durante la noche.

Se puede servir hasta 3 días después. Para ello, consérvela en el frigorífico sumergida en el líquido de cocción. Al momento de recalentarla, córtela en frío a contra grano, disponga los trozos en una fuente de horno y cúbralos con el líquido. Tápelos bien y recaliéntelos en el horno a 120 °C durante 45 minutos.

Estofado de venado

Los ciervos se criaban en recintos cerrados para proporcionar alimento a los ricos. Los campesinos que deseaban consumir la carne de este animal debían cazarlo furtivamente, a menos que recibieran un trato especial por parte del señor o la señora del lugar. El ciervo (venado macho adulto) se consideraba la mejor carne.

Al no contener grasa, tiende a secarse cuando se asa. Por eso, prepararemos un delicioso estofado. También puede elaborar una sabrosa salsa con caldo de venado, trozos duros y fibrosos de las sobras, vino tinto, cebollas y zanahorias. Puede añadir un poco de ginebra para realzar el sabor (aunque los sajones no podían hacerlo) y migas de pan para espesar el guiso.

El marinado se puede preparar con cualquier combinación de verduras y especias que tenga disponible, pero aquí le dejo una sugerencia.

Ingredientes (para 8 personas)

- 1,8-2,25 kg de carne de pierna de venado, cortada en trozos de 5 cm.

Para el marinado

- 1 cebolla.
- Un par de zanahorias y tallos de apio.
- 1-2 dientes de ajo.
- 1-2 chalotes.
- Un puñado de bayas de enebro.
- 2-3 clavos.
- 1 cucharadita de pimienta de Jamaica.
- 1-2 ramitas de romero, tomillo u hojas de laurel.
- Un poco de vino tinto.
- Sal y pimienta negra recién molida.

Para el estofado

- 4-5 rodajas de tocino.
- Mantequilla y aceite de oliva, para freír.
- Un chorrito de ginebra, para freír.
- Caldo casero de venado o de otra carne (consulte la página 146).
- Unos 375 ml de vino tinto.
- 2-3 ramitas de tomillo, atadas juntas.
- 1 cebolla blanca pequeña, escaldada y pelada.
- Algunas zanahorias, peladas y cortadas en trozos grandes.
- Algunas chirivías, peladas y cortadas en trozos grandes.
- Un puñado de migas de pan fresco.
- Un puñado de setas, rebanadas (opcional).
- Un puñado de guisantes o arvejas congelados (opcional).

Preparación

En primer lugar, marine la carne. Luego mézclela con las verduras en una olla grande, cúbrala con vino y déjela en el frigorífico toda la noche. Cuando vaya a cocinarla, cuele y reserve el marinado. Seque bien la carne con papel de cocina.

Precaliente el horno a 150 °C.

Fría el tocino hasta que esté crujiente, córtelo en trozos pequeños y resérvelo. Mezcle la grasa de la sartén con un poco de mantequilla y aceite de oliva. Sazone el venado y cocínelo en la sartén. Asegúrese de que la carne se dore por todos los lados, agregue más mantequilla si es necesario.

En una cacerola, caliente un poco de ginebra y flambee la carne unos segundos para sellar los jugos. Luego apague la llama con una tapa grande de sartén.

Incorpore partes iguales del marinado reservado, el caldo de venado y el vino tinto. Mezcle la carne y el líquido con el tocino en una cazuela apta para horno. Lleve a ebullición, luego cocine a fuego lento durante unos diez minutos y añada las ramitas de tomillo fresco.

Ponga el estofado en el horno y cuézalo durante unas 3 horas, hasta que esté tierno. Recuerde que la cocción lenta es mejor.

Incorpore las verduras en los últimos 90 minutos, según lo tierna que esté la carne. Si no está seguro de cuánto tiempo necesita el estofado, saltee las cebollitas, las zanahorias y las chirivías en una pequeña cantidad de aceite a fuego fuerte hasta que se caramelicen un poco. A continuación, añádalas cuando la carne esté tierna y ya fuera del horno. Espese la salsa en el quemador añadiendo las migas de pan.

Antes de servir, retire las hierbas y las hojas de laurel. Si quiere darle un toque especial a la preparación, puede agregar las setas y los guisantes.

Caldos

Cuando cocine carne, reserve los huesos para preparar caldo que luego podrá utilizar para realzar el sabor de otros platos. Los huesos de descarte de aves seleccionadas, de cerdo, cordero o res, funcionan de maravilla, pero muchos carniceros pueden ofrecerle carcasas de pollo, patas de cerdo, huesos de res para sopa, etc., si los pide.

Asar los huesos antes de hacer el caldo añadirá más sabor, aunque también es posible elaborar un buen caldo hirviéndolos durante mucho tiempo a fuego lento. Quizá los más «esnobs» con la técnica protesten, pero con este método más largo y trabajoso de preparar caldo no tendrá que preocuparse por colar y desespumar el líquido. Aprovechará todo lo que ofrecen los huesos y los trozos sin recortar, emulsionándolos de maravilla hasta conseguir oro líquido, de consistencia pesada, rica en vitaminas y repleta de colágeno.

Si agrega vegetales, es mejor hacerlo durante los últimos 30 o 45 minutos de cocción, de lo contrario el líquido se llenará de pasta de verduras. Los caldos se congelan y conservan muy bien, así que ¡no tenga miedo de abastecerse!

Ingredientes

- Huesos y trozos de carne.
- Una pizca de sal.

Preparación

Coloque los ingredientes en una olla grande con suficiente agua para cubrir los huesos, unos 3 cm, y añada una pizca de sal. Lleve a ebullición, por encima de un hervor suave (no muy fuerte, con apenas unas burbujas), y manténgalo tapado. Luego cocínelo a fuego lento durante 12 horas. Controle el caldo de vez en cuando y añada más agua si nota que se reduce demasiado.

Variedad de caldos de verdura

Los sajones tomaban caldos y sopas a base de carne, mientras que los tés y elixires eran una opción puramente vegetal; sin embargo, esta receta es para quienes deseen una versión sin carne. Para preparar este caldo, puede asar primero las verduras o utilizar sobras asadas. También puede añadirlas crudas, lo que significa que el tiempo total de cocción será mucho menor.

Ingredientes

- Verduras sobrantes o frescas, junto con recortes de vegetales, cortadas en trozos grandes.
- Una pizca de sal.
- Una pizca de sus hierbas frescas favoritas.

Preparación

Disponga las verduras en una olla grande, cúbralas con agua, añada una pizca de sal y una pizca de las hierbas que prefiera. A continuación, lleve a ebullición y deje hervir a fuego fuerte antes de reducir la temperatura. Luego cocine a fuego lento de 30 a 45 minutos.

DE LA TIERRA

Puerros estofados a la crema con nuez moscada

Los puerros eran la verdura más consumida por los sajones, y, como les gustaba sazonar la comida con semillas de eneldo, amapola, alcaravea, hinojo y mirra, las hemos añadido a la crema de puerros. Además, resulta un buen relleno para una tortilla.

Ingredientes

- 1-2 cucharadas de mantequilla.
- 3 puerros pequeños, la parte blanca y verde clara, cortadas en trozos grandes.
- 1 cucharada de crema líquida.
- Nuez moscada recién rallada, al gusto.
- Sal y pimienta negra recién molida.

Preparación

En primer lugar, derrita la mantequilla en una sartén a fuego medio-alto. Luego añada los puerros y déjelos hasta que empiecen a quemarse un poco. Revuelva y vierta la crema. Remueva hasta que la crema se haya espesado y casi desaparezca. A continuación, agregue un poco de nuez moscada, sal y pimienta molida. Sirva de inmediato.

Remolachas

Las remolachas existen desde hace mucho tiempo, y ya en el año 300 a. C. había muchas variedades. Tienen un alto contenido en azúcar y hay que cocerlas hasta que estén tiernas, pero no pastosas.

¡Reserve las hojas cuando prepare las remolachas! Pruebe a saltearlas con una cebolla picada. Luego añada hojas de menta, pasas de Corinto y ajo. Los sajones contaban con todos estos ingredientes y es posible que cocinaran las hojas así.

Remolachas ligeramente encurtidas

Son un excelente acompañamiento para las carnes saladas.

Ingredientes

- 1 manojo de remolachas pequeñas (unas 15-20).
- 60 ml de vinagre.
- 1 cucharada de miel.
- 1 hoja de laurel.

Preparación

Primero, corte los tallos y cocine las remolachas en agua hirviendo a fuego lento durante 15 minutos, o hasta que la punta de un cuchillo afilado se clave en ellas con facilidad. Déjalas enfriar y luego pélelas.

Añada el vinagre, la miel y la hoja de laurel en una olla, lleve a ebullición y luego cocine a fuego lento durante unos minutos. A continuación, vierta el escabeche caliente sobre las remolachas peladas.

Por último, distribuya la preparación en frascos limpios, ciérrelos herméticamente y consérvelos en un lugar fresco.

Remolachas asadas

Ingredientes

- Remolachas.

Preparación

Precaliente el horno a 200 °C.

Primero, retire la parte superior del tallo de las remolachas y deje un trozo de 1 cm. Lávelas y colóquelas en una bandeja de horno con un poco de agua. A continuación, cúbralas con papel de aluminio y áselas hasta que se puedan pinchar bien con la punta de un cuchillo. El tiempo de cocción puede ir de 45 minutos a 1 hora, todo depende del tamaño. Dejar enfriar y luego pelar.

Verduras estofadas

Esta receta consiste en una mezcla de verduras silvestres recolectadas y otras cultivadas. Una breve observación: asegúrese de la condición del suelo de cualquier verdura que busque, ya que muchas, en especial el diente de león, suelen absorber metales pesados muy tóxicos cuando están en la tierra.

Los mejores lugares son los vírgenes, y, si vive en la ciudad, póngase en contacto con las autoridades locales para que lo orienten. Los institutos y universidades también se encargan de analizar muestras de suelo.

Puede usar hierbas o condimentos, si lo desea. La menta se destaca por muchas muchas razones, pero también es un excelente complemento en los platos salados. Al cocinarla a fuego bajo durante largo tiempo, su sabor característico se vuelve suave y reconfortante.

Ingredientes

- Variedad de verduras, recolectadas (o recolectadas «temáticamente»), según disponibilidad, como diente de león, hojas de mostaza, col rizada, hojas de nabo o zanahoria, lechuga romana, acelga suiza.
- 1 diente de ajo, cortado en láminas.
- Hierbas aromáticas, como menta, melisa, eneldo, tomillo o ajedrea (mézclelas a su gusto, o bien céntrese en un solo sabor, o en ninguno).
- Sal, al gusto.

Preparación

Lo primero: lave las verduras y enjuáguelas muy bien. Nada mejor para limpiarlas que llenar una cubeta con agua un par de veces, sobre todo si se trata de verduras de raíz o de algo que se ramifique en la tierra a medida que crece. Puede lavarlas en un bol o en el fregadero de la cocina. Yo prefiero hacerlo con la manguera del jardín y una cubeta.

Una vez que estén bien limpias, córtelas del tamaño que más le guste y llévelas a una olla grande. Añada el ajo cortado en láminas y las hierbas, si las utiliza. A continuación, llene la olla con agua hasta la mitad de la altura de las verduras, ya que se hundirán en el agua al cocinarse. Luego cuézalas hasta que estén listas.

Puede servirlas como guarnición o ensalada, mezcladas con salsa de vegetales (consulte la página 158).

Hinojo

Ya a principios del año 3000 a. C., los egipcios cultivaban hinojo amargo (el hinojo silvestre original) y lo utilizaban como hierba medicinal. Los romanos y griegos antiguos lo empleaban como medicina, verdura, condimento y repelente de insectos. Los guerreros creían que el té de hinojo los llenaba de valor antes de la batalla. Es una de las nueve plantas invocadas en el amuleto pagano anglosajón conocido como «Encanto de las nueve hierbas», registrado en el siglo X. Los granjeros sajones cultivaban muchas hortalizas alrededor de sus viviendas, tales como zanahorias, chirivías, repollos, guisantes, judías, cebollas e hinojo.

Los bulbos de hinojo deben sentirse pesados en relación con su tamaño, sin manchas marrones. Sus hojas plumosas no han de mostrar signos de marchitamiento.

Hinojo estofado

Ingredientes

- 2 bulbos grandes de hinojo, con las hojas.
- 1 cucharada de grasa.
- 2 cucharaditas de semillas de hinojo.
- Sal y pimienta negra recién molida.

Preparación

Primero, quite las hojas del hinojo y resérvelas. Luego corte los bulbos en octavos y llévelos a una cacerola junto con la grasa y 175 ml de agua. Cocine a fuego medio durante 5 minutos, tapado.

Espolvoree la preparación con las semillas y salpimente. A continuación, deles la vuelta a los trozos de hinojo, suba el fuego y cocínelos unos 10 minutos más, hasta que el líquido se haya evaporado y el hinojo esté bien cocido, casi caramelizado.

Hinojo asado

Ingredientes

- 2 bulbos grandes de hinojo, con las hojas.
- 1 cucharada de aceite de oliva.
- Una pizca de semillas de hinojo.
- Sal y pimienta negra recién molida.

Preparación

Precaliente el horno a 220 °C.

Corte los bulbos en cuartos y reserve las hojas. Mézclelos con el aceite de oliva en un molde para horno y cocínelos durante 1 hora 15 minutos.

Para servir, condimente el hinojo asado crujiente con sal y pimienta, las hojas reservadas y las semillas.

Ensalada de diente de león con tocino

Los dientes de león son amargos, chiclosos, pero ricos en vitaminas. La grasa del tocino caliente crea una mezcla deliciosa con el amargor de las hojas de diente de león.

Ingredientes

- 115 g de tocino de la parte de la tripa, cortado en cubos gruesos.
- Un manojo de dientes de león, lavados, secos, sin tallos gruesos, con las hojas separadas.
- 1 cucharada de vinagre de manzana.
- 1 cucharada de mostaza de Dijon.
- Sal y pimienta negra recién molida.

Preparación

Primero, fría el tocino a fuego medio-bajo hasta que esté casi crujiente (algunos trozos bien crujientes y otros no tanto es una combinación estupenda). Luego escúrralos sobre un trozo de papel de cocina y reserve la grasa.

Coloque las hojas de diente de león y los cubos de tocino en una ensaladera.

Tome 3 cucharadas de la grasa del tocino y deseche el resto. A continuación, viértala de nuevo en la sartén y caliéntela. Bata el vinagre junto con la mostaza en la grasa y salpimiente al gusto.

Derrame el aderezo sobre la ensalada y sirva.

Salsa de vegetales

Muchas hierbas, tanto silvestres como cultivadas, se utilizaban en tónicos y comidas anglosajonas. Esta salsa resulta excelente para carnes y pescados al horno o a la parrilla. También es un buen aderezo para el nabo común. Una cucharada es suficiente si desea realzar el sabor del potaje de cebada.

Puede preparar esta salsa como más le guste, en función de la cantidad y de lo que tenga a mano. Durante los meses más fríos, utilice variedades secas. Pruebe a calentarlas a fuego lento para extraer su sabor o déjelas reposar a temperatura ambiente durante varias horas. Debido al sabor salado de las anchoas, no es necesario utilizar sal.

Ingredientes

- Un manojo de menta fresca, eneldo, ramitas de tomillo y cebolletas.
- Un manojo de zanahorias, con sus hojas.
- Anchoas, al gusto.
- Vinagre de manzana, para aligerar.
- Grasa de cerdo, pollo o sebo, o mantequilla derretida (en carnes más grasas, puede que no sea necesario añadir grasa animal).
- Pimienta recién molida, al gusto.

Preparación

En primer lugar, pique finamente todas las hierbas y las hojas de zanahoria. Según la textura deseada, tritúrelas con un mortero si es necesario. Pique también las anchoas y, si lo prefiere, tritúrelas. A continuación, vierta suficiente vinagre para que la salsa adquiera la consistencia deseada, mezclando con un poco de grasa (la cantidad que desee). Finalice con un toque de pimienta.

Tortilla de setas silvestres

Puesto que sabemos que los sajones preparaban tortillas u *omelettes*, es fácil imaginar que lo hacían con setas recolectadas, las cuales se reducen mucho cuando se saltean, así que utilice una cantidad superior a la que crea necesaria. Puede doblar la tortilla para que se ajuste a las dimensiones de los platos modernos o colocarla invertida.

Ingredientes (para 1 persona)

- Variedad de setas, en cantidad (gírgolas; *shiitake*, también conocida como seta china; chantarelas; colmenillas o incluso champiñones comunes) limpias, sin tallos leñosos, cortadas en rodajas gruesas.
- 2 cucharadas de mantequilla sin sal.
- 2 huevos a temperatura ambiente.
- Sal y pimienta negra recién molida.

Preparación

Primero, corte las setas en láminas y llévelas a una sartén pequeña con 1 cucharada de mantequilla a fuego medio-alto. Saltéelas hasta que estén un poco doradas y hayan liberado todo el líquido.

Mientras se cocinan, casque los huevos en un bol y bátalos ligeramente. A continuación, añada el resto de la mantequilla a la sartén y vierta los huevos sobre la preparación. Deje reposar 30 segundos y, con la ayuda de un tenedor, lleve los bordes de la tortilla hacia el centro de la sartén. Deje que el huevo crudo rellene los huecos.

Repita el proceso por todos los lados. Cuando la superficie esté cuajada pero todavía blanda, invierta la tortilla en un plato. Para finalizar, sazone con una pizca de sal y un poco de pimienta negra.

Tortilla de salvia y pimienta

Los romanos utilizaban salvia y pimienta en la cocina (la salvia también por sus cualidades medicinales) y hay referencias sobre ambas en los escritos sajones.

Salvia, huevos, sal y pimienta: un plato fácil, delicioso y perfecto para un domingo por la mañana.

Ingredientes (para 1 persona)

- 2 huevos a temperatura ambiente.
- 1 cucharada colmada de hojas de salvia, finamente picadas, más algunas para decorar.
- ½ cucharadita de pimienta recién molida, o al gusto.
- 1 cucharada de mantequilla sin sal.
- Sal, al gusto.

Preparación

Casque los huevos en un bol y bátalos ligeramente. Incorpore la salvia y la pimienta. A continuación, derrita la mantequilla en una sartén pequeña y, cuando esté chisporroteando, vierta la preparación. Cocínela durante 30 segundos. Luego, con la ayuda de un tenedor, lleve los bordes de la tortilla hacia el centro de la sartén. Deje que el huevo crudo rellene los huecos.

Repita el proceso por todos los lados. Cuando la superficie esté cuajada pero todavía blanda, invierta la tortilla en un plato. Para finalizar, condimente con una buena pizca de sal, algunas hojas de salvia picadas y un poco de pimienta negra.

Tostada con rebozuelos

¡Un plato fácil y delicioso!

Ingredientes

- 450 g de rebozuelos.
- Rebanadas gruesas de pan.
- Crema doble, para servir.
- Sal y pimienta negra recién molida.

Preparación

Precaliente el horno a 220 °C.

Limpie los rebozuelos y dispóngalos en una bandeja para hornear. Cocínelos en el horno hasta que estén dorados, unos 45 minutos. Se encogerán bastante, ya que las setas contienen mucha agua.

Mientras se cocinan, tueste rebanadas gruesas de un buen pan, ya sea en tostadora o en una plancha sobre el fuego.

Mezcle las setas asadas con un poco de crema de leche, sal y pimienta recién molida. Con una cuchara, unte la preparación en las tostadas y sirva.

DE RÍO Y MAR

Trucha a la parrilla

Sencilla y fresca. Nada define mejor una cena en tierras nórdicas que una trucha a la parrilla. También puede cocinarla en el horno, directamente sobre el fuego o freírla en una sartén. La idea no es llenar la trucha de verduras, sino darle sabor mientras se cocina, así que utilice hierbas frescas que tenga disponibles (la lista que figura a continuación es un buen punto de partida).

Ingredientes

- 1 trucha entera, mejor con cabeza y cortada en mariposa.
- Grasa de cerdo, para engrasar.
- Hierbas aromáticas, como eneldo, hojas de hinojo, cebolletas, melisa y menta.
- Hilo de cocina.
- Sal y pimienta negra recién molida.

Preparación

En primer lugar, lave la trucha y después séquela dando golpecitos con papel de cocina. A continuación, úntela por todas partes con la grasa de cerdo y salpimiéntela por dentro y por fuera. Coloque algunas de las hierbas de manera que el pescado pueda absorber los sabores mientras se cocina. Sujételas a la trucha con el hilo.

Si va a cocinarla en el horno, precaliéntelo a 180 °C y déjela durante unos 25 minutos. Si la va a freír, llévela a una sartén a fuego medio-alto y cocínela de 4-6 minutos de cada lado. Si decide prepararla a las brasas, déjela unos 5 minutos de cada lado, ya sea sobre una rejilla o envuelta en una lámina de papel de aluminio entre las brasas, durante 7-8 minutos.

Pastel de anguila

Se trata de un pastel clásico elaborado con pasas, higos y leche de almendra, el cual consumían los sajones de buena posición económica.

Ingredientes

Para la masa

- 75 g de mantequilla, fría.
- 75 g de grasa de cerdo, fría.
- 250 g de harina, más una cantidad extra para espolvorear.
- 4-5 cucharadas de agua helada.

Para el relleno

- 450 g de anguila, sin piel, deshuesada y cortada en trozos pequeños.
- 240 ml de caldo de pescado.
- ½ cucharadita de jengibre molido.
- ¼ cucharadita de canela molida.
- 240 ml de leche de almendras.
- 1 nabo, cortado en dados grandes.
- 1 tallo de apio, cortado en rodajas.
- 1 zanahoria, cortada en dados grandes.
- 1 puerro, cortado en rodajas.
- 75 g de pasas, machacadas.
- 65 g de higos secos, picados.
- Sal y pimienta negra recién molida.

Preparación

Con la ayuda de dos cuchillos, un batidor o los dedos, mezcle la mantequilla y la grasa con la harina en un recipiente. Cuando los ingredientes se hayan integrado bien, añada las 4 cucharadas de agua helada. Amase hasta obtener una bola y agregue otra cucharada de agua si es necesario. Resérvela en el frigorífico mientras prepara el relleno.

Cocine la anguila en el caldo de pescado hasta que empiece a estar tierna. A continuación, condimente con sal, pimienta, jengibre y canela. Retire los trozos y reserve.

Incorpore la leche de almendras al caldo y cueza los nabos, el apio, la zanahoria y el puerro hasta que comiencen a ablandarse, unos 10 minutos. Luego cole los ingredientes.

Precaliente el horno a 170 °C. Entretanto, divida la masa en dos y extienda una parte en una superficie espolvoreada con harina hasta que sea lo bastante grande como para cubrir una cazuela apta para horno. Extienda el otro pedazo hasta que tenga el tamaño de una tapa de tarta.

Lleve la anguila a la cazuela recubierta de masa y esparza las frutas secas por encima. Cubra con la otra parte de masa, presionando el borde hacia abajo para sellarla. Introdúzcala en el horno y cocínela durante 1 hora.

Arenque en salmuera

El arenque es un pequeño pez óseo, es decir que presenta un esqueleto osificado. Al no conservarse mucho tiempo fresco, suele prepararse en salmuera, en escabeche o ahumado.

En esta receta se utilizan dos procesos: la salmuera y el escabeche. La sal del primero elimina el exceso de humedad del pescado y mantiene firme la carne. No omita este paso o el arenque se convertirá en puré. Si utiliza arenques de lata ya salados, póngalos en remojo en agua durante la noche y no realice la salmuera, ya que el pescado tendrá una buena consistencia y un nivel adecuado de sal.

Ingredientes

Para la salmuera

- 1 litro de agua.
- 145 g de sal.
- 450 g de filetes de arenque.

Para el escabeche

- 500 ml de vinagre blanco.
- 100 g de azúcar.
- 250 ml de agua.
- 3 hojas de laurel.
- 3 clavos de olor.
- 2 cucharaditas de pimienta negra en grano.
- 1 cebolla, cortada en rodajas.

Preparación

En una olla grande, mezcle el agua con la sal y lleve a ebullición para que esta última se disuelva. Viértala en un recipiente resistente al calor y deje que se enfríe. Luego colóquela en el frigorífico.

Añada los arenques a la salmuera, tápelos y déjelos en el frigorífico de 1 a 3 días.

Transcurridos 2 días, prepare el escabeche. Mezcle el vinagre, el azúcar, el agua, las hojas de laurel, los clavos y los granos de pimienta. Lleve a ebullición, luego reduzca la temperatura y cocine a fuego lento durante 15 minutos. A continuación, vierta la preparación en un bol y guárdela en la nevera de nuevo hasta que se enfríe.

Retire los arenques de la salmuera y dispóngalos en frascos de vidrio con la cebolla cortada en rodajas. Cubra con el escabeche y cierre los frascos. Espere 2 días antes de consumir. Se pueden conservar en un lugar frío hasta 1 mes.

Cazuela de pescados y mariscos

Brod era el término para «caldo» en inglés antiguo, y el caldo anglosajón era un líquido poco espeso. Los caldos de zanahoria y menta se mencionan en los *Leechdoms*, una colección de textos antiguos que contenía información sobre el uso de hierbas medicinales, así como recetas para elaborar ungüentos y tónicos. Para esta receta, el caldo de zanahoria se puede comprar en botella.

En los primeros asentamientos anglosajones, se han encontrado restos de arenque, salmón, bacalao, anguila, lucio y perca, eperlano, halibut y *welk* (buccino o caracol de mar). Si los sajones hacían cazuelas de pescados y mariscos, es probable que añadieran pescado salado. La cuestión es que esta preparación se hacía con lo que había disponible, tanto en aquella época como ahora, por lo que estamos ante una interpretación flexible para tener una idea de lo que se podría pescar, recolectar y cocinar en una olla sobre el fuego.

Ingredientes

Para el caldo

- 6 cucharadas de mantequilla sin sal.
- 50 g de apio, picado.
- 150 g de chalotes, picados.
- 45 g de hinojo, cortado en dados.
- 5 dientes de ajo, picados.
- Un manojo grande de tomillo.
- 250 ml de vino blanco.
- 250 ml de zumo de zanahoria.
- 1 l (1¾ pintas) de caldo de pescado (o 2 botellas de jugo de almejas).
- Sal y pimienta negra recién molida.

Para la cazuela

- 4 cucharadas de aceite de oliva (o grasa de cerdo o pollo).
- Mejillones con concha, limpios y sin barba.
- Gambas o camarones, pelados y desvenados.
- Rodaballo, halibut y cualquier otro pescado blanco, cortado en trozos pequeños.
- 2 chalotas, picadas.

Preparación

Primero, prepare el caldo. Derrita 4 cucharadas de mantequilla en una sartén a fuego medio hasta que empiece a espumar. A continuación, añada las verduras, las hierbas, 1 cucharadita de sal y otra de pimienta, y cocine hasta que los vegetales queden translúcidos, entre 8-10 minutos.

A mitad de la cocción, incorpore las 2 cucharadas de mantequilla restantes. Agregue el vino, el zumo de zanahoria y el caldo de pescado. Remueva todos los ingredientes y lleve a ebullición. Apague el fuego y tape la olla para mantener el líquido caliente.

Condimente los mariscos con sal y pimienta. En una sartén ancha y honda, caliente el aceite de oliva. Luego añada los mejillones y cocínelos durante 1-2 minutos, hasta que se abran. Agregue las gambas, el pescado y los chalotes, y deje que se cuezan hasta que se vuelvan opacos de un lado, unos 90 segundos. A continuación, vierta el caldo y remueva. Tape la sartén para que los mariscos se cuezan al vapor, 2-3 minutos. Justo antes de servir, retire los mejillones que no se hayan abierto.

Estofado de ostras

Un estofado de ostras era un plato típico de un día especial, ya que hasta mediados del siglo XVII las ostras se reservaban para los ricos. Esta receta revela los tesoros del bosque y del mar. La crema une las setas, las ostras y las hierbas, y el pan proporciona una base perfecta. Imaginemos la preparación de este plato después de la recolección de los ingredientes en el bosque. Las setas recogidas se colgaban en cuerdas y se ponían a secar para utilizarlas cuando fuese necesario.

Ingredientes (para 2 personas)

- 4 cucharadas de mantequilla.
- 2 rebanadas gruesas de pan crujiente.
- 12 ostras, descascaradas.
- 15 g de setas secas (chantarelas, champiñones, colmenillas).
- 120 ml de nata de cocinar.
- Un puñado abundante de hojas de salvia, finamente picadas.
- Un puñado abundante de tomillo, hojas seleccionadas.
- Un puñado abundante de eneldo, picado.
- Sal y pimienta negra recién molida.

Preparación

En una sartén, derrita 2 cucharadas de mantequilla. A continuación, añada las rebanadas de pan y fríalas. Voltéelas una vez y cuézalas hasta que se doren de ambos lados, unos 4 minutos. Luego reserve.

Derrita el resto de la mantequilla e incorpore las ostras descascaradas junto con 120 ml de su licor (sustituya por zumo de almejas si no dispone del licor). Cocínelas a fuego lento, apenas hirviendo, hasta que se hinchen y los bordes comiencen a curvarse, unos 4 minutos.

Añada las setas y vierta la crema. Remueva y mantenga el fuego lento hasta que esté caliente, unos 3 minutos. No deje que la mezcla hierva. Espolvoree con las hierbas, abundante pimienta recién molida y una pizca de sal.

En un recipiente ancho y poco profundo, disponga una rebanada de pan frito con 6 ostras y vierta encima la mitad del caldo cremoso. Salpimiente al gusto.

Repita el proceso con la otra rebanada, el resto de las ostras y el caldo.

Abadejo cocido en cerveza

Es un plato rápido, delicioso y original. Es mejor utilizar cerveza *pale ale* para no opacar el sabor puro de este pescado. ¡Podemos imaginar a un anglosajón preparando un abadejo al fuego y vertiendo un poco de cerveza en la sartén! Para una versión antigua del clásico *fish and chips* (pescado con patatas fritas), sírvalo con *chips* de chirivía (consulte la página 64).

Ingredientes

- 2 chalotas, cortadas en trozos.
- 4 dientes de ajo, bien picados.
- 1 botella de cerveza, de color bien pálido.
- 675 g de filetes de abadejo.
- 2 cucharadas de mantequilla (opcional).
- Sal y pimienta negra recién molida.

Preparación

En una sartén honda, con espacio suficiente para que quepa el abadejo en una sola capa, cocine las chalotas y el ajo hasta que se ablanden, unos 2-3 minutos.

Vierta la botella de cerveza y lleve a ebullición. Luego baje el fuego y añada los filetes. Después de 6 minutos, voltee el pescado y cocínelo otros 6 minutos. Según el grosor, debería estar bien cocido después de este tiempo. La carne debe desmenuzarse al pincharla con la punta de un cuchillo.

Retire el pescado a un plato. Puede servirlo solo o elaborar una salsa bien espesa y más moderna reduciendo el resto de la cerveza a fuego fuerte. Para ello, añada 2 cucharadas de mantequilla y bata hasta obtener una emulsión. Pruebe de sal y pimienta. Derrame la salsa sobre el abadejo y sirva.

Gravlax de salmón

Esta receta sería vikinga, no anglosajona; sin embargo, es demasiado buena como para no incluirla en esta sección. Se remonta al año 1348, según el *The Oxford Companion to Food*, una obra sobre alimentos y gastronomía, de Alan Davidson.

Ingredientes

- Una ración de salmón, unos 450 g - 1,3 kg.
- 170 g de miel o azúcar blanco o moreno.
- Sal, al gusto.
- 30 g (1 oz) de eneldo fresco, picado.
- Salsa de mostaza, para servir.

Preparación

En primer lugar, congele el salmón durante, al menos, 3 días. Luego descongélelo en el frigorífico.

Mezcle la miel o el azúcar, la sal y el eneldo picado. En una fuente de horno, extienda la mitad de la mezcla en una capa. A continuación, coloque el salmón encima y esparza el resto de la preparación. Cubra la fuente con *film* transparente de modo que toque el salmón por completo (si le resulta más fácil, disponga el *film* en la fuente antes de empezar para poder envolver el pescado). Coloque latas o algo pesado encima y guárdelo en el frigorífico. Cuanto más tiempo repose, más duro y salado estará (30 horas es suficiente, pero puede dejarlo entre 24 horas y 3 días). Una vez transcurrido el tiempo, el pescado habrá expulsado el líquido, lo cual es la finalidad de los pesos.

Desenvuelva y enjuague el salmón con agua para quitarle la sal. Para finalizar, espolvoree con eneldo fresco y sírvalo con una salsa de mostaza comprada.

Salmón
(de varias maneras)

Cocinar una ración de salmón en el fuego es mucho más fácil que cocinar cualquier cosa que camine. Un animal con patas implica un tiempo de cocción mucho mayor y un fuego más grande. Por ejemplo, un cordero necesitará 6 horas y 10-12 troncos con facilidad, pero una ración de salmón asado a fuego lento estará lista en 30-45 minutos (si decide no comerlo crudo). Para hacerlo como imaginamos que lo haría un sajón, coloque el pescado sobre una asadera, como si fuera un escudo, e inclínela sobre el fuego para que no esté justo sobre las llamas, sino cerca de ellas.

Cuando enciende un fuego, busca tener diferentes zonas de calor, como en un horno que puede subir o reducir la temperatura. Es posible que la gente de Uhtred no hiciera una fogata y luego esperara dos horas hasta que las brasas ardieran a la perfección. En cambio, podrían haber encendido el fuego y poner la carne directamente sobre las llamas, de modo que el tiempo transcurrido entre la primera llama y el momento de comer sería breve. Por supuesto, el fuego también ofrece otros beneficios, como mantenernos calientes. Se podía suspender un guiso sobre las llamas y apoyar el escudo con el lado del pescado junto al calor.

Otra posibilidad era que un sajón disfrutara del salmón sobre las llamas y lo cocinara como un malvavisco, es decir, ¡que quedara crudo por dentro, pero quemado por fuera! Como todas las generaciones, seguro preferían la receta con la que crecieron. Un buen pedazo de salmón es graso, por lo que será untuoso por dentro y crujiente por fuera.

Cocinar un trozo de pescado perfecto puede abordarse de dos maneras distintas. Si el ingrediente es tan bueno, ¿por qué querría ocultarlo? Sin embargo, puede que quiera combinar sabores y hacer un picadillo de salmón o elaborar una mezcla con otros sabores. Tome un trozo de salmón, añada verduras troceadas y prepare un *succotash*. Incorpore los ingredientes con las manos y luego déjelo al fuego hasta que el pescado esté ligeramente dorado.

Esto es una versión de cocina al aire libre en su propia cocina, aunque, para una opción más moderna, puede cocer el salmón despacio en un horno a baja temperatura o debajo de un *grill*.

Confit de salmón con grasa de cerdo
(para 6 personas)

Ingredientes

- 1,3 kg de filete de salmón, con piel.
- 120 ml (4 fl oz) de grasa de cerdo o aceite de oliva.
- Sal y pimienta negra recién molida.

Preparación

Precaliente el horno a 150 °C.

Coloque el salmón en una fuente para horno y úntelo con la manteca de cerdo o aceite de oliva. Sazone con sal y pimienta. A continuación, áselo en el horno hasta que los bordes estén opacos y el pescado esté bien cocido, unos 30 minutos.

Sírvalo con puerros (consulte la receta «Cebada, guisantes y puerros» en la página 231 o «Puerros estofados a la crema con nuez moscada» en la página 149) y una ensalada de perejil.

Salmón fácil y rápido

Ingredientes

120 ml de aceite de oliva.
675 g de filete de salmón con piel.
Unas ramitas de eneldo.
Sal y pimienta negra recién molida.

Preparación

Precaliente el horno a 245 °C.

Caliente una sartén apta para horno a fuego fuerte. Cuando haya tomado temperatura, vierta suficiente aceite de oliva para cubrir el fondo y caliéntelo durante 30 segundos. Si el salmón es muy grande para que quepa en la sartén, córtelo por la mitad y luego colóquelo en el aceite con la piel hacia arriba durante 2 minutos. Dé la vuelta al filete con la ayuda de una espátula y cocínelo durante 2-3 minutos más, dependiendo del grosor.

Cubra la parte superior con ramitas de eneldo. A continuación, lleve la sartén al horno durante unos 7 minutos, hasta que esté bien cocido.

Hash **de salmón** (para 6 personas)

Ingredientes

- 1,3 kg de filete de salmón, con piel.
- 5-6 chirivías, peladas y picadas.
- 5-6 zanahorias, peladas y picadas.
- 5-6 nabos, pelados y picados.
- 60 ml de aceite de oliva.
- Un puñado de hierbas frescas, como eneldo, ajedrea, perejil o menta.
- Sal y pimienta negra recién molida.

Preparación

Para empezar, coloque el salmón junto con las verduras en una cacerola grande y añada agua hasta la mitad del pescado. Deje que hierva a fuego lento, luego tápelo y cocínelo durante 5-10 minutos, dependiendo del grosor del salmón (no lo cocine en exceso). Cuando esté listo, trasládelo a una tabla de cortar.

Mezcle las verduras ligeramente escalfadas con un poco de aceite de oliva antes de pasarlas por un *grill* durante un minuto. El aceite ayuda a que se doren.

Desmenuce el pescado, incorpórelo con las verduras y sirva.

Rodaballo

(De dos maneras)

Rodaballo escalfado en mantequilla

Una referencia temprana al rodaballo se encuentra en el poema satírico «El pez del emperador» (*The fish of the Emperor*), de Juvenal, poeta romano de finales del siglo I y principios del II d. C., que indica que este pescado era un manjar en el Imperio romano. Es un gran pez plano de ojo izquierdo, que se encuentra principalmente cerca de la costa en aguas arenosas poco profundas en todo el Mediterráneo, el mar Báltico, el mar Negro y el Atlántico Norte. El rodaballo europeo tiene un cuerpo asimétrico en forma de disco y puede llegar a medir 100 cm de largo y pesar 25 kg.

Los peces más distinguidos del océano son el rodaballo y el lenguado de Dover. Un rodaballo tarda de 3 a 4 años en crecer hasta 30 cm. Su escasez, combinada con la particular delicadeza de su carne, ha hecho que sea muy codiciado y valorado desde tiempos antiguos, a menudo considerado como el mejor de los peces planos.

Ingredientes

- 225 g de mantequilla sin sal.
- 2-3 cucharadas de agua.
- 675 g de rodaballo.
- Vinagre de manzana, al gusto.

Preparación

Derrita la mantequilla en una sartén a fuego lento. Luego añada el agua y bata hasta obtener una emulsión. Deje que hierva a fuego bajo y escalfe el rodaballo con la carne hacia abajo. Voltéelo, retire la piel y continúe escalfándolo hasta que la carne esté hecha.

Bata un poco de vinagre (al gusto) en la salsa de mantequilla y derrámela sobre el filete con una cuchara.

Filete de rodaballo estofado

Ingredientes

- 250 ml de vino blanco.
- 250 ml de agua.
- Un puñado de hierbas frescas, como eneldo o tomillo.
- 675 g de filetes de rodaballo.
- 2 cucharadas de mantequilla.
- 1 cucharada de salsa de vegetales (consulte la receta «Salsa de vegetales» en la página 158).

Preparación

En una cacerola, ponga el vino y el agua junto con las hierbas. Caliéntelos a fuego lento durante 5 minutos para que el líquido se impregne de las hierbas. A continuación, coloque los trozos de rodaballo encima, con la piel hacia arriba, y tape la olla. Cocine a fuego lento durante unos 6 minutos, hasta que el pescado esté bien cocido.

Lleve los trozos a un plato y manténgalos calientes. Añada la mantequilla a la olla y deje que hierva rápidamente durante 10 minutos para reducir el líquido y hacer una salsa.

Para servir, quite la piel del rodaballo y disponga el pescado en un plato caliente. Mezcle la salsa de vegetales con la otra y viértalas sobre el pescado.

EL REGALO DE DIOS

En esta historia, Uhtred viaja a través de las tierras que hoy conocemos como Inglaterra, cabalgando contra los helados vientos del mar del Norte hacia Pritteuuella (Prittlewell, Essex). Lo acompaña Alfredo, probablemente el hombre más importante en su vida. La relación entre un piadoso rey cristiano y un obstinado guerrero pagano jamás sería pacífica, pero, en medio de aquella improbable amistad, existía un profundo respeto mutuo.

A medida que envejezco, me preguntan con mayor frecuencia por el rey Alfredo.

Es famoso, por supuesto. Incluso los daneses que viven en Northumbria sienten curiosidad por su vida, mientras que los cristianos están desesperados por saber más. Tan desesperados que hace poco enviaron una delegación de Contwaraburg para preguntarme sobre mis recuerdos de Alfredo. Los dirigía un monje alto y delgado, el hermano Fricca, quien me rogó que le diera tiempo para poder escribir todo lo que le contara. Me molestaron sus preguntas, y no estaba de humor para complacerlo.

–¿Alfredo? –indagué con desconcierto–. ¿Alfredo? Recuerdo a un zapatero en Æbbanduna llamado Alfredo. Fabricaba buenas botas.

–¡El rey Alfredo, señor!

–¡Ah! –fingí pensar–. Un hombre pequeño, con cabello lacio, muy delgado.

–Puede que fuera un hombre pequeño –repuso el hermano Fricca con desaprobación–, pero fue un gran hombre, de todos modos. Estáis de acuerdo conmigo, ¿verdad?

–¿Ésa es vuestra opinión?

–Es un hecho bien sabido, señor.

–Entonces, ¿por qué me preguntáis?

–El arzobispo –insistió el hermano– le pedirá al Papa que lo nombre santo.

–¿El rey Alfredo? –inquirí fingiendo asombro–. ¿Un santo?

–¡Por supuesto!

–Puede decirle al Papa que, de joven, Alfredo pasó por las criadas de la cocina como un cuchillo caliente pasa por la mantequilla. Incluso tuvo un hijo bastardo con una de ellas, un buen muchacho llamado Osbert.

El hermano Fricca estaba acompañado por otros dos monjes más jóvenes, y éstos se sonrojaron al escuchar mis palabras. Uno parecía a punto de tomar nota; traía una hoja en blanco de piel de burro, un bote de tinta y algunas plumas, pero Fricca le apartó la pluma de un manotazo.

–Si lo que decís es cierto –sostuvo con un tono que insinuaba que era mentira–, entonces fue antes de que descubriera la gracia salvadora de nuestro redentor.

El hermano debió notar el martillo que me pendía del cuello y, sin duda, ya se estaba arrepintiendo de su viaje.

–Si abandonar a las criadas de la cocina es uno de los resultados de convertirse en cristiano –gruñí–, entonces me alegro de no haberlo hecho.

Fricca se persignó.

–Sabemos que el rey Alfredo disfrutó de un matrimonio feliz con lady Ealhswith –hizo una pausa–, y también se la considera digna de santidad.

–¡Ealhswith! –Me quedé estupefacto–. ¿Una santa? Era una maldita perra, una mujer estúpida y fastidiosa que hizo de la vida del pobre Alfredo una miseria. Podéis escribir eso.

Pero no lo hizo. En cambio, me lanzó una mirada seria y luego añadió, paciente:

–Señor, el rey y el arzobispo me han enviado para recopilar los verdaderos datos de la vida del bendito rey Alfredo. El rey dijo de manera expresa que sois uno de los pocos hombres que estuvo a su lado en batalla y puede dar fe de su heroísmo. Me dijo también que vos y el rey Alfredo érais amigos.

–Yo no le caía bien a Alfredo, y él no me caía bien a mí. ¿Acaso eso os parece amistad?

–El rey afirmó que usted era amigo de su abuelo –insistió Fricca.

El rey, por supuesto, era Æthelstan, quien, desde que llegó al trono, se había vuelto casi tan piadoso como su abuelo. Hubo un tiempo en que Æthelstan y yo fuimos cercanos; de hecho, yo lo consideraba casi como un hijo, pero comenzó a ignorarme cuando asumió el trono de toda Inglaterra. Y ahora había enviado a un monje escuálido a desenterrar mis recuerdos de hace tanto tiempo atrás.

–Éramos compañeros –admití.

–En la batalla, ¿verdad?

–En la guerra.

–¿Hay alguna diferencia?

–Si los malditos escoceses invaden mis tierras, es una guerra. Si llevo a mis guerreros a masacrarlos, es una batalla.

–Gracias a Dios que estamos en paz con los escoceses –comentó Fricca.

–Nunca estaremos en paz con esos bastardos. Incluso mientras estáis aquí sentado, haciéndome perder el tiempo, es probable que una veintena de esos malditos melenudos estén conspirando para atacar esta fortaleza con sus hombres.

Los dos compañeros de Fricca, nerviosos, comenzaron a mirar de un lado a otro del gran salón, como esperando ver a los brutales escoceses arrastrándose entre las sombras. El hermano Fricca era más valiente, y me miró a los ojos.

–Señor –dijo en tono suplicante–, para poder santificar al rey Alfredo, el santo padre insiste en que le presentemos pruebas de un milagro. ¿Vos podríais proporcionarlas?

–¡Oh, por supuesto que puedo! –repuse, y los tres monjes se animaron–. La batalla de Ethandun fue un milagro. Pensadlo. Los daneses se habían apoderado de toda Britania, excepto de los pantanos de Æthelingæg. Alfredo reunió un pequeño ejército y derrotó a los bastardos. ¡Eso fue un milagro!

–Fue una muestra de la bondad de Dios –sostuvo el hermano Fricca–, pero ganar una batalla no se considera un milagro. Nos han contado que el rey le devolvió la vida a una joven en Pritteuuella. –Hizo una pausa, para ver si reconocía el nombre. Lo recordaba bien, mas permanecí en silencio. Suspiró y prosiguió–: Los Evangelios cuentan que nuestro Señor resucitó a la hija de Jairo, y los hombres de Wessex afirman que el rey realizó un milagro similar en Pritteuuella, y muchos dicen que vos estabais allí. Con él.

–Así es. Estuve allí.

–Entonces sed tan amable de contarnos lo ocurrido. –Fricca, preparado con otra hoja en la mano, la acercó a él y mojó una pluma en la tinta.

Al parecer, se escribirían tres relatos de los extraños sucesos acontecidos en Pritteuuella hacía tantos años.

* * *

Pritteuuella era un asentamiento ubicado al este de Lundene y al norte del Temes, donde el río se ensanchaba para desembocar en el mar. Unos pocos habitantes se ganaban la vida allí cultivando trigo y cebada y cuidando flacos rebaños de cabras y ovejas que pastaban en los campos pantanosos. Pese a estar cerca de Lundene, pertenecía a Anglia Oriental, que por aquel entonces estaba bajo el dominio de los invasores daneses, aunque los pescadores y agricultores de la zona no tenían nada que atrajera a los atacantes.

Todo cambió cuando el rey Alfredo declaró que Lundene era territorio sajón occidental, una decisión que enfadó a los mercios, quienes siempre lo habían reclamado como suyo, y a los anglios orientales, que creían que la antigua ciudad formaba parte de sus dominios. Me habían enviado a Lundene al mando de una pequeña guarnición, con el fin de proteger el nuevo territorio de Alfredo, sobre todo de vigilar las murallas de la ciudad, que los romanos habían abandonado de manera tan conveniente.

Durante un tiempo, la vida transcurrió sin sobresaltos, hasta que Alfredo, como era de suponer, sostuvo que el dios clavado le exigía enviar misioneros a los campos de Anglia Oriental para convertir en cristianos a los *jarls* daneses que poseían esas tierras. Uno de los supuestos misioneros se estableció en Pritteuuella, y yo, obediente, acompañé a cuarenta guerreros para proteger a los monjes, quienes habían construido una pequeña iglesia de madera y un monasterio junto al arroyo que le daba el nombre al asentamiento. Nos quedamos allí casi todo el verano y nos retiramos cuando el abad decidió que ya no necesitaba protección, porque el *jarl* danés de la zona se había declarado cristiano y se había comprometido a mantener a salvo a los religiosos del lugar.

El abad, complacido por lograr que un caudillo pagano se convirtiera en un cristiano devoto, escribió a Alfredo una carta llena de júbilo en la que le comunicaba que el monasterio de Pritteuuella se encontraba ahora en tierra cristiana y ya no necesitaba guerreros para defender el territorio. El caudillo, *jarl* Hoskuld, había manifestado su deseo de bautizarse.

Alfredo, encantado, envió al abad un regalo muy generoso: un gran crucifijo de oro y recipientes de plata para el altar. Por si fuera poco, anunció que visitaría Pritteuuella para ser testigo del acontecimiento. Y así fue como llegó a Lundene con cincuenta guerreros y casi con la misma cantidad de sacerdotes. Esa noche cenó en mi casa, junto al río, al este de la ciudad. Por cortesía, de mi cuello pendía una cruz en lugar de un martillo. Serví una deliciosa comida que, por supuesto, Alfredo no pudo comer. Padecía de una dolencia estomacal y, por consejo de sus médicos, comía asquerosos revoltijos de verduras hervidas empapadas en leche. Sin embargo, a pesar de su miserable comida, fue una velada alegre. Alfredo estaba relajado, quizá porque lo senté junto a Gisela, mi mujer, y ella se mostraba feliz y divertida mientras contaba anécdotas de su infancia danesa que el rey disfrutaba. Yo la observaba desde la mesa y pensaba en lo hermosa que lucía con el cabello oscuro enmarcándole el alargado rostro y los ojos brillantes. Estaba claro que se regocijaba con la compañía de Alfredo, y él le correspondía.

Al acabar la cena, el rey se volvió hacia mí con rostro serio y dijo:

–¿Eres consciente de que seremos testigos de la historia?

–¿Historia, señor? –Corté un trozo de carne y se lo arrojé a uno de mis perros.

–¡Seremos testigos del bautismo del *jarl* Hoskuld! ¡Por la gracia de Dios –exclamó con regocijo–, un enemigo se ha convertido en aliado!

–No es el primero –comenté, mientras observaba cómo Alfredo diluía un vaso de vino con agua–. Y, por lo general –continué–, sólo se convierten para engañarnos y, en cuanto tienen suficientes guerreros, vuelven al paganismo.

–Ha ocurrido otras veces –reconoció el rey de mala gana–, pero el abad Witulf me ha dicho que la conversión de Hoskuld es verdadera. Un nuevo espíritu de Dios lo ha invadido. ¡Él y todos sus hombres serán bautizados!

No dije nada. Los compañeros de Alfredo, en su mayoría sacerdotes, se hacían eco de su alegría y me lanzaban miradas de reproche porque no les convencía la cruz que llevaba, mas los ignoré.

A la mañana siguiente, guie a veinte de mis hombres para que se unieran a los cincuenta del rey, liderados por Steapa, mi viejo amigo.

–Está loco –le dije a Steapa.

–¿Por qué?

–Pritteuuella es territorio enemigo. Lo último que he sabido es que Hoskuld tiene más de doscientos guerreros.

–Pero han aceptado ser bautizados –comentó.

–¿Y tú lo crees?

–El rey dice que es verdad, así que debe serlo.

En ocasiones, llegué a considerar la posibilidad de que Steapa fuera estúpido. Era un hombre enorme, y le habían ordenado matarme cuando nos conocimos. No obstante, desde aquel momento nos hicimos buenos amigos. No era estúpido, pero su ingenuidad era irritante. Alfredo confiaba en él, y Steapa se mostraba implacable en su determinación de protegerlo.

–¿Te imaginas a doscientos daneses haciendo fila para que los sumerjan en un río? –le pregunté.

–Si su señor les ordena que lo hagan, sí.

–No te quites la cota de malla –le advertí– y comprueba que tu espada de carnicero esté bien afilada.

Tocó la empuñadura de su gigantesca arma.

–Siempre está afilada –repuso.

Espoleé mi caballo y me adelanté un poco para unirme a la docena de hombres a los que había ordenado cabalgar a poco más de un kilómetro de distancia de nuestro grupo. Eran exploradores, repartidos por el territorio para registrar cada arboleda, cada campo y cada pequeño poblado.

–No hay nada de qué preocuparse –me aseguró Eadric. Era el mejor de mis exploradores, un campesino delgado con una vista más aguda aún que la de Finan–. No podrán emboscarnos aquí –continuó–, la tierra es demasiado llana, señor. Pero eso sí me preocupa. –Hizo un gesto con la cabeza hacia delante, donde una cresta alta y cubierta de árboles se alzaba de entre los monótonos campos–. El camino sube por esa ladera –agregó–, y, si estuviera planeando alguna tontería, ahí es donde aguardaría.

Miré hacia el sur, donde el Temes se deslizaba ancho y gris entre sus orillas bajas. Había propuesto que viajáramos a Pritteuuella por el río, pero Alfredo se mareaba con facilidad, incluso en aguas tranquilas, y estaba orgulloso de su habilidad como jinete, así que seguimos camino hacia el este. En el extremo sur de la cresta que caía hacia el Temes, pude ver una amplia franja de tierra no más alta que el lugar donde cabalgábamos, y la señalé.

–Rodearemos la cresta por ese camino.

–Buena idea, señor –comentó Eadric con entusiasmo–. Puede que vivamos para ver la puesta de sol.

Alfredo galopó para llegarse hasta mí.

–¿Por qué nos alejamos del camino? –preguntó.

–No me gusta esa cresta, señor –respondí.

–¡Estamos a salvo! –insistió–. Todo esto es territorio de Hoskuld, ¿verdad?

–Lo es.

–¡Entonces, no hay peligro! El hombre me ha prometido su lealtad.

–Si es así –repuse en tono amargo–, debería haberlo obligado a venir a Lundene para bautizarse, donde sus seguidores serían superados en número por lo menos diez veces.

–Estamos forjando una amistad –dijo Alfredo–; debemos demostrar que confiamos en él.

–En ese caso, deberíamos haber traído más hombres –gruñí–. Además, los caballos están cansados, y para cuando lleguemos a la cima de la colina estarán tambaleándose. –Si bien eso no era cierto, sólo le estaba ofreciendo al rey un pretexto para aceptar mi cambio de rumbo–. Este camino será más fácil para los animales y no nos llevará mucho tiempo. Ya estamos cerca, señor.

Aceptó mi propuesta a regañadientes, a pesar de que el desvío alrededor del extremo sur de la cresta no era nada fácil para los sementales, ya que el terreno estaba húmedo y lo cruzaban zanjas y setos de espino negro. El rey se detuvo a hablar con dos hombres que limpiaban una zanja con gran esfuerzo y les preguntó dónde estábamos.

–En Pichesheye, señor –respondió uno de ellos.

–En Pichesheye –repitió Alfredo, pensativo. Luego les lanzó una mirada impaciente–. ¿Sois cristianos?

–Creo que sí, señor –contestó el hombre, nervioso.

–¿Tenéis un sacerdote?

–Murió, señor.

–Os enviaremos otro –les prometió–. Todas las ovejas deben tener un pastor. –Y espoleó su caballo.

Yo permanecí en el lugar.

–¿Sabéis quién era? –pregunté a los dos hombres.

–No, señor.

–El rey Alfredo de Wessex. –Miraron con cautela a los guerreros que se acercaban, mas no dijeron nada. De hecho, parecían desconcertados, y supuse que nunca habían oído hablar de Alfredo.

–¡El rey! –dije en tono más alto.

–¿Hoskuld, señor? –preguntó uno.

–Hoskuld es un *jarl*, pero aquel hombre –señalé a Alfredo– es el rey de Wessex.

También podría haberles dicho que Alfredo provenía de otro mundo. Lo más probable era que nunca hubieran oído hablar de Wessex, e incluso, si lo hubieran hecho, se encontraba tan lejos de su fangosa vida en la orilla norte del Temes que bien podría haber venido de otro mundo. «Al menos Pichesheye conseguirá un sacerdote nuevo gracias a este encuentro», pensé con amargura mientras me acercaba de nuevo a Alfredo.

No estábamos a final de año, pero aquel día el frío nos calaba los huesos debido al viento del este que azotaba las costas del mar del Norte.

–Menos mal que no hemos venido en barco –comentó el rey cuando lo alcancé–. Siempre hace más frío en el agua, ¿no crees?

–Puede parecer más frío, señor, pero es más rápido. Además, esa capa parece abrigar bien.

–¡Ah, sí! –Vestía una capa con anchas rayas rojas y blancas que colgaba sobre la grupa del caballo y le llegaba hasta las botas. Observé que estaba forrada de piel, probablemente de ardilla o de lobo.

–Necesitas una capa, lord Uhtred.

–Tengo una, señor –señalé la que llevaba atada a la silla de montar–, pero me molesta cuando desenvaino la espada.

–¡Siempre buscando pelea! –comentó entre risas.

No dije nada más, y cabalgamos en silencio durante unos kilómetros. Lo notaba pensativo, y supuse que eran temas religiosos los que ocupaban su mente. La mía estaba en la cresta, buscando cualquier señal de que hubiera hombres en aquel terreno elevado que pudieran precipitarse a la carrera por la larga pendiente para interceptarnos. Pero no vi nada, aunque los árboles eran tan espesos en el horizonte que podrían haber ocultado un ejército.

–Me cae bien Gisela –comentó de repente Alfredo, rompiendo el silencio.

–Es una buena mujer, milord –repuse.

Asintió con la cabeza.

–Tiene... –hizo una pausa, buscando una palabra– una mente perspicaz.

–Así es, señor –afirmé, al tiempo que pensaba que su esposa, lady Ealhswith, tenía una lengua perspicaz.

–¿Te brinda apoyo?

–Mucho, milord.

Murmuró algo que sonó muy parecido a «eres un hombre muy afortunado», y luego se adelantó de nuevo. Me tomó tan por sorpresa la última parte de la conversación que lo dejé ir, pues sospeché que quería estar solo.

Finan me alcanzó entonces.

–¿Intentaba convertirte en cristiano? –preguntó, divertido.

–Se ha rendido.

Steapa, montado en su enorme semental, pasó junto a nosotros a toda velocidad, preocupado porque su rey fuera una silueta solitaria detrás de mis exploradores.

–No es un hombre feliz –agregó Finan.

–¿Alfredo?

–Steapa.

–¿Steapa? –le pregunté–. Me dijo que creía que Hoskuld era sincero. Piensa que cuando lleguemos a Pritteuuella todo será bondad y luz cristiana.

–Y creo que has sembrado dudas en su obstinada cabezota –observó Finan.

Estaba claro que Steapa había convencido al rey para que cabalgara con el grupo principal de guerreros. Alfredo lo demostró cuando los dos pasaron junto a nosotros y me dijo–: «¡Me quedaré con mis guerreros, lord Uhtred!».

–Todas las ovejas necesitan un pastor –le solté a Finan, y éste se rio.

Seguimos cabalgando contra el viento helado. A nuestra derecha, se extendía la insulsa y húmeda masa de la isla de Caninga, y luego la tierra se alzaba con suavidad hacia buenos pastizales. Esto era Beamfleot, un lugar que llegaría a conocer demasiado bien, pero ese día no había nada inquietante en aquellos campos de cultivo bien cercados. O al menos no lo hubo hasta que una columna de humo apareció delante de nosotros.

–¿Un incendio en un pajar? –supuso Finan.

–Esperemos que sea eso nada más.

El humo nos sirvió de faro y, a medida que nos acercábamos, se desvanecía, pues se iba apagando el fuego que lo alimentaba.

Alfredo me alcanzó de nuevo.

–Espero que no sea Pritteuuella –sostuvo nervioso.

–Puede que se trate de un incendio, señor –respondí.

–Tal vez –comentó con aire dubitativo–. ¿Has conocido a Hoskuld? –preguntó.

La noche anterior me había hecho la misma pregunta dos veces y yo le había dado la misma respuesta.

–He luchado contra sus hombres, pero nunca lo he visto.

–Era un guerrero problemático –observó el rey, y me di cuenta de que había dicho «era», lo que significaba que seguía convencido de que la conversión de Hoskuld era genuina. Un enemigo danés se había convertido en un aliado cristiano.

–Es un buscapleitos –contesté en tono cortante–. Llevó dos barcos a Blakewat hace una docena de años, masacró a todos los terratenientes en treinta kilómetros a la redonda, consiguió más seguidores... y ahora gobierna la mayor parte del sur de Anglia Oriental.

–Parece un hombre competente –contestó el rey con nerviosismo.

–Quiere apoderarse de Lundene, por eso sé de él. Ha enviado a grupos de saqueadores a los límites de la ciudad, y los hemos eliminado.

–No tiene fuerzas para conquistar Lundene –señaló Alfredo, aún nervioso.

–Ahora no, pero, cuanto más rico se hace, más hombres atrae.

–Ese peligro ya ha pasado –afirmó el rey, tratando de tranquilizarse–. Lord Uhtred, dentro de unos días, todas las tierras de Hoskuld formarán parte de la Inglaterra cristiana.

Estuve a punto de echarme a reír. Alfredo había empezado a utilizar el nombre Inglaterra para referirse a todas las regiones donde la gente hablaba nuestro idioma, lo que para él significaba que pertenecían a la misma comunidad. Su sueño era unir a toda la población en un solo país, su Inglaterra. Pensé que era una tontería. Era posible que los hablantes de inglés de Anglia Oriental recibieran con agrado la liberación de sus conquistadores daneses, pero no me imaginaba a los mercios o a mis nortumbrios abandonando antiguas lealtades para aceptar a un rey de Wessex.

–Para construir Inglaterra, hasta la frontera escocesa tendrá que luchar, y no creo que les guste la idea.

–Los escoceses son buenos cristianos –dijo Alfredo– y nos darán la bienvenida. Mejor tener cristianos que paganos en la frontera.

Otra vez estuve a punto de reírme. Supongo que es bueno que los reyes tengan sueños ambiciosos, pero que Alfredo de verdad creyera que los escoceses estarían felices de tener un poderoso reino sajón al sur sólo porque fuera cristiano me resultaba inconcebible. Los escoceses eran como lobos, salvajes y siempre hambrientos, y no les importaba a qué dios adoraban los dueños del ganado que robaban.

–Hay algo que me preocupa –continuó Alfredo.

–¿Qué es, señor?

–Parece que la razón de Hoskuld para hacerse cristiano es la creencia de que el Dios verdadero es más fuerte que sus dioses paganos y le concederá la victoria en la batalla. Lo cual es cierto, por supuesto, pero Dios también es el príncipe de la paz. Debo hablar con él al respecto.

Hoskuld probablemente creía que el dios clavado era más poderoso que sus dioses porque mis guerreros habían derrotado a sus fuerzas en varias ocasiones. Pero al menos la mitad de mis hombres, al igual que yo, eran paganos, lo que hacía que el argumento fuera poco convincente. Me pareció prudente no discutirlo con Alfredo, quien, a medida que nos aproximábamos a Pritteuuella, se mostraba entusiasmado y preocupado a la vez.

Entusiasmado porque el bautismo de Hoskuld representaba un triunfo en su misión de convertir a los daneses en aliados cristianos, y preocupado porque yo había menospreciado ese triunfo. Mi desprecio se vio favorecido por el humo que aún flotaba hacia nosotros en el gélido viento. Alfredo se aferraba a la creencia de que era un fuego en un pajar o, en el peor de los casos, un incendio en una de las muchas granjas que rodeaban Pritteuuella. Cenwulf, uno de mis hombres, conocía la zona, y le había asegurado que había al menos una docena de asentamientos importantes en las cercanías. Sin embargo, mientras más cerca estábamos, mas crecía la ansiedad del rey.

–Cuando era niño –conté–, solíamos hacer cuevas en los pajares.

–¿Para qué? –preguntó con brusquedad.

–Más que nada, para escondernos con chicas –dije, sorprendido de que preguntara–, y a veces les prendíamos fuego.

–¡Qué imperdonable estupidez! –replicó.

–Así es –asentí–. Aún recuerdo la paliza que mi padre me dio.

Protestó al escucharme decir eso. Estábamos bordeando un arroyo que se desprendía del ancho río cuando su caballo tropezó y casi lo tira de la silla. Se acomodó y acarició el cuello del semental.

–Debe de ser un incendio accidental –dijo, y se adelantó.

Lo dejé ir. Media docena de sus hombres cabalgaban con él, pero Steapa, su comandante, se puso junto a mí.

–No está contento –comentó.

–Sólo es feliz cuando reza –repuse cortante.

–Estaba deseoso de hacer este viaje.

–¿Para que pueda rezar por Hoskuld?

–Tenía ganas de verte –dijo Steapa–. Por alguna razón, le agradas. –No dije nada–. Por supuesto que quiere convertirte a ti también –continuó.

–Soy un cristiano bautizado –respondí a la defensiva, y supongo que era cierto.

De hecho, me habían bautizado dos veces; la segunda, al morir mi hermano, cuando heredé el nombre de Uhtred. La Iglesia establecía que nadie podía bautizarse más de una vez, así que deduje que en la primera ocasión me había sumergido en la religión y en la segunda me había liberado de ella.

Steapa ignoró mi declaración.

–La señora Ealhswith tuvo un sueño –comentó.

–¿Soñó con comida? –pregunté en tono desagradable. La mujer de Alfredo era una gran amante de la comida. Mientras su marido se alimentaba de horribles revoltijos de verduras, ella consumía las mejores carnes.

–Soñó que este viaje terminaría mal, y eso inquietó al rey.

–Cualquier cosa que salga de la boca de esa mujer es inquietante –comenté. No me gustaba Ealhswith, y yo no le gustaba a ella. Era una resentida, una amargada, quizá la más amargada del reino, porque los sajones occidentales no la honraban con el título de reina. Y, aunque no estaba bien, me alegraba saber que se le negara el privilegio–. Si el rey está a disgusto con algo –dije con firmeza–, es con ella.

Al principio, Steapa permaneció en silencio. Me pareció que, aunque estaba de acuerdo conmigo, era demasiado leal a Alfredo como para criticar a su esposa, pero al cabo asintió.

–Esa mujer le ha traído problemas –dijo en voz baja, de modo que apenas lo escuché por encima del susurro del viento en la hierba–. Pese a que el rey quería que viniera hasta Lundene –continuó, esta vez con tono más alto–, le dijo que no, que no quería verte. Dice que eres una mala influencia para él.

–Intento serlo –contesté con picardía.

–No entiende a los guerreros –sostuvo Steapa, señalando con la cabeza al rey, que ahora nos llevaba casi un kilómetro de ventaja–. Sabe que nos necesita, pero desearía no hacerlo.

–Deberíamos alcanzarlo –comenté, así que espoleamos los caballos y galopamos por una pequeña pendiente donde Alfredo se había perdido entre los árboles.

Se debían de haber plantado como cortavientos para proteger un pequeño caserío. Pasamos entre ellos al galope para encontrar a Alfredo del otro lado. La mayoría de mis exploradores estaban allí, incluido Cenwulf. Se puso a mi lado e hizo un gesto con la cabeza hacia las construcciones en llamas que estaban un kilómetro por delante.

–Es Pritteuuella, señor –dijo en voz baja.

Tiempo atrás, el monasterio solía albergar una iglesia, un granero y otros edificios donde los monjes dormían y comían. Desde nuestro punto estratégico en la pequeña cresta, parecía que el fuego había consumido todos los edificios de madera; todos menos uno: una pequeña casa que se encontraba a muy poca distancia al sur de las construcciones en llamas. Era una construcción bastante diferente. A mí me parecía una vivienda romana, con sus paredes blancas y su techo de tejas. No mostraba signos de haberse quemado, no salía humo de entre los postigos de las ventanas cerradas ni a través del tejado. Mientras mis hombres esperaban con el rey en la ligera loma, Finan y yo espoleamos hacia el único edificio que quedaba, aquella casita romana. Le dije a Alfredo que exploraríamos y que esperara hasta que estuviéramos seguros de que no había enemigos en la zona.

Siempre me han cautivado las construcciones que los romanos nos han legado. Estaban muy bien hechas, eran impactantes. Sin embargo, me provocaban una profunda tristeza, porque era obvio, al menos para mí, que nosotros no éramos capaces de construir nada parecido. Nos dejaron templos majestuosos, murallas enormes y casas amplias y confortables como la que yo habitaba en Lundene. ¡Sus tejados sí nos protegían de la lluvia!

El pequeño edificio en Pritteuuella era igual. Supuse que el lugar había sido una granja. Tenía un patio empedrado en la parte delantera, con un pórtico que daba a un pequeño arroyo, y detrás había tres o cuatro habitaciones. Mientras desmontaba y caminaba hacia el porche, vi que las paredes estaban cubiertas de yeso blanco agrietado y roto, lo que dejaba al descubierto los ladrillos que había debajo. Era lógico, ya que en ese rincón de Anglia Oriental no había piedra para construir, pero sí arcilla para hacer ladrillos. Finan me siguió y entró el primero por la puerta abierta.

–Los monjes utilizaban este lugar –comentó, al tiempo que señalaba un crucifijo de madera que, por lo visto, habían arrancado de una de las paredes de la gran sala.

–Sería absurdo que no lo hicieran –sostuve.

–Es probable que el abad viviera aquí –comentó Finan–. El jefe suele quedarse con la mejor madriguera.

El enemigo había estado allí, ya que los muebles estaban rotos y había un enorme cofre de madera saqueado contra una de las paredes. Lo único que quedaba eran algunas capas desgastadas y un escapulario con un bordado exquisito, lo que me sorprendió, puesto que a los daneses les gustaban esas baratijas.

–No intentaron quemar el lugar –comenté sin interés.

–El bastardo seguro que quiere conservarlo –agregó Finan–. Si gobierna este territorio, querrá un hogar aquí.

No cabía duda de que la habitación con el cofre vacío había sido el comedor del abad, pues contenía una mesa, seis sillas y un hogar que habían abierto de forma tosca en una de las paredes exteriores. Pensé que un fuego allí llenaría la habitación de humo en vez de calentarla, pero siempre que ocupábamos edificios romanos hacíamos cambios más primitivos.

–Aquí no hay nadie. –Finan había entrado en la habitación contigua, una pequeña cocina con otro hogar improvisado y con el piso lleno de pedazos de platos, jarras y cuencos.

–Deberíamos volver con el rey –dije.

–Ve tú –dijo Finan–. Quiero echar un vistazo.

–¿Crees que te habrán dejado algo? –pregunté, divertido.

–La suerte del irlandés –repuso.

–Quiero la mitad.

–¿Cuán afortunado eres?

–No te demores –le advertí, y regresé a mi caballo.

Cabalgué de regreso, desviándome cerca del monasterio incendiado, donde las llamas se extinguían a medida que las últimas maderas se consumían. No había nadie a la vista, nadie intentando apagar el fuego o contemplando embobado la destrucción. Tampoco había ningún enemigo, si es que alguien había provocado el incendio, aunque me parecía muy poco probable que hubiera sido un accidente. Un accidente podía hacer arder un edificio, ¿pero todos ellos?

Me llegué hasta donde el rey y sus hombres observaban desde la colina.

–Quedaos aquí, mi señor –le dije.

–Lord Uhtred... –comenzó a decir.

–Pueden haber dejado hombres allí –sostuve, aunque sabía que no era cierto. También sabía que lo que vería lo pondría furioso–. ¡Cenwulf! Trae a todos los exploradores. –Me volví hacia Alfredo–. Lo mandaré a buscar, señor.

Asintió con desánimo mientras contemplaba la destrucción de su sueño, y sentí un poco de lástima por él.

–Vamos –ordené a Steapa.

Espoleamos los caballos, desenvainamos las espadas y nos lanzamos hacia lo restos de esperanza de nuestro soberano.

* * *

El hermano Fricca escuchaba la historia sin hacer comentarios, sólo tomaba notas con su pluma. Levantó una de sus delgadas manos manchada de tinta.

–Hay algo que no entiendo –dijo, desconcertado.

–¿Qué cosa? –pregunté.

–Supusisteis que un enemigo provocó el incendio a propósito. ¿Por qué?

–Porque todos los edificios estaban en llamas, por eso.

–Sigo sin entenderlo.

–¿Cuántos caseríos habéis quemado? –le pregunté.

–Ninguno, por supuesto –contestó, afectado.

–Yo he quemado docenas, y no se incendia un solo edificio, sino todos.

–Pero los incendios se propagan, ¿no?

–Así es, y aquel día soplaba mucho viento, pero se supone que había cuarenta o cincuenta monjes en el lugar y, si se hubiera incendiado sólo un edificio, habrían arrancado la paja de los otros con garfios y rastrillos. Y podrían haber empapado las paredes con agua, que era lo único que no faltaba en Pritteuuella. Imagino que los pobres desgraciados tenían cubetas.

El hermano Fricca se puso pálido al oír la palabra «desgraciados», mas inclinó la cabeza.

–Reconozco vuestra gran experiencia como destructor, lord Uhtred, pero me molestan vuestras insinuaciones de que el rey Alfredo no era feliz con su matrimonio.

–¡Dios mío! ¿Conocisteis alguna vez a lady Ealhswith?

–Nunca tuve ese privilegio.

–Pues alegraos por ello. Esa perra tenía una lengua que podía atravesar el cuero.

–Tenemos testigos que hablan del profundo y sagrado afecto que reinaba entre ellos –comentó Fricca, desafiándome.

–Bueno, engendraron bastantes hijos –admití–, así que no era una completa inútil.

–Entiendo que no os gustaba –dijo, como si ésa fuera la causa de mis insultos.

–La odiaba, y ella me odiaba a mí.

–Y con razón –sostuvo.

–¿Con razón?

–¡Erais un pagano! –Escupió la última palabra como si tuviera ácido en la lengua.

–Y aún lo soy. Sin embargo, veo que ninguno de vosotros ha rechazado mi hospitalidad, mi comida o mi cerveza.

–Estamos haciendo el trabajo de Dios –señaló el hermano.

–Ealhswith solía decir eso, y para ella el mayor trabajo de Dios era fastidiar a su marido. Ahora, ¿queréis que os cuente la historia o que discuta sobre una mujer a la que por desgracia conocí bien y a la que vos nunca conocisteis?

El hermano Fricca mojó su pluma en tinta y asintió.

–Continuad, lord Uhtred –respondió, y seguí con el relato.

* * *

Todos habían muerto. Todos. Los monjes, vestidos con túnicas de color marrón apagado, yacían alrededor de los edificios en llamas en una escena horrorosa, empapada de sangre. Buscamos por si quedaba alguno con vida, pero quienquiera que había atacado el monasterio se había asegurado de que no hubiera supervivientes. El segundo edificio más grande, que debía de ser la vivienda principal, ardía con furia, aunque el extremo sur, el más cercano al distante río Temes, seguía en pie. Había olor a carne quemada, lo que indicaba que muchos de los monjes habían quedado atrapados dentro o habían sido arrojados a las llamas yo ya sabía muy bien quién era el enemigo.

–Ha sido Hoskuld –le dije a Steapa.

–O uno de sus enemigos –comentó, tratando de conservar un vestigio de las esperanzas de Alfredo.

–Ha sido Hoskuld –repetí, y envié a Cenwulf a buscar al rey–. Adviértele de que no le gustará lo que hay aquí.

Mientras Alfredo cabalgaba a través del humo que colapsaba el ambiente, por un instante pensé que estaba a punto de vomitar. Su furia era evidente, una furia que lo dejó sin palabras durante minutos e hizo que sus hombres se mantuvieran alejados de él mientras caminaba con su caballo entre los monjes asesinados.

–¿Quién ha hecho esto? –Fueron las primeras palabras que pronunció.

–Imagino que Hoskuld –repuse.

–Pero no lo sabes –respondió con dureza.

–Lo que sabemos, milord, es que los asesinos han venido del norte. Eran muchos, y antes de atacar enviaron a un grupo más pequeño rodeando el sur para evitar que los monjes escaparan. Los daneses más cercanos al norte son los hombres de Hoskuld.

–¿Cómo estás tan seguro?

–Cenwulf ha seguido las huellas de sus caballos, señor. Es bueno en eso –repuse.

Alfredo gruñó. Dirigió la mirada a Steapa, y luego me miró a mí otra vez.

–Si Hoskuld es el culpable –dijo con frialdad–, entonces debe morir.

–Morirá, señor –respondí con el mismo tono.

El resto de nuestros guerreros llegaron al monasterio en llamas. Alfredo señaló los cadáveres.

–Hay que enterrarlos –ordenó–, y hay que extinguir el fuego. –Desmontó y me miró–. Otros daneses han podido haber hecho esto, hombres que desaprueban la conversión de Hoskuld.

–Es posible –respondí dudoso–, pero Hoskuld debería haber estado aquí listo para recibirlo, y no hemos encontrado ningún cadáver danés. Si uno de sus enemigos organizó el ataque, habrían matado a Hoskuld y a sus hombres junto con los monjes.

–Si ha sido Hoskuld, entonces nos ha engañado –reconoció Alfredo a regañadientes–, pero ¿por qué no esperó a que llegáramos antes de matarlos?

–Tenemos suficientes guerreros para derrotarlo, y los daneses son reacios a perder luchadores. Dudo que haya traído a todos sus hombres..., con cien sería más que suficiente. Como rey, habríais sido un trofeo para él, pero estaba más interesado en la plata y el oro. –Alfredo se giró para mirar hacia la iglesia, donde aún se veían llamas, y permaneció en silencio–. Envió al abad Witulf tesoros muy valiosos –continué–. Estoy seguro de que no encontraremos plata ni oro fundidos en esas ruinas.

–Descubrirás quién es el verdadero culpable, lord Uhtred –declaró en tono severo–, y me traerás a Hoskuld a Wintanceaster, donde morirá.

–Sí, señor –dije, y justo entonces Finan gritó desde el pequeño edificio romano.

–¡Hay alguien con vida aquí!

–¿Qué ha dicho? –preguntó Alfredo.

–Que ha encontrado un superviviente. –Cabalgué a toda velocidad hacia la vivienda.

Finan había regresado al interior, y lo seguí.

–Es una muchacha, pobrecita... –me informó.

Me guio hasta una habitación en penumbra. Los postigos de las ventanas estaban cerrados.

–El dormitorio del abad –dijo. Advertí que habían arrancado otro crucifijo de madera de la pared, y entonces oí un quejido que parecía provenir de una cama situada cerca del suelo.

–¿Un perro? –pregunté, decepcionado.

–Una muchacha –respondió Finan.

De nuevo, escuché un suave quejido.

–Abre los postigos –dije, y bajo la luz que entraba vi que el quejido provenía de una pequeña perra terrier que sangraba por un corte en el estómago. Metí la mano para sacar al miserable animal del charco de sangre y me quedé quieto–. Pobre niña.

La perra había manchado de sangre el trozo de tela blanca que era el vestido de la joven. En las oscuras sombras, era imposible distinguirla, pero, cuando Finan abrió el último postigo, vi que la muchacha extendía la mano hacia mí en busca de ayuda. La agarré, y ella volvió a quejarse. Parecía que intentaba moverse hacia mí. Le puse la mano izquierda bajo sus frágiles hombros para sostenerla. Al deslizar la mano por debajo de su delgado cuerpo, se me engancharon los dedos en un cordón de cuero que llevaba en el cuello. Tiré de él, se cortó, y un colgante cayó. Lo metí en la bolsa que me colgaba del cinturón y la acerqué a mí.

–Vivirás –le dije, aunque, a juzgar por la cantidad de sangre, era poco probable. El vestido, hecho de lino, estaba empapado de rojo, y más sangre le manchaba el rostro y había endurecido su dorado cabello.

En ese momento, Alfredo entró en la habitación. Después de echar un vistazo a la joven, se acercó a la ventana y gritó:

–¡Padre Herebald! ¡Padre Herebald! –Me miró–. Es un sanador.

Miré a la chica, que debía de tener diecisiete o dieciocho años. Permanecía con los ojos cerrados, temblaba y emitía suaves quejidos. Tenía la piel pálida, blanca como el yeso descascarado de la pared. La perra gemía y luchaba por permanecer a su lado, pero la pobre bestia estaba agonizando, y agradecí que Finan se la llevara.

–Debe vivir –dijo Alfredo. Se arrodilló a mi lado, y por un momento pensé que hablaba de la perra. Estaba a punto de destruir sus esperanzas cuando me di cuenta de que se refería a la muchacha. Le acariciaba la cara, la parte que no estaba cubierta de sangre, y murmuraba palabras de consuelo. Aunque la joven estaba muy pálida, su belleza me impresionó. Su rostro era delgado y firme, y en un momento en que abrió los ojos percibí que eran de un azul brillante.

Los mantuvo aiertos un instante, y casi gritó del susto cuando nos vio, pero las suaves palabras y caricias de Alfredo parecieron tranquilizarla.

–Déjame a mí –me instó el rey, y aparté con cuidado mi brazo de los hombros de la muchacha.

El padre Herebald era un sacerdote alto y delgado de unos cuarenta o más, que se arrodilló junto al rey.

–Debemos llevarla a un refugio y darle calor –señor.

–¡Éste es el único refugio! –espetó Alfredo.

–Necesita calor, milord. –Herebald había tocado el rostro de la joven. Estaba helado.

–Entonces encended un fuego –respondió Alfredo, cortante.

La muchacha se quejó de nuevo, tal vez asustada por la dureza de la voz del rey, quien le acarició la mejilla y le murmuró algo en voz baja.

–También necesitamos agua, señor –dijo el padre con nerviosismo.

–Que alguien traiga agua –ordenó Alfredo a los hombres que se amontonaban en la habitación–, ¡y el resto, marchaos!

Se largaron de mala gana. El rey no me ordenó que me fuera, así que yo me quedé. Permanecí de pie junto a la cama donde él estaba arrodillado, sosteniendo la mano de la niña. Una y otra vez, al tiempo que le acariciaba la mejilla, le decía que viviría, que sus heridas se curarían y sería feliz de nuevo.

El padre Herebald, inquieto, observaba a la temblorosa muchacha, quien de pronto emitió un sollozo interrumpido por un sonido de asfixia. Todo su cuerpo se puso rígido, y luego se relajó.

–Señor, me temo que... –comenzó el padre Herebald, pero dudó.

–¡Hablad, padre! –le exigió el rey.

–Creo que ha muerto.

–¡Tonterías!

–Permitidme, milord –dijo el sacerdote, y se agachó para tocar la muñeca de la muchacha y ponerle un dedo en el cuello. El rostro del cura se entristeció–. Señor... –pronunció, mas no se atrevió a seguir.

–¡Lord Uhtred! –Alfredo se apartó de la cama.

–¿Señor?

–Tú conoces la muerte. Dime si está viva.

No quería hacerlo, pero me arrodillé en el mismo lugar donde él había estado y coloqué un pulgar y un dedo a cada lado del cuello de la chica. Pese a que tenía la piel caliente, no sentí el pulso.

–Traed fuego y una pluma –dije al padre Herebald, quien pareció agradecer la orden que lo mandaba fuera de la habitación. Regresó unos instantes después con la pluma de una gaviota y un trozo de madera que ardía en un extremo.

–Yo lo haré –sostuvo el sacerdote.

Le hice sitio. Encendió la punta de la pluma y me llegó un olor nauseabundo. Luego la agitó bajo las fosas nasales de la muchacha, pero ella no reaccionó. El padre apartó la pluma antes de que los restos ardientes cayeran sobre su pálida piel.

–Lo siento, señor –comentó de mala gana–, pero está muerta.

–¡No! ¡No! –exclamó Alfredo. Un segundo sacerdote trajo una cubeta, y el rey limpió la cara de la niña con un paño, luego intentó lavar la sangre de su rubio cabello–. No veo ninguna herida –comentó.

El padre Herebald se arrodilló y le apartó el pelo con cuidado.

–Tiene un golpe aquí, un golpe terrible, señor. –Separó el pelo rubio para mostrarle una línea de sangre en el cuero cabelludo.

–¿El cráneo está fracturado? –inquirió.

–Parece que no, milord –repuso el sacerdote mientras presionaba la línea ensangrentada con los dedos–, pero recibió un golpe muy fuerte.

–¿Y dónde más está herida? –preguntó Alfredo, haciendo un gesto hacia el vestido de lino empapado en sangre.

–Deberíamos... –comenzó a decir el padre con voz temblorosa.

–¿Desnudarla? –preguntó el rey, furioso por la vacilación del sacerdote–. ¡Por supuesto que debemos hacerlo! ¿Lord Uhtred?

–¿Señor? –Pensé que iba a pedirme que me retirara, pero me equivoqué.

–¿Tienes un cuchillo?

–Por supuesto, señor.

Saqué el pequeño cuchillo que usaba para comer, sujeté la ropa de la muchacha por el cuello y la corté hasta el dobladillo, en sus pies.

–Lavadla –ordenó Alfredo a Herebald.

El sacerdote, al que se le notaba claramente angustiado, utilizó un paño empapado en agua para quitar la sangre del pálido cuerpo. Luego, le dio la vuelta para inspeccionarle la espalda, y después le limpió el vientre y los muslos.

No había heridas, ni una. La sangre en la ropa tenía que ser de la perra. Una vez estuvo limpia, me quedé contemplando a una joven de una belleza tan asombrosa que sentí que, de alguna manera, estaba abusando de ella. No quería hacerlo, pero era incapaz de apartar los ojos de aquel cuerpo esbelto, perfecto, puro y de una palidez mortal. Alfredo debió de sentir algo parecido, ya que apartó su mano de la de ella e hizo la señal de la cruz.

–Es un ángel –dijo.

–Un ángel muerto –murmuré.

Mi comentario lo disgustó.

–No está muerta –respondió con firmeza–, está dormida. –Se puso de pie, se quitó la estridente capa roja y blanca forrada de piel que lo cubría y la tendió sobre el cuerpo de la joven–. Haremos un fuego aquí y rezaremos por ella. Muchas gracias, lord Uhtred, espero que vuestras plegarias se unan a las nuestras.

–Por supuesto, milord –contesté, sabiendo que mi presencia ya no era necesaria y preguntándome si en realidad Alfredo me había pedido que rezara a mis dioses. Si era así, era una petición sorprendente. Incluso cuando Finan se unió a mí fuera del edificio medio quemado, seguía sorprendido.

–¿Qué ocurre?

–El rey se niega a creer que está muerta.

Finan se encogió de hombros.

–¿Qué hacía una chica en un monasterio? –indagó.

–¿Quién sabe? Tal vez sea la hija de uno de los trabajadores.

–Están todos muertos. La pobre estaría mejor uniéndose a ellos.

–No le digas eso a Alfredo. Está rezando por ella.

–¡Dios! –exclamó Finan–. ¿Cuánto tiempo le llevará?

–¿Toda la noche? –sugerí.

–Entonces deberíamos asegurarnos de que estamos a salvo. El que haya hecho esto no puede estar muy lejos.

Asentí con la cabeza, y en ese momento el padre Herebald salió suspirando de la habitación. En la mano sostenía la túnica desgarrada y llena de sangre.

–Tengo que lavarla –sostuvo con impotencia–, y el rey ordena que pongamos guardias alrededor del monasterio, señor.

–¿Toda la noche? –pregunté.

–Eso ha dicho. Y debo encontrar comida. –El sacerdote parecía a punto de llorar–. Sigue diciendo lo mismo una y otra vez.

–¿Qué cosa?

–*Non est mortua puella, sed dormit.* –Debí de quedarme pensativo, porque el sacerdote tradujo la frase–: «No está muerta, sino dormida». Son las palabras de Nuestro Señor en el Evangelio de Lucas. Luego le dice que se levante. *Puella, surge!* «Muchacha, levántate».

–Se ha vuelto loco –comentó Finan en voz baja.

–Si pudieras verla, lo entenderías –le dije–. Ella es... –dudé; no sabía cómo explicarlo–, es hermosa –concluí con torpeza.

* * *

A decir verdad, no cité las palabras en latín del Evangelio de Lucas al hermano Fricca. Le dije que el rey había hablado en latín y que la única palabra que recordaba era *puella*. La recordaba porque el padre Beocca había intentado enseñarme latín, lo cual resultó tan inútil como enseñarle a un caballo a forjar hierro. Pero esa palabra se me había quedado grabada en la cabeza. Fricca se emocionó muchísimo, y de inmediato me citó las palabras correctas, o al menos yo creí que eran las correctas. Juntó sus manos manchadas de tinta y levantó la vista hacia las vigas de la sala, donde colgaban los estandartes de mis enemigos derrotados.

–¡Son las palabras de Nuestro Salvador! –exclamó–. Las dijo cuando resucitó a una niña de entre los muertos.

Uno de los sacerdotes más jóvenes, de aspecto adusto y cabello negro y grueso, me dirigió una mirada.

–Lord Uhtred, ¿estáis seguro de que la chica estaba muerta?

–Estoy seguro –contesté tajante.

–Quizá la muchacha tenía un sueño profundo –insistió el joven monje.

–¡Silencio! –espetó Fricca, furioso–. Lord Uhtred estaba allí y fue testigo de lo ocurrido. La joven tenía la piel pálida como un muerto, no tenía pulso y no respiraba. ¿Os parece que sólo dormía?

El joven monje se encogió de hombros y por un momento pareció que iba a defender su postura, pero luego inclinó la cabeza y le dio la razón a Fricca.

–Parece que estaba muerta, hermano.

–¡Claro que estaba muerta! ¿Es así, señor?

Asentí, despacio.

–Es así –respiré hondo–. No quería que fuera así, de verdad quería algún destello de vida. Era una mujer frágil y de una belleza extraordinaria. No la he olvidado, jamás lo haré. Sin embargo –hice una pausa, rememorando aquel cuerpo pálido y desnudo, tan esbelto y perfecto, su piel sin cicatrices, su rostro en una extraña calma pese al salvajismo de ese día–, estaba muerta. Creo que seguía con vida cuando la vi por primera vez, pero murió poco después.

–Y el padre Herebald… ¿no era un sanador?

–Lo era.

–¿Y creía que estaba muerta?

–Así es.

–Entonces podemos tomar eso como prueba fehaciente –sostuvo Fricca con firmeza–. ¿Y vos vigilabais la habitación donde yacía la chica?

–No –respondí–. Seis hombres de Steapa se encargaban de vigilar. El resto fuimos tras los asaltantes.

* * *

Ya era tarde cuando dejamos las brasas ardientes de Pritteuuella para seguir las huellas hacia el norte. La decisión de irnos del monasterio fue mía, ya que Alfredo no deseaba abandonar la casa del abad ni el cadáver de la muchacha. Desde la puerta, le avisé a gritos de lo que estábamos haciendo, pero sólo respondió con un gruñido. Luego nos fuimos.

Hacía frío. Las huellas de los cascos eran fáciles de seguir. Se dirigían a la orilla sur del río Roch, donde el enemigo había cruzado un vado. La marea subía, arremolinando el agua entre las orillas fangosas, mas logramos abrirnos paso. La luz comenzaba a desaparecer, pero seguimos cabalgando hasta llegar al caudaloso río Cruc.

Nos encontramos con otro vado, pero el agua estaba demasiado alta para atravesarlo y el sol ya se había escondido. No vimos hombres en la otra orilla, y me quedé tranquilo al ver que Hoskuld no había dejado fuerzas entre el Cruc y Pritteuuella, así que regresamos a casa. Sabía que el asentamiento enemigo estaba en Mældun, unas millas al norte del Cruc, e imaginé que se habían refugiado allí. Dudaba de que volvieran para atacarnos. Sin duda, Hoskuld sabía que contábamos con una gran fuerza, no tan numerosa como la que él podía reunir, pero suficiente para hacerle mucho daño, aunque nos derrotara. Si bien ganaría armas y equipamiento muy valiosos, no se comparaba con la plata y el oro que su traición le había asegurado. Además, se arriesgaba a perder un importante número de guerreros en el enfrentamiento.

* * *

–Se había retirado a su fortaleza –comenté a Fricca.

–¿Y no os enfrentasteis a él?

–Estaba muy oscuro, el vado era demasiado profundo y tenía menos de la mitad de hombres que él, así que no. Decidí vivir.

–Y Alfredo se quedó con la joven, rezando.

–Sí, se quedó rezando –le confirmé.

* * *

Los hombres de Steapa habían encendido una pequeña fogata en la habitación del abad y abierto un agujero en el techo de tejas para que saliera el humo. Las pequeñas llamas iluminaban el interior de la recámara.

Cuando regresé al monasterio, encontré a Steapa sentado junto a la puerta de la vivienda. Los postigos de las ventanas del dormitorio estaban cerrados de nuevo.

–Duerme un poco. Yo vigilaré –le dije.

–No quiere que nadie entre –repuso Steapa en voz baja.

–Me aseguraré de que así sea.

–Todavía está despierto –añadió. Luego se levantó, buscó algo para comer y se fue a dormir.

Me senté con la espalda apoyada en la pared bajo una de las ventanas, y, cuando por fin cayó la noche más oscura, pude oír que Alfredo hablaba en voz baja. Le decía palabras cariñosas a la muchacha, y a veces le hablaba a su dios con mucha pasión. Finan estaba conmigo. Había traído un trozo de pan, queso y una jarra de cerveza.

–¿Qué ocurre? –preguntó mientras se acomodaba a mi lado.

–Nada –repuse.

–¿Quién está ahí? –inquirió Alfredo desde el interior de la casa.

–Lord Uhtred y Finan, milord –respondí.

Contestó con un gruñido y volvió a guardar silencio. Al cabo de un rato, escuché de nuevo su voz, aunque era tan suave que no entendí lo que decía, pero el tono era el mismo. Consolaba a la niña muerta y rezaba a su dios. Hasta que me quedé dormido, una falta por la que habría castigado a cualquiera de mis hombres si hubiera hecho lo mismo mientras estaba de guardia.

Fue Finan quien me despertó con un doloroso golpe en la pierna.

–¡Escucha! –siseó, y eso hice.

–¡Vivirás, Godifu! ¡Vivirás una larga vida! –decía Alfredo.

–¿Godifu? –susurré.

–Sólo escucha –insistió Finan, y entonces escuché un suave quejido por parte de la muchacha. Miré a Finan a la débil luz de la luna y noté lo asombrado que estaba.

–¿Está viva? –pregunté entre susurros, igual de sorprendido que Finan.

–¡Está viva! –repuso Finan–. Escucha.

Godifu, si es que ése era su nombre, hablaba en un tono muy bajo, demasiado para entender lo que decía, pero hablaba. Aunque débil y dolorida, respondía a las preguntas urgentes de Alfredo. Entendí las consultas del rey: quería saber de dónde venía, qué la había traído al monasterio y qué había sucedido. Le preguntó quiénes eran sus padres, si tenía hambre, si confiaba en Dios. La joven no respondió a todos, aunque contestó a varias cosas, y una o dos veces la oí gemir de dolor.

Finan y yo nos quedamos quietos, escuchando, atentos a las dos voces que casi se ahogaban con el sonido del pequeño arroyo y el susurro del viento sobre las marismas. Recuerdo que miré a las estrellas y me toqué el martillo que llevaba colgado al cuello; y también recuerdo que pensé que la chica quizá nunca estuvo muerta, que me había equivocado. Sin embargo, otra parte de mí insistía en que tenía razón y que las oraciones de Alfredo le habían devuelto la vida. Estaba asombrado y confundido.

Había discutido tantas veces con el padre Beocca, alegándole que, si el dios cristiano era en verdad el único y todopoderoso, ¿por qué no nos mostraba su poder con milagros? El padre Beocca, enfadado por mi obstinada incredulidad, insistía en que los milagros del Evangelio de Cristo eran suficientes y que, si éramos tan ciegos ante ellos, entonces no merecíamos más que el infierno. Ahora, al parecer, escuchaba la prueba de un nuevo milagro. Godifu estaba viva.

–Debe de haber estado dormida –susurré a Finan.

–¿De verdad lo crees? –indagó.

Sacudí la cabeza. Seguía sin entender, pero decía la verdad.

–Estoy seguro de que estaba muerta –repuse.

–¡Ahora no lo está!

–¡Lord Uhtred! –llamó la voz de Alfredo–. ¿Todavía estás ahí?

–¡Sí, mi señor! Aquí estoy.

–Trae un poco de caldo y cerveza. Y un pedazo de pan.

–Sí, señor.

Le dije a Finan que se quedara y fui a buscar comida. Los hombres que acampaban alrededor del humeante monasterio habían hervido un poco de carne salada que habíamos llevado. Logré encender una pequeña fogata y calentar los restos. Encontré pan, lo partí en trozos y puse todo en una olla. Cuando la mezcla estuvo caliente, la vertí en una jarra. No encontré cerveza, pero sí una cuchara, que llevé junto con la jarra a la casa y golpeé la puerta del dormitorio.

–¿Señor rey? ¡La comida!

–¡Espera! –ordenó Alfredo.

Aguardé hasta que abrió la puerta con cautela. El rey estaba frente a mí, descalzo, y sólo llevaba una fina camisa. Me sorprendí, porque era un hombre muy meticuloso a la hora de vestirse. Nunca lo había visto así. Era tal mi asombro que casi se me cae la preciada jarra.

–Lo siento, señor, no he encontrado cerveza.

–No importa. Vete, y gracias. –Tenía prisa. Tomó el recipiente con las dos manos–. Y cierra la puerta –añadió.

Antes de hacerlo, pude ver fugazmente el interior de la habitación. La muchacha, cubierta con la capa de Alfredo, me miraba fijamente. Los ojos le brillaban a la luz del fuego. Estaba viva, la vi parpadear, pero también tuve la impresión de que había algo más. La cama estaba contra la pared del fondo, y ella ocupaba una parte. Advertí que alguien acababa de levantarse de donde se habían corrido las capas amontonadas. Cerré de un portazo, salí de la casa y me senté de nuevo bajo la ventana. Finan había visto lo mismo, y me miró con expresión inquisitiva. Sacudí la cabeza.

–No es asunto nuestro –murmuré.

Volví a contemplar las estrellas y pensé en lo tramposos que eran los dioses. Luego reflexioné sobre el nombre de la chica, Godifu, que significaba «regalo de Dios».

* * *

–Regalo de Dios –comentó el hermano Fricca con asombro–. Es la misma historia que hemos oído en Wintanceaster, es cierta.

–¿Es verdad? –pregunté.

–Murió y volvió a la vida. Fuisteis testigo.

–¿Estáis seguro de que estaba muerta? –inquirió el joven sacerdote de gruesa cabellera negra pese a la clara desaprobación de Fricca.

–Estoy seguro –respondí–, y creo que la vi morir.

El joven cura frunció el ceño.

–¿Alguna vez habéis visto revivir a una persona muerta?

–No de ese modo, pero después de cada batalla amontonamos a los muertos para quemarlos, y es normal que uno o dos tosan o griten.

–Pero así es el caos de la batalla –sostuvo el hermano Fricca–. Esto fue distinto.

–Lo fue. La vi muerta, y luego viva.

–¿Estáis seguro? –insistió el joven sacerdote.

–Lo estoy –contesté y lo miré–. Las muchachas muertas no parpadean.

–Tampoco hablan –añadió Fricca con firmeza–, y la escuchasteis hablar.

–Sí, pero no oí lo que dijo –dudé–. Más tarde, el rey me comentó que le costó entenderla.

–No es de extrañar –comentó el hermano con tono despectivo–. Estaba herida, y los anglios orientales hablan de forma salvaje.

–Me dijo que en realidad no pudo entender su nombre, pero decidió llamarla Godifu. Eso significa que Alfredo le dio ese nombre.

–Por supuesto que era Godifu, ¡todo el mundo conoce ese nombre! –exclamó Fricca.

Lo cual es cierto, porque Godifu, a quien la gente llama ahora santa Godifu, pese a que el Papa de Roma nunca ha reconocido su santidad, está enterrada en la gran iglesia que Alfredo construyó en Wintanceaster. Los peregrinos visitan su tumba y le rezan, y se dice que el propio Alfredo se arrodillaba ante el sepulcro todos los días de su vida.

–Si nuestra misión resulta victoriosa –sostuvo Fricca–, el santo padre en Roma admitirá la santidad de Godifu junto con la del rey. Debemos rezar por que así sea.

–Pero ¿Godifu murió aquella noche? –agregó el joven sacerdote.

–Murió de nuevo al amanecer. Todavía recuerdo las lágrimas de Alfredo. Cuando lo oímos llorar, entramos en la casa. Abrazaba a la joven y sollozaba entre sus cabellos. Lo aparté con suavidad y lo estreché entre mis brazos mientras Finan palpaba la cara y el cuello de la muchacha.

–Está fría –comentó Finan. Luego se persignó–. Se ha marchado al cielo, señor rey.

–Donde me encontraré de nuevo con ella –insistió Alfredo. Y espero que lo haya hecho porque compartir la eternidad con su esposa habría convertido el cielo en un infierno.

Alfredo insistió en que el cuerpo de Godifu fuera envuelto con sumo cuidado y trasladado a Wintanceaster, donde recibió sepultura en una ceremonia oficiada por el arzobispo de Contwaraburg. El rey nunca afirmó que hubiera realizado un milagro. Todo lo que dijo cuando le preguntaron por la chica fue que era un ángel enviado del cielo y que había muerto por culpa de los paganos, y aquel relato fue suficiente, aunque el rumor de su doble muerte y breve resurrección se difundió por todo Wessex.

–¿Qué hacía la bendita Godifu en Pritteuuella? –me preguntó el joven cura.

–La muchacha le dijo a Alfredo que había llevado a su perra al monasterio, porque allí había un famoso curandero.

–¿El animal sobrevivió?

Negué con la cabeza.

–Está enterrado con ella.

Ésa fue la última pregunta que me hicieron los hermanos antes de emprender la marcha hacia el sur para llevar sus buenas noticias a Contwaraburg, y de allí, supongo, a Roma. Desde entonces, no he sabido nada de su misión, ni me importa. Alfredo era un buen hombre, y los hombres buenos son especiales, así que supongo que merece ser santificado, aunque también era capaz de una gran crueldad.

Con el tiempo, capturamos a Hoskuld. Lo atrajimos a un monasterio en Berecingas, no muy lejos al este de Lundene. Lo seducimos con historias sobre riquezas y cayó en la trampa. Lo llevé a Wintanceaster, donde su presencia provocó una intensa ira en Alfredo. Hizo que le quitaran la ropa y lo azotaran hasta que confesó que había saqueado Pritteuuella. El rey ordenó que debía morir como habían muerto los monjes, así que contempló cómo Hoskuld gritaba y se retorcía mientras lo quemaban poco a poco.

Luego Alfredo me llevó hasta la gran iglesia y esparció algunas de las cenizas del muerto sobre la tumba de mármol de Godifu.

–Todo terminó –dijo–. Dios ha hecho justicia. –Hizo una pausa y me tocó el brazo–. En verdad creo que era un ángel enviado del cielo.

Recordé aquel esbelto y pálido cuerpo, de una belleza singular, en medio del lugar de la apestosa matanza llena de humo.

–Estoy seguro de que tenéis razón, milord –respondí.

Ésa fue la última vez que el rey mencionó a la muchacha. No le gustaba hablar de lo sucedido en Pritteuuella, y por eso no le conté el último secreto de Godifu, que era que alrededor del cuello de aquel ángel perfecto, de aquel regalo de Dios, pendía un pequeño martillo de plata. Y aún lo conservo.

PARTE TRES

CONSERVACIÓN

ANTECEDENTES HISTÓRICOS

El interrogante sobre cómo conservaban los alimentos en esa época es fascinante. Sobrevivir a los inviernos era esencial para todos los hogares, ricos o pobres, y, sin la comodidad de un frigorífico, había que subsistir con alimentos frescos de temporada o aprender a conservarlos. Entonces, ¿cómo hacían los anglosajones para preservarlos?

En primer lugar, una de las características más importante de cualquier vivienda anglosajona era un lugar adecuado para almacenar comida. Mientras que un castillo o una sala contaban con sótanos fríos bajo tierra y habitaciones con paredes y estantes de piedra, que eran excelentes para la conservación, las viviendas comunes solían ser una sola habitación construida con madera, con un fuego en el centro y un agujero en el techo para permitir la salida del humo. Esto significaba que la mayor parte del tiempo el almacenamiento se realizaba en estanterías adosadas a las paredes de la casa o, en ocasiones, en una habitación exterior e independiente, hecha de piedra, en la que se colocaban diversos recipientes según la finalidad, como barriles para preservar encurtidos o frascos con carne sellados con grasa. Más tarde, estos cuartos se denominaron *pantries* (en español, «despensas») del término francés *pain*, que significa «pan». Con el avance de las construcciones domésticas, se convirtieron en habitaciones alrededor o fuera de la cocina; en general, con su propia puerta. Sin embargo, el término *pantry* (despensa) no se utilizó hasta el siglo XIII.

Un vocablo que se empleó un poco antes fue *larder*, que deriva del latín *lard* (grasa de cerdo). Este término hacía referencia a un lugar fresco, a veces construido fuera de la casa, y siempre, ya sea dentro o en el exterior, en el lado norte de la vivienda, con pisos y estantes, en su mayoría de piedra. Se utilizaba para almacenar carnes, que colgaban del techo con ganchos, y productos lácteos.

Aunque la mayoría de los alimentos se consumían según las estaciones –como se pretende que hagamos ahora–, nuestros antepasados idearon formas muy ingeniosas de conservación, algunas de las cuales todavía son utilizadas por productores artesanales. Los procesos tradicionales para esta fundamental labor incluían la salazón, el secado (con calor o sólo con aire), el ahumado, el encurtido y la salmuera, junto con una variedad de métodos para diferentes ingredientes.

Muchos de estos procesos son muy antiguos. El encurtido con vinagre o salmuera es un procedimiento de conserva que tiene 4000 años de antigüedad y protege la salud intestinal del organismo, ayudándolo a digerir y absorber los alimentos. A lo largo de la historia, las personas se han mantenido saludables gracias a los alimentos encurtidos.

La salazón también se ha utilizado desde hace miles de años. Poco después de que los romanos llegaran a Inglaterra en el año 43 d. C., empezaron a establecer salinas a lo largo de la costa este. Encontraron una zona conocida con el nombre celta de Hellath du (ahora, Cheshire), que llevaba siglos produciendo sal. Se sabe que la evidencia más antigua data del 600 a. C. Más tarde, Hellath du recibió el nombre anglosajón de Northwich, que significa «salinas del norte». Los anglosajones llamaban *wich* a las salinas; esto quiere decir que cualquier lugar de Inglaterra que lleve el término *wich* produjo sal en algún momento. Sin embargo, a pesar de esta larga historia, la sal era un producto muy costoso, y por eso, a menudo, se prefería ahumar la carne y el pescado como alternativa más asequible. Si bien era un ingrediente necesario para el proceso de ahumado, se utilizaba en cantidades mucho menores.

La fermentación natural era otro método fácil que se empleó para conservar alimentos desde tiempos muy antiguos. No sólo se usaba para preservar verduras y productos lácteos, sino también para la elaboración de alcohol.

Sin embargo, la conservación de la carne, un producto muy valioso, era lo más importante y podía ser muy eficaz. La carne seca podía preservarse durante años. Se utilizaban varios procedimientos para lograrlo. Por ejemplo, los cerdos, criados para carne, se sacrificaban a finales de otoño y luego se conservaban de múltiples maneras. Algunas partes del animal se salaban, se ahumaban, se les extraía la grasa y se hervían, y los restos se destinaban para hacer albóndigas.

Estos métodos eran una parte imprescindible de la vida anglosajona. Los alimentos conservados no sólo servían para alimentar a una familia durante un invierno crudo, sino que también representaban un salvavidas para aquellos que viajaban por tierra y mar.

RECETAS

Cebada, guisantes y puerros • Cebada y setas al horno • Nabo rallado fermentado • Rábano picante (de dos maneras) • Verduras en escabeche: repollo, hinojo y puerro, setas, nabos y pepinos • Chucrut • Vinagretas • Pudin de guisantes • Frutos secos especiados • Frutas secas • Aliño sajón

Cebada, guisantes y puerros

Los puerros no se comen crudos, pero se cocinan rápido y aportan un sabor suave y delicioso. No descongele los guisantes antes de cocinarlos, añádalos al final para no pasarlos de cocción y que conserven su textura.

Ingredientes

- 200 g de cebada.
- 2 cucharadas de grasa de pollo o aceite de oliva.
- 2 puerros, cortados en rodajas.
- 150 g de guisantes congelados.
- 15 g de perejil, picado.
- Sal y pimienta negra recién molida

Preparación

Vierta 750 ml de agua en una olla a fuego fuerte, añada la cebada, una buena pizca de sal y lleve a ebullición. Reduzca la temperatura y cocine a fuego lento durante unos 20-25 minutos, hasta que la cebada esté tierna. Luego escurra.

Funda la grasa en una sartén a fuego medio y cocine los puerros hasta que se ablanden, entre 5 y 8 minutos. A continuación, salpimiente y añada los guisantes congelados. Incorpore el perejil y la cebada, y cocine hasta que la mezcla esté caliente.

Antes de servirla, pruébela para ver si está bien condimentada.

Cebada y setas al horno

La cebada comenzó a cultivarse hace unos 10 000 años, y desde entonces se ha utilizado tanto para alimentar al ganado como para hacer pan, cerveza, sopas y guisos. Cuando se cuece, se hidrata y adquiere una consistencia masticable.

La textura cremosa de esta receta es el resultado de añadir queso y mantequilla, ingredientes que formaban parte de la dieta sajona. Los ricos consumían quesos curados y caros, mientras que los campesinos comían queso fresco. Si no dispone de este último, sustitúyalo por parmesano añejo. La macis, junto con la pimienta, el jengibre, el clavo y la canela, es una especia que se utilizaba en la preparación de platos de los más adinerados, y también se empleaba con fines medicinales.

Ingredientes

- 3 cucharadas de grasa.
- 2 cebollas, picadas.
- 6 dientes de ajo, picados.
- 450 g de setas, limpias y cortadas en cuartos, según el tamaño.
- 300 g de cebada.
- 3 cucharadas de queso parmesano, rallado.
- 2 cucharadas de mantequilla.
- Una buena pizca de macis molida.
- Sal y pimienta negra recién molida.

Preparación

Precaliente el horno a 220 °C.

En una olla de fondo, funda la grasa a fuego medio y luego añada las cebollas y el ajo, removiendo hasta que se ablanden. Incorpore las setas y cocínelo todo durante unos 5 minutos, hasta que las setas se pongan tiernas.

Agregue la cebada y 1 litro de agua. Lleve a ebullición a temperatura alta. A continuación, tape la cacerola y colóquela en el horno durante 30 minutos. La cebada estará gomosa y habrá perdido casi toda el agua.

Añada el parmesano, la mantequilla y la macis. Condimente con sal y pimienta. Cubra de nuevo la olla y deje reposar unos 15-20 minutos, hasta que se absorba el resto del agua. La preparación adquirirá una consistencia bien cremosa.

Nabo rallado fermentado

La fermentación es un excelente método para conservar los nabos, además de favorecer la digestión. Destaca la dulzura natural del nabo crudo, junto con un toque de su característico sabor picante. ¡Puede que esta receta se convierta en su nuevo chucrut favorito!

Ingredientes

- 1,8 kg aprox. de nabos frescos.
- 120 g aprox. de sal marina sin refinar.
- Hojas de repollo o *film* transparente.

Preparación

En un bol, ralle los nabos con un rallador manual o de queso y espolvoréelos con sal cubriéndolos bien. Con las manos, mezcle bien los nabos mientras liberan agua, unos 5 minutos, hasta que pueda exprimirlos y el líquido se libere con facilidad. A continuación, coloque la preparación en un frasco o recipiente no reactivo con tapa, junto con el líquido exprimido. Presione hacia abajo para eliminar cualquier espacio de aire y asegúrese de que quede totalmente sumergida. Deje unos 5 cm libres en la parte superior del recipiente.

Introduzca y presione las hojas de repollo para que la mezcla se mantenga sumergida (el número de hojas dependerá del tamaño y la forma del recipiente). También puede utilizar *film* transparente, presionando hacia abajo y hacia dentro. El objetivo es eliminar las burbujas de aire y procurar que los nabos permanezcan sumergidos.

Tape el recipiente con una tapa de fermentación (una maravillosa invención del mundo moderno), o bien cúbralo con una doble capa de estopilla sujeta con un cordel o una cinta elástica para mantener la higiene del contenido y permitir que respire. Revíselo de vez en cuando y retire cualquier trozo que parezca en mal estado o con moho. Una tapa de fermentación garantizará un cierre más seguro e higiénico, pero use su criterio. ¡Recuerde que estas tapas son bastante novedosas!

El mejor lugar para la fermentación es un sitio fresco y oscuro. El tiempo que tarde dependerá de la temperatura: si supera los 20 °C, tardará alrededor de dos semanas; a 18 °C, unas tres semanas; y por debajo de 15 °C, 1 mes o más. Para saber cuándo la preparación está lista, pruebe un poco y evalúe su nivel de acidez. Déjela más tiempo si prefiere un sabor más ácido. Una vez completado el proceso, cierre con una tapa adecuada y guárdela en el frigorífico, o ¡experimente con fermentaciones prolongadas! Recuerde consumir el producto antes de la próxima temporada de cultivo.

Salsa de rábano picante

Esta variedad de rábano es un ingrediente picante y aromático que estaba disponible en la época anglosajona y es posible que lo hayan traído los antepasados germánicos. Se puede rallar y mezclar con crema agria o macerar (la maceración ablanda la capa externa del rábano y extrae sus jugos).

Las verdulerías disponen de rábano picante fresco, que es una raíz con piel marrón. Si está marchita, colóquela en una bolsa con 1 o 2 cucharadas de agua y guárdela en la nevera durante unos días. Absorberá el líquido y se recuperará. Este mismo proceso sirve para todas las hortalizas de raíz. Si no consigue rábano fresco, compre el que viene preparado de alta calidad, que suele encontrarse en la sección de refrigerados del supermercado.

Ingredientes

- 2 partes de rábano picante, recién rallado.
- 1 parte de crema agria.

Preparación

Mezcle los ingredientes en un bol y deje que se integren durante 1 hora. El preparado se conserva bien hasta 1 semana en un lugar fresco. Si desea realzar el sabor de la salsa, puede añadir cualquiera de las variantes que se indican a continuación.

Ingredientes adicionales

- Eneldo fresco, picado.
- Pimienta blanca.
- Pimienta negra.

Rábano picante marinado

Ingredientes

- 2 partes de rábano picante, recién rallado.
- 1 parte de vinagre de manzana.
- Miel, al gusto.
- Sal.

Preparación

Incorpore todos los ingredientes en un bol y déjelos marinar durante 1 hora o más. El preparado se conserva bien hasta 1 semana en un lugar fresco.

Repollo con manzanas en escabeche

Es probable que el repollo se cultivara en Europa antes del año 1000 a. C. Es delicioso tanto crudo como cocido, además de ser ideal para consumirlo fermentado (consulte la receta «Chucrut» en la página 244) y en escabeche. El vinagre y la sal utilizados en este proceso sirven para «curar» el repollo.

Fue por el año 885 d. C. cuando el rey Alfredo de Inglaterra mencionó las manzanas por primera vez en su traducción al inglés de la *Regla pastoral* del papa Gregorio.

Ingredientes

- 500 g de repollo verde, finamente rallado.
- 140 g de sal.
- 500 ml de vinagre de manzana.
- 200 ml de vino blanco.
- 300 g de miel.
- 2 cucharaditas de pimienta negra en grano.
- 6 hojas de laurel.
- 2 cucharadas de granos de mostaza.
- 1 manzana Pink Lady, pelada y limpia, cortada en rodajas finas a lo largo.

Preparación

Coloque el repollo rallado en un colador en el fregadero, espolvoree con sal por todas partes y mezcle bien. Déjelo reposar durante 2 horas. A continuación, enjuáguelo con agua fría hasta eliminar la sal.

Mientras tanto, ponga el vinagre, el vino, la miel, los granos de pimienta y las hojas de laurel en una olla, y hierva a fuego lento hasta que el líquido se haya reducido a la mitad, unos 20-30 minutos. Déjelo reposar hasta que esté a temperatura ambiente.

Cuele la mezcla sobre un bol, deseche los granos de pimienta y las hojas de laurel. En otro recipiente, introduzca el repollo, los granos de mostaza y la manzana, y vierta el líquido colado. Transfiera la preparación a frascos, ciérrelos y guárdelos en un lugar frío hasta un máximo de 1 mes.

Hinojo y puerro en escabeche

En el antiguo Egipto, el hinojo se utilizaba como alimento y medicina. Los puerros eran una de las verduras más consumidas por los anglosajones.

Ingredientes

- 2 bulbos de hinojo.
- 2 puerros.
- 1 cucharada de sal.
- 500 ml de vinagre de manzana.
- 250 g de miel.
- 2 cucharaditas de granos de mostaza.

Preparación

Quite la parte superior del hinojo, luego corte el bulbo por la mitad y rebánelo finamente. Lave las rodajas. Después siga con los puerros. Recorte el extremo de la raíz y seccione en la parte donde el verde pálido se torna verde oscuro. Divida por la mitad y luego a lo largo. Lávelos bien para eliminar cualquier suciedad atrapada entre las capas de hojas.

Mezcle el hinojo y los puerros en un bol. Añada la sal y remueva para cubrir uniformemente. A continuación, agregue agua fría hasta taparlos y revuelva para disolver la sal. Déjelos reposar durante 1 hora. Pasado este tiempo, pruebe y toque el hinojo. Debe estar apenas tierno. Escurra.

Mientras tanto, incorpore el vinagre, la miel y los granos de mostaza en una olla y hierva a fuego medio durante 5 minutos. Deje enfriar.

Distribuya la preparación en partes iguales en recipientes con tapa y vierta la salmuera hasta cubrir por completo. Ciérrelos bien y guárdelos en un lugar fresco durante un día para que los sabores penetren en el hinojo. El preparado puede conservarse durante al menos 1 mes en un lugar fresco.

Setas en escabeche

Con un sutil dulzor a miel y un toque de hierbas, estas setas ofrecen una complejidad de sabores que las convierten en una opción perfecta como aperitivo, guarnición o condimento.

Ingredientes

- 60 ml de vinagre de manzana.
- 4-5 dientes de ajo.
- Unas ramitas de tomillo o mejorana.
- 1 cucharada de miel.
- Una pizca de pimienta negra recién molida.
- 1-2 cucharaditas de sal gruesa.
- 450 g de setas variadas, como gírgolas, enokis, champiñones comunes y hongos *shiitake* (límpielas con papel de cocina).

Preparación

En una olla, mezcle el vinagre, el ajo, el tomillo o la mejorana, la miel, la pimienta y la sal, y lleve a ebullición a fuego medio. Añada las setas (primero las más grandes, ya que tardan más en cocerse) y cocínelas durante unos minutos, hasta que estén tiernas. A continuación, aparte la olla del fuego y deje que las setas se enfríen en el líquido.

Una vez frías, dispóngalas, junto con el líquido de cocción, en frascos limpios. Ciérrelos bien y guárdelos en un lugar fresco. Esta preparación puede conservarse durante al menos 1 mes.

Nabos en escabeche

Ingredientes

- 750 ml de agua.
- 70 g de sal gruesa.
- 1 hoja de laurel.
- 250 ml vinagre blanco.
- 900 g de nabos, pelados.
- 1 diente de ajo, pelado.

Preparación

Caliente 250 ml de agua en una olla grande a fuego medio. Añada la hoja de laurel y la sal. Remueva hasta que esta última se disuelva.

Retire el agua del fuego y déjela enfriar a temperatura ambiente. Una vez que se haya enfriado, agregue el vinagre y el resto del agua. Remueva para incorporar.

Corte los nabos en bastones gruesos como patatas fritas. Dispóngalos, junto con el ajo, en un frasco limpio y vierta la salmuera por encima, con la hoja de laurel incluida. Tape el preparado y déjelo reposar a temperatura ambiente en un lugar fresco durante 1 semana.

Se puede conservar 1 mes en un lugar frío.

Pepinos en escabeche

Cleopatra adjudicaba parte de su belleza a los encurtidos. Aristóteles elogiaba los efectos curativos de los pepinos en escabeche, y las generaciones posteriores también apreciaban estas delicias en vinagre.

El eneldo, una de las hierbas esenciales en la preparación de pepinos en escabeche y otras verduras, llegó a Europa Occidental desde su lugar de origen en Sumatra alrededor del año 900 d. C., aunque los antiguos griegos y romanos lo utilizaban desde siglos antes.

Ingredientes

- 120 ml de vinagre.
- 120 ml de agua.
- 1 cucharadita de sal.
- 1 cucharada de miel.
- 2 pepinos, enjuagados y cortados en rodajas gruesas.
- 1 cucharada de hojas de eneldo.
- 1 cucharadita de semillas de alcaravea.

Preparación

En una olla, mezcle el vinagre, el agua, la sal y la miel, y caliéntelos hasta que esta última se haya disuelto.

Disponga los pepinos en un bol y vierta la mezcla encima. Espolvoree con eneldo y semillas de alcaravea. Deje que repose durante 2 horas antes de comer.

Las rodajas de pepino se conservarán en el líquido de encurtido en un lugar frío durante 1 semana, aproximadamente.

Chucrut

La fermentación es una forma natural de conservar y estabilizar alimentos; sin embargo, debemos ser cuidadosos con este proceso. Se trata de una especie de descomposición controlada, pero una buena regla general es que, si huele bien y se ve apetitoso, no hay ningún problema. Esta práctica se ha realizado durante siglos y en lugares menos limpios que las cocinas modernas y cuidadas, pero, aun así, hay que estar atento a los preparativos y mantener la limpieza en todo momento, lavando y desinfectando los utensilios y el lugar de trabajo. El agua y jabón son adecuados, así como los limpiadores naturales, pero no utilice lejía.

Ingredientes

- 1 cabeza de repollo de aprox. 1,8 kg en total.
- 95 g de sal marina sin refinar.

Preparación

Con un cuchillo o una mandolina, corte el repollo en tiras, reservando un par de hojas, y espolvoree con sal. Luego mezcle bien con las manos para que suelte el agua y conserve el líquido. Este proceso debería durar unos 5 minutos, hasta que pueda exprimir el repollo y el agua se libere con facilidad. A continuación, lleve la preparación a un frasco o recipiente no reactivo con tapa, junto con el líquido escurrido. Apriete bien el repollo para que no queden espacios de aire y asegúrese de que todo esté bien sumergido. Deje unos 5 cm libres en la parte superior del recipiente.

Acomode las hojas reservadas sobre la mezcla para asegurarse de que permanezca sumergida. También puede utilizar *film* transparente, presionando hacia abajo y hacia dentro. Recuerde que el objetivo es eliminar las burbujas de aire y procurar que la preparación se mantenga inmersa en el líquido.

Del mismo modo que en la receta «Nabo rallado fermentado» (consulte la página 234), puede cerrar el recipiente con una tapa de fermentación, o puede cubrirlo con una doble capa de estopilla sujeta con un cordel o una banda elástica para mantener el contenido higiénico y permitir que respire. De vez en cuando, revise la preparación y quite cualquier trozo que parezca podrido o enmohecido. Recuerde que utilizar una tapa de fermentación le garantiza un cierre más higiénico.

El mejor lugar para la fermentación es un sitio fresco y oscuro. El tiempo que tarda depende de la temperatura: si supera los 20 °C, tardará alrededor de 2 semanas; a 18 °C, unas 3 semanas; y por debajo de 15 °C, 1 mes o más. Para saber cuándo la preparación está lista, pruebe un poco y evalué su nivel de acidez. Déjela más tiempo si prefiere un sabor más ácido. Una vez completado el proceso, ciérrela con una tapa adecuada y guárdela en el frigorífico, o ¡experimente con fermentaciones prolongadas! Recuerde consumir el producto antes de la próxima temporada de cultivo.

Vinagretas

El vinagre se menciona en la Biblia y su uso se remonta a hace 10 000 años. Civilizaciones antiguas como los egipcios, babilonios y persas lo utilizaban para conservar alimentos. Fueron los romanos quienes introdujeron el vinagre de manzana a los sajones. Este líquido era, y sigue siendo, muy versátil: se empleaba para encurtir y marinar carne de res, se añadía al suero de leche (residuo de la fabricación de queso blando) para hacer más queso, y también se combinaba con miel y hierbas para hacer salsa. Los anglosajones preparaban ensaladas con una amplia variedad de hojas verdes y las aderezaban con ajo, aceite, vinagre y sal. A principios de la primavera, estas mezclas de vegetales podían incluir brotes de hortalizas de raíz almacenadas en sótanos. A continuación, presentamos tres vinagretas que utilizan ingredientes disponibles para los anglosajones.

Vinagreta de enebro

En esta receta, nos tomamos un poco de libertad en cuanto a los ingredientes, pero sabemos que las bayas de enebro y las nueces son muy antiguas, ya que existen desde hace miles de años. Los romanos las utilizaban como sustituto más económico de los granos de pimienta negra.

El sabor predominante de la ginebra son las bayas de enebro, así que, para que nuestra vinagreta resulte deliciosa, utilizaremos esta bebida. La referencia más antigua que se conoce de la ginebra data del siglo XIII; por tanto, debe llevar ya un tiempo entre nosotros, ¿verdad?

Los cruzados introdujeron los chalotes en Europa en el siglo XI y los puede conseguir en la mayoría de los supermercados; sin embargo, si no encuentra, puede utilizar cebolla en su lugar.

Ingredientes

- 1 cucharada de bayas de enebro.
- 1 chalota.
- 2 cucharadas de vinagre de manzana o vinagre blanco.
- 1 cucharada de ginebra.
- 2 cucharadas de aceite de oliva.
- 2 cucharadas de aceite de nuez.
- 1 cucharada de agua hirviendo.
- Un manojo de cebolletas.
- Sal y pimienta negra recién molida.

Preparación

Coloque todos los ingredientes en una licuadora, excepto el agua y las cebolletas. Procese la mezcla durante 30 segundos. Con el motor en marcha, añada el agua y pulse. Incorpore las cebolletas.

Lleve la mezcla a un frasco con tapa y consérvela en un lugar frío durante 1 semana como máximo.

Vinagreta de grasa de pollo

Ingredientes

- 3 cucharadas de grasa de pollo.
- 1 cucharada de vinagre de manzana.
- 1-2 cucharaditas de tomillo seco o perifollo, o semillas de hinojo.
- Sal y pimienta negra recién molida.

Preparación

Coloque la grasa de pollo en una sartén y fúndala a temperatura baja. Luego bata el vinagre de manzana con 1 cucharada de agua hirviendo en la grasa caliente, o procese la mezcla en una licuadora pequeña durante 30 segundos. Añada las hierbas y salpimiente al gusto.

Lleve el preparado a un frasco con tapa y consérvelo en un lugar frío durante 1 semana como máximo.

Vinagreta de grasa de panceta

Ingredientes

- 3 cucharadas de grasa de panceta.
- 1 cucharada de vinagre.
- 1 cucharada de mostaza.
- Sal y pimienta negra recién molida.

Preparación

Coloque la grasa en una sartén y fúndala a fuego lento. Luego bata el vinagre con la mostaza en la grasa caliente, o procese la mezcla en una licuadora pequeña durante 30 segundos. Salpimiente al gusto.

Lleve el preparado a un tarro con tapa y consérvelo en un lugar frío durante 1 semana como máximo.

Pudin de guisantes

El pudin de guisantes es uno de los platos ingleses más antiguos. Los guisantes secos partidos, fáciles de almacenar, constituían una importante fuente de proteínas en las recetas anglosajonas, y la zanahoria y la menta se mencionan en textos contemporáneos. Sabemos que las hierbas desempeñaban un papel fundamental en la vida anglosajona, no sólo en la cocina, sino también con fines medicinales.

Ingredientes

- 200 g de guisantes amarillos secos partidos.
- 1 cebolla, cortada por la mitad.
- 1 zanahoria, cortada en trozos grandes.
- 1 cucharada de mantequilla.
- Un puñado de hojas de menta picadas (opcional).

Preparación

Remoje los guisantes en un recipiente con agua durante toda la noche. Luego escúrralos.

Colóquelos en una olla y añada las cebollas y los trozos de zanahorias. Agregue suficiente agua para cubrir y lleve a ebullición a fuego fuerte. A continuación, disminuya el fuego y deje que se cueza a fuego lento durante 1 hora más o hasta que los guisantes estén tiernos.

Escúrralos y retire la cebolla junto con los trozos de zanahoria. Introduzca de nuevo los guisantes en la olla y tritúrelos con una cuchara de madera o utilice una licuadora. Añada la mantequilla y la menta (si decide emplearla) y revuelva.

Frutos secos especiados

En esta receta, utilizamos lo que estaba disponible para los anglosajones, proveniente de nogales y avellanos. Es posible que no prepararan frutos secos especiados, pero esta preparación es demasiado buena para no incluirla. La comida de los sajones era más sofisticada de lo que se cree. Al igual que los comensales contemporáneos, consumían una ración de carne y dos de verduras al día. Acompañaban la carne con salsas de frutas, mantequilla clarificada, crema batida y verduras saladas. Los ricos ofrecían banquetes, por lo que no es difícil imaginar que un plato de frutos especiados estuviera presente en la mesa sajona.

La macis es un ingrediente importante en esta receta. Es una especia que se empleaba sólo en las cocinas de los más pudientes para dar sabor a los alimentos, junto con la pimienta, el jengibre, el clavo y la canela.

Ingredientes

- ¾ cucharadita de macis molida.
- ¾ cucharadita de canela molida.
- ¾ cucharadita de jengibre molido.
- ¼ cucharadita de nuez moscada, rallada.
- 2 cucharaditas de pimienta negra recién molida.
- 1 cucharadita de sal.
- 170 g de miel.
- 1 clara de huevo.
- 350 g de nueces o avellanas, picadas en trozos grandes.

Preparación

Precaliente el horno a 170 °C.

En un bol, mezcle las especias y los condimentos, e incorpore la miel.

Bata la clara de huevo en otro recipiente hasta que esté apenas espumosa. Añada los frutos a la clara, vierta la miel y las especias, y remueva para integrar.

Extienda la preparación en una bandeja de horno y cocínela durante 1 hora hasta que se dore.

Frutas secas

El secado fue la forma más temprana de preservación de alimentos. Había grandes extensiones de tierra cubiertas con árboles de hoja caduca y arbustos de bayas. Manzanas cultivadas, manzanas silvestres, peras, cerezas, fresas y moras estaban disponibles en verano y otoño, y cuando caían al suelo se secaban al sol de forma natural. Una vez secas, estas frutas se valoraban por su dulzor y su larga capacidad de conservación.

Pueden secarse al aire o en el horno a baja temperatura hasta que obtengan una consistencia firme, estén algo gomosas y arrugadas por los bordes. Si lo desea, puede añadir miel.

Ingredientes

- 2-3 peras (como las Comice o Williams) o manzanas; o utilice fresas, moras o cerezas.
- Azúcar o miel, al gusto (opcional).

Preparación

Precaliente el horno a 110 °C.

Forre una bandeja para hornear con papel de horno. Corte las peras o las manzanas en rodajas a lo largo, de unos 3 mm de grosor. Si utiliza miel, esparza un poco sobre cada rodaja. Las fresas y las moras pueden dejarse enteras o cortarse en rebanadas gruesas. Si usa cerezas, deshuéselas antes de hornearlas. Asegúrese de que las frutas estén bien secas antes de cubrirlas con miel.

Hornéelas hasta que estén secas, unas 3 horas o más. Se arrugarán, quedarán gomosas y más firmes. Guárdelas en un recipiente hermético en un lugar fresco y seco. Podrá conservarlas hasta 6 semanas.

Aliño sajón

Un aliño es una combinación de especias, pimientas y sales que se utiliza para sazonar carnes antes de cocinarlas para realzar su sabor y textura. Estas especias, en especial los granos de pimienta, habrían sido ingredientes de lujo, pero el hinojo, el cilantro, la ajedrea y otras hierbas habrían estado al alcance de quienes sabían buscarlas y cultivarlas. Anímese a probar otras como la menta, el tomillo o el orégano, pero úselas siempre secas. Evite el perejil, ya que los sajones lo consideraban una hierba que seducía a Satanás con su letal encanto.

Ingredientes

- 1 cucharada de semillas de hinojo.
- 1 cucharada de semillas de cilantro.
- 1 cucharada de pimienta blanca en grano.
- 1 cucharada de pimienta negra en grano.
- 1 cucharada de ajedrea seca.

Preparación

Combine todos los ingredientes con la ayuda de un mortero (lo cual es lo ideal) o, en su defecto, con un molinillo de especias. El mortero permite apreciar el esfuerzo requerido para transformar las especias, lo que proporciona una conexión más íntima con la práctica. Muela los ingredientes combinados hasta alcanzar la textura deseada: gruesa o fina.

Guarde la preparación en un recipiente hermético en un lugar fresco y seco. Consúmala cuando aún tenga un sabor intenso, dentro de un periodo de 6 meses.

EL ÚLTIMO MURO DE ESCUDOS

Almacenar y conservar alimentos era fundamental para los largos viajes marítimos, e incluso después de que Uhtred haya alcanzado su mayor ambición, recuperar Bebbanburg y establecerse en un país llamado Inglaterra, necesita navegar hacia la batalla. Aunque ha envejecido, no ha perdido su espíritu guerrero.

–Se llama Seafang –dijo Gerbruht–. Salió del río Tinan.

Estábamos de pie en la terraza rocosa, a las afueras del gran salón de Bebbanburg, contemplando un barco que se acercaba en dirección norte.

–Es un barco grande –comenté–. ¿De carga?

–Pesca en alta mar –respondió Gerbruht con tono malhumorado.

–¿De quién es? –preguntó Finan con desgana.

–Twicca Leofson –contestó Gerbruht, disgustado.

–¡Ah! –Finan sonaba más animado–. Se casó con la hija del sacerdote.

–¿Qué sacerdote? –pregunté.

–La hija gorda –añadió Finan.

–No era gorda –repuso Gerbruht.

–El padre Ælfric tiene una iglesia en la orilla norte del Tinan –explicó Finan–. El maldito tenía seis hijas, y se deshizo de la última, la gorda. ¡Santo cielo, alimentar a esa muchacha debió de costarle una fortuna!

–¡No estaba gorda! –insistió Gerbruht.

–No recuerdo su nombre –sostuvo Finan–. ¿Acaso era Olla?

–Ella –repuso Gerbruht, aún disgustado.

–Y a este idiota frisón –Finan señaló con el pulgar a Gerbruht– le gustaba la gorda Ella. ¡Por Dios, hombre, estaba tan gorda que hasta un lisiado podría haberla pescado, y tú la dejaste escapar!

–No estaba gorda –repitió Gerbruht–. Robusta, quizá.

–¡Robusta! –replicó Finan–. Es lo bastante ancha como para estar en un muro de escudos.

Gerbruht se volvió y dirigió la mirada hacia el sur. Finan, aburrido de burlarse de él, hizo lo mismo y observó el barco que se dirigía hacia la costa de las islas Farnea.

–El cabrón se dirige hacia aquí –comentó con desaprobación.

El Seafang parecía una gran embarcación y navegaba a buena velocidad gracias a un fuerte viento del este. Era de manga ancha, con un tajamar que se alzaba orgulloso, coronado con una cruz de madera. Su cubierta principal parecía atestada de gente.

–Es posible que se dirija a Lindisfarne –dije–. ¿Peregrinos, tal vez?

–Ya nadie va allí –repuso Finan–. Y, si caminaron hasta el Tinan, ¿por qué embarcarse para recorrer los últimos kilómetros?

–Vienen hacia aquí –dijo Gerbruht en tono firme, y yo lo creí. Era el mejor marinero de mi tripulación, un frisón grande y fuerte que había crecido entre barcos y sabía pilotar tan bien como luchar–. Está demasiado cerca de la costa y lucha contra la marea –explicó. Un chorro de espuma blanca rompió en la proa del Seafang–. Si se dirigiera a Lindisfarne, habría salido de las islas para evitar lo peor de la corriente. Puede que Twicca Leofson sea un bastardo inútil, pero conoce esta costa.

–Debe de haber entre veinte y treinta personas a bordo –sostuvo Finan–. Y eso suele ser señal de problemas.

Observamos durante unos minutos más, viendo la gran vela caer a medida que el barco pasaba por el extremo norte de Bebbanburg. Luego giró hacia la entrada poco profunda de nuestro puerto, y una docena de remos se pusieron en movimiento para conducirlo a salvo por el canal.

–Ve a ver qué quieren –le ordené a Gerbruht.

–¡Y pórtate bien con Twicca! –le gritó Finan.

–Tienes que ser amable con Gerbruht –le dije–. Es un buen hombre.

–Lo es, pero es lento. Esa chica era monstruosa, grande como un buey. Y lo único que él hizo fue ponerle ojitos de cordero. Si le hubiera dado una hogaza de pan y una pata de ganso, ella habría caído de espaldas en un abrir y cerrar de ojos; pero no, Gerbruht sólo suspiraba.

–Pobre Gerbruht –comenté.

–Y es un problema –me advirtió Finan–. La gente no viene aquí a menos que necesite ayuda.

–Y ayudamos cuando podemos.

Me dirigí al gran salón. Instantes después, entró un muchacho corriendo.

–Vienen veintiséis personas, señor –dijo.

–¿Se ven felices? –preguntó Finan.

–Las mujeres lloraban, lord. –Gerbruht había enviado al chico para avisarme.

–Ya dije que sería un problema –sostuvo Finan–, y querrán comer. Reza para que Twicca no haya traído a su esposa.

–Eres un hombre malvado –sostuve. Luego me giré, al ver que Benedetta salió de las habitaciones traseras.

–Hay gente que viene a verte –me informó–. Los he visto. –Traía una pesada capa de lana que insistió en que me pusiera–. Debes parecer un rey.

–Hace demasiado calor para una capa –protesté.

–Entonces, sufre –me dijo, mientras me ponía la prenda alrededor de los hombros y la sujetaba al cuello con un broche de oro.

–Además –refunfuñé–, no soy un rey.

–Eres más importante que cualquier rey de Britania –insistió–. Eres Uhtred de Bebbanburg. –Tiró del cuello de la capa y me besó–. Sé bondadoso con tu pueblo. Seguro que están hambrientos.

–Dales pan rancio y queso duro –sugerí–. Diles que los depósitos del rey están vacíos.

–¡Uf! –comentó con su sonido universal de desaprobación–. Les daremos de comer.

Desapareció para imponer su autoridad en la cocina mientras Finan y yo esperábamos, hasta que un murmullo de voces me anunció que nuestros visitantes habían llegado. Entraron por la puerta del vestíbulo, acompañados por una veintena de mis hombres que sentían curiosidad por saber por qué el Seafang había navegado hasta nosotros.

La multitud se aproximó hasta llenar el espacio entre la gran chimenea central y el estrado donde me sentaba. Las mujeres lloraban, y los hombres se mostraban serios. Había un sacerdote entre ellos, así que supuse que sería el que hablaría, pero, en cambio, un hombre alto y corpulento, con una espada corta en la cintura, les ordenó que se arrodillaran.

–Lord –me saludó desde el suelo.

–Levántate y dime quién eres –le ordené.

–Soy Twicca Leofson, lord, y vivo en vuestras tierras.

–Eres bienvenido, Twicca Leofson. Ahora, dime, ¿por qué has venido?

Aquella pregunta provocó una veintena de voces, todas al mismo tiempo, mientras las mujeres gritaban aún más fuerte.

–¡Basta! –grité–. Sólo uno hablará. –Señalé a Twicca con la cabeza–. Tú. Habla.

Habló, y lo hizo bien, aunque la historia que contó fue lamentable. Había sucedido el día anterior a nuestro encuentro. Twicca relató cómo había llevado al *Seafang* lejos de la costa, a las orillas poco profundas del mar del Norte, donde la pesca era abundante. Al regresar al Tinan, justo después del amanecer, divisó cuatro barcos que navegaban hacia el este, mas no les prestó atención.

–Parecían frisones, lord –explicó–. Muchos de ellos comercian en el Tinan.

–Continúa –lo animé.

–Y eran comerciantes, lord, de esclavos –escupió la última palabra y empezó a contarme cómo había encontrado su aldea devastada. Los barcos habían arribado durante la noche y sus tripulaciones habían capturado a todos los niños y mujeres–. Cincuenta y ocho en total, la mayoría jóvenes. Mataron a dieciocho hombres.

–Frisones –comenté.

–Sí, señor –habló el sacerdote por primera vez–. Los escuché hablar y suenan como nosotros.

–Bastante parecido –asentí–. ¿Y quién sois?

–Soy el padre Ælfric, señor. Nos conocimos cuando...

–Lo recuerdo –repuse, aunque en realidad no recordaba haberlo visto antes–. ¿Estáis seguro de que no eran daneses?

–Eran frisones –insistió Twicca–. Los barcos eran frisones.

Distinguía un barco frisón de uno danés. Por supuesto que se parecían, pero una nave frisona tendía a ser más plana en el centro. Si bien era una característica que no todos apreciaban, nadie negaba que sus embarcaciones eran magníficas. Mi propio barco, el *Spearhafoc*, era una maravillosa construcción frisona.

–¿Cuántos hay en sus tripulaciones? –pregunté.

–Conté más de cien hombres, señor. La mayoría llevaba cota de malla –respondió de nuevo el sacerdote.

Fruncí el entrecejo. ¿Cuatro barcos? Resultaba difícil creer que alguno de ellos tuviera menos de cuarenta hombres, lo que indicaba que habrían sido al menos ciento cincuenta. Advertí que el sacerdote tenía un moretón ensangrentado en la frente.

–¿Luchasteis contra ellos, padre?

–Lo intenté –respondió el anciano–. Robaron el sacramento de la iglesia. –Una mujer se lamentó, y el cura se apresuró a decir–: ¡Robaron los vasos del altar, señor! Todo.

–Se llevaron a mi esposa y a mis hijos, señor –dijo Twicca.

–Tu esposa es Ella, ¿verdad? –inquirí.

–Sí, señor. –Twicca parecía sorprendido de que yo supiera el nombre de su mujer.

–Entonces debemos recuperar a Ella y a los demás –dije, y miré a Gerbruht por encima de las cabezas–. ¿Cuánto falta para que el *Spearhafoc* esté listo?

–Estará listo esta noche, señor –contestó Gerbruht. Les había ordenado arrastrar el barco hasta el muelle, donde habíamos cavado fosas para hacer brea y calafatear las costuras de la nave después del largo verano–. Sólo necesita tiempo para que las costuras se fijen.

–Entonces zarparemos mañana con una tripulación completa y equipo de guerra –sostuve–. Y tú –señalé a Twicca– vendrás con nosotros.

–Por supuesto, lord –respondió. Noté que Gerbruht se estremecía. Parecía que iba a protestar, pero lo ignoré y me volví hacia Benedetta.

–Necesitaremos provisiones.

Asintió con gesto sombrío. Al igual que yo, aborrecía la esclavitud. De niña, la habían arrancado de su hogar italiano y llevado a Britania, donde fue una esclava hasta que yo la liberé. Yo también había tirado de un remo con un collar de hierro que me rodeaba el cuello y esposas en los pies, y desde entonces los esclavistas se volvieron mis enemigos. Ahora se habían atrevido a llegar a mis costas para llevarse a mi gente, así que el *Spearhafoc* debía zarpar a la guerra.

* * *

–¿Cómo los encontraremos? –me preguntó Finan esa noche–. Si mal no recuerdo, Frisia tiene una larga costa.

–Larga y peligrosa –respondí–, pero debemos encontrarlos.

Había enviado a Berg Skallagrimmrson al norte del Tuede para que convocara a su hermano Egil, lo que significaba que viajaríamos a Frisia en dos barcos, ambos con tripulaciones repletas de guerreros. Mi barco, el *Spearhafoc*, llevaría a mis hombres, mientras que los daneses de Egil tripularían el *Banamaðr.* Y que Dios se apiadara de los frisones que habían llegado al Tinan cuando aquellos guerreros curtidos en mil batallas llegaran a tierra. Aunque encontrar a los esclavistas sería una tarea difícil.

La costa frisona es una maraña de islas, bancos de arena, ensenadas, ríos y pantanos. Un lugar fácil para encallar, pero difícil para acercarse a una aldea sin que nos vieran, y había cientos de kilómetros de ese desolado pantano. Además, no me cabía duda de que los esclavistas estarían esperando nuestra llegada. Según lo que había contado el sacerdote, parecía que eran más de ciento cincuenta hombres.

–Tomarán a los prisioneros como rehenes –sostuvo Finan en tono sombrío– y empezarán a matarlos si nos acercamos demasiado.

–También si no lo hacemos –dije.

–¿Por qué molestarse? –indagó Finan.

–Un bastardo de Frisia saquea mi tierra, y tengo que devolverle el favor.

–Pensé que debías pedir ayuda al rey.

–¡Al diablo con el rey! –gruñí–. Para cuando el mensajero llegue a Wintanceaster y me traiga una respuesta, habrá pasado un mes. Y encima me dirá que espere mientras envía a un sacerdote a hablar con los frisones. ¿De qué serviría? Será mejor que nosotros castiguemos a esos malnacidos.

El rey era Æthelstan. Desde la gran batalla de Brunanburh, era conocido como el rey de toda Inglaterra. Me caía bien, pero había dejado claro que cualquier ataque a sus tierras, y Bebbanburg ahora era, sin duda, una parte de ellas, se le debía comunicar y él decidiría lo que convenía hacer, de modo que no dudaba de que su primera reacción, en vez de decirme que cruzara el mar y rompiera algunas cabezas, sería ordenar a un sacerdote que hiciera el viaje y negociara la paz con los asaltantes. Æthelstan se había vuelto casi tan piadoso como su abuelo Alfredo. Sabía que, si enviaba a un cura, el pobre hombre no sobreviviría a la misión, si es que lograba encontrar a los atacantes.

–No deberías ir –me dijo Benedetta esa misma noche.

–¿Y por qué no?

–Porque eres un anciano.

–Un anciano que lidera a los lobos de Bebbanburg, que son hombres jóvenes. Iré.

–¡Me dijiste que Bruna... Brunanburh –le costó pronunciar el nombre– había sido tu última batalla!

–Esto no será una batalla, será una masacre. Y di a los que cocinan que pongan comida y cerveza suficiente para cincuenta hombres durante dos semanas.

–¿Dos semanas?

–No llevará tanto tiempo –respondí, aunque sospechaba que podría durar más, pero dos semanas era un plazo razonable. Había navegado a Frisia muchas veces, y sabía que el viaje duraría unos seis días, tres de ida y tres de regreso, y calculaba que mis negocios allí no durarían más de una semana.

–Eres un necio –dijo Benedetta, aunque no de mala manera–. Sólo vas porque te gusta pelear.

–Y a ti también –repliqué–. ¿Quieres acompañarme?

–¿Dos semanas en un barco? ¡Uf! Me quedo aquí. ¡Y tú –me dijo mientras se giraba para regresar hacia la cocina– deja que tus guerreros jóvenes luchen! Tú, no.

A la mañana siguiente, Benedetta me informó de que había enviado al barco tres barriles de cerveza y tres de comida.

–Pan, arenque ahumado y cerdo salado –dijo.

–¿Y vegetales?

–Los tirarás por la borda –repuso, lo cual era cierto.

Media hora más tarde, vimos al *Banamaðr* acercándose a toda velocidad, impulsado por un fuerte viento del norte.

–No perdamos tiempo –dije, y salí a toda prisa por la Puerta Calavera con mis cincuenta guerreros. Me despedí de Benedetta en la entrada y le aseguré que volvería. Luego seguí a mis hombres por la orilla del puerto.

Ordené que cargaran la media docena de barriles viejos que se encontraban en la arena junto al *Spearhafoc*. Empujamos la nave por los rodillos de troncos y subimos a bordo.

Gerbruht había inspeccionado la embarcación y anunciado que estaba lista para navegar, así que, con la esperanza de encontrarme con Egil antes de que atravesara la estrecha entrada del puerto, ordené izar la gran vela del mástil y desplegarla para que el *Spearhafoc* atrapara el viento y cruzara el pequeño puerto a toda velocidad.

–¿Presumiendo? –preguntó Finan, divertido.

–Ofrezco espectáculo –gruñí.

Casi siempre salíamos del puerto remando. Si bien era más lento, resultaba mucho más seguro, ya que el canal de entrada era demasiado estrecho y propenso a la formación de bancos de arena, pero ahora el *Spearhafoc* y yo íbamos a la guerra y lo haríamos con estilo. El viento lo empujaba con fuerza, la estela que dejaba era blanca y extensa, y la vela se inflaba, radiante, con la cabeza de lobo de Bebbanburg. Empujé del timón para llevarlo hacia el canal.

Si impactaba contra la arena, sería un final vergonzoso para mi ostentosa partida, pero lo mantuve en el centro del canal y oí los vítores de los hombres desde las murallas situadas sobre la Puerta del Mar. La estela rompió en olas a ambos lados mientras avanzábamos a toda velocidad. La embarcación se sacudió cuando la proa se encontró con la primera rompiente.

Habíamos dejado atrás tierra firme cuando lancé un alarido de triunfo. Atrñas quedaban la playa y la fortaleza.

–Será un viaje rápido, y una carnicería cuando lleguemos –le comenté a Finan.

–Si es que encontramos a ese malnacido.

–Lo haremos.

Llamé a Twicca, el pescador, que estaba sentado en uno de los bancos de los remeros, y le pregunté:

–¿Has navegado hasta Frisia?

–Una veintena de veces, lord.

–Entonces toma el timón –le dije, y dejé que lo agarrara mientras yo avanzaba hacia la proa, donde una enorme cabeza de pájaro se alzaba sobre el tajamar. El *Banamaðr* ya había virado hacia el este, pero era un barco más pequeño que el *Spearhafoc* y muy pronto logramos acercanos a él.

–¡Llévame hasta ellos! –grité a Twicca. Luego hice que mi tripulación recogiera la parte inferior de la vela mayor para disminuir la velocidad a medida que nos arrimábamos al barco de Egil.

Egil Skallagrimmrson era como un hermano para mí. Era danés, poeta, pagano, navegante y guerrero. Vivía en la orilla sur del Tuede, donde yo le había concedido una franja de tierra que ahora era la frontera norte de la Inglaterra del rey Æthelstan, lo que significaba que cualquier escocés que viniera al sur a llevarse mi ganado tenía que pasar primero por encima de Egil. Pocos lo conseguían, y esos pocos no vivían lo suficiente como para lamentarlo. Había luchado a mi lado en Brunanburh y en muchas otras batallas; además de Finan, no había otro hombre al que quisiera tener como compañero de combate. Bramó un saludo a través del agua.

–¿Así que tenemos un enemigo en Frisia? ¿Cuántos?

–Al menos cuatro barcos –repuse, mientras señalaba mi nave para sugerir que las tripulaciones eran del mismo tamaño que la mía.

–Esperemos que haya más. ¿Sabes dónde están?

–No. –Me agarré al costado del barco cuando una gran ola hizo que el *Spearhafoc* se ladeara arrastrándonos hacia el *Banamaðr*.

Egil se alejó con una carcajada porque casi me caigo al agua.

–Los encontraremos –gritó–, con o sin vosotros.

–Y los mataremos –añadí.

–¿Qué más? –se echó a reír–. ¡Ya empezaba a aburrirme!

–Siempre puedes declarar la guerra a los escoceses –le sugerí.

–Demasiado fácil. Tal vez capture toda Inglaterra. ¡A mujeres sajonas!

–¿Acaso no tienes suficientes?

–¡Un hombre nunca tiene suficientes mujeres, cerveza o enemigos! –Hizo un gesto con la mano y se apoyó en el timón para alejar de nuevo al *Banamaðr* del *Spearhafoc*. La vela de mi embarcación capturaba gran parte del viento que soplaba desde el barco de Egil, y el *Banamaðr* no respondía a las indicaciones, sino que se desviaba hacia nosotros. Twicca debería haberse alejado, pero cuando me volví para gritarle lo vi luchando con Gerbruht por el mando del timón.

–¡Basta! –rugí, y me precipité a la popa–. ¿Qué estáis haciendo?

–¡Ese bastardo casi nos mata! –gruñó Gerbruht–. No debería ser el timonel.

–Ha sido una ola. ¡Suéltalo! –le ordené.

A decir verdad, Gerbruht era mejor marinero, mas no había navegado hasta Frisia tantas veces como Twicca. Además, Twicca poseía el conocimiento del mar propio de un pescador. Sabía interpretar las olas, el cielo y las estrellas de la noche, y confiaba en que nos llevaría a donde quisiéramos ir.

Aquella noche no pudo ver las estrellas, porque el cielo estaba cubierto de densas nubes, pero el viento seguía soplando del norte; un viento frío acompañado de chubascos que azotaban las velas y empapaban a los hombres que intentaban refugiarse debajo. Me quedé junto al timón, envuelto en una gran capa, y dejé que Twicca pilotara el barco.

–Estamos sobre los bancos de arena –informó con un gruñido.

–¿Estás seguro?

–Notad las olas, señor. Son más cortas. Pronto disminuirán. Avanzamos a buen ritmo.

Esa noche les di a los hombres pan y pedazos de queso duro de uno de los barriles. Bebimos cerveza, y un rato después me quedé dormido.

Cuando desperté, me encontraba en un amanecer gris y tormentoso. El mar estaba embravecido y las crestas de las olas se habían vuelto blancas a causa del viento que las azotaba. Gerbruht le había quitado el timón a Twicca, quien dormía entre los bancos de los remeros.

–¿Cómo navega? –le pregunté.

–Como un ave –repuso Gerbruht, alegre.

–¿Y el *Banamaðr*?

–Viene más atrás, lord.

Miré hacia popa y vi la nave con forma de serpiente de Egil subiendo una ola y luego cayendo en la depresión con un gran rocío de espuma blanca.

–No te alejes demasiado –le ordené.

–Acortaremos velas, señor, aunque es una pena que el *Spearhafoc* disminuya la velocidad.

–Una pena mayor sería luchar contra un enemigo sin Egil –repliqué.

Pese a que acortamos las velas, a Egil le llevó toda la mañana alcanzarnos. Pero era una buena mañana. El viento había amainado, el mar estaba más calmo y el *Spearhafoc* navegaba sin dificultad hacia el este. Me quedé en la popa, disfrutando del día. Puede que a Finan y a Benedetta no les gustara el mar, pero para mí era magnífico: sentir el barco estremecerse con el vaivén de las olas, surcar bajo el viento, disfrutar de la libertad de una buena nave bullendo bajo el sol. Finan, siempre receloso del océano y las embarcaciones, me trajo una jarra de cerveza.

–Bébela despacio –me indicó–, no queda mucha.

–Debería haber tres barriles.

–Hay uno –contestó sin rodeos–. Uno de cerveza y otro de pan con queso.

Asentí con la cabeza.

–Pero veo seis.

–Sí, claro, pero adivina qué hay en cuatro de ellos.

–¿Verduras? –propuse indignado.

–Brea.

–¿Brea?

–Bloques sólidos de maldita brea. Cargamos los barriles equivocados.

Me acerqué para comprobarlo yo mismo, pero Finan tenía razón. Habíamos arrastrado al *Spearhafoc* a tierra para calafatear sus costuras, y había sobrado mucha brea de los troncos de pino que se habían quemado. Una vez que se enfrió, la habían fragmentado en pedazos más pequeños y almacenado en barriles.

Los fragmentos podían recalentarse en el fuego para calafatear otro barco, lo que era mucho más rápido que extraer resina de pino en una hoguera para hacer brea nueva. Sin embargo, en medio de tanta prisa, se habían cargado los toneles con brea en vez de los que contenían alimento.

–Mañana estaremos masticando esta porquería –sostuvo Finan en tono sombrío.

–Mañana estaremos en Frisia, y allí conseguiremos comida.

–¿Y beberemos esa cerveza ligera que preparan? No es mejor que el meado de caballo.

–Anímate –le dije con una palmada en el hombro–. Tomaremos lo que haga falta, aunque sea meado de caballo.

Puede que Finan se sintiese desanimado, pero yo estaba en el cielo. Me quedé un rato en la proa, contemplando el barco y maravillándome, como siempre, de la perfección de aquel ensamblaje de lino, cáñamo y madera construido por el hombre. El viento llenaba las velas; el mástil y los estayes chirriaban de tanta tensión, y el agua se deslizaba por el casco, arremolinándose a nuestro paso. El *Spearhafoc* era una nave preciosa. Le di unas palmaditas en los maderos, como agradeciéndole que cuidara de nosotros.

Twicca se acercó y se tiró del flequillo en señal de saludo.

–El viento está amainando, señor.

–Eso es bueno –repuse, conforme.

–Puede que sí, aunque es probable que naveguemos entre la niebla.

–¡Entonces no nos verán llegar!

–Y no sabremos hacia dónde nos dirigimos –gruñó. Dirigió la mirada al mar–. Todavía queda un trecho por recorrer, señor.

–¿Tal vez esta noche?

–Tal vez. La corriente todavía nos favorece. Cuando nos lleve hacia el sur, señor, sabremos que nos estaremos acercando a la costa. –Me pregunté cómo podía saberlo, pero no dije nada. Tenía muchas más millas recorridas que yo. Frunció el ceño–. Tal vez quieras decirle a ese tonto frisón que se dirija un poco hacia el norte.

–Te refieres a Gerbruht. Es probable que sea tan buen marino como tú, y conoce estas costas. ¿Cómo es que tú las conoces?

–Pescas una buena cantidad de peces en las orillas, señor, y llega un molesto viento del oeste. Lo mejor es navegar hasta Frisia, vender el botín y volver a pescar. Los bastardos te estafan, por supuesto, pero todo es dinero.

–¿Y su cerveza? –pregunté.

–Es agua de sentina, lord. Mis perros mean mejor cerveza que ellos.

–Bebe lo que queda. –Le ofrecí la jarra que Finan me había traído–. Es buena cerveza de Bebbanburg. Y no te preocupes, Twicca, rescataremos a tu esposa.

–Y a los niños –añadió, y luego asintió con la cabeza–. Gracias, señor. –Se llevó la cerveza a popa y se sentó, desconsolado, en uno de los bancos de remeros.

Twicca tenía razón. La bruma siguió el rumbo del viento. Podía ver el banco de niebla acercándose por detrás; luego nos envolvió, y la temperatura bajó. El viento se mantuvo firme, soplando ahora en dirección a la costa frisona, y el *Spearhafoc* se abrió paso a través de un mundo gris. El barco de Egil, un poco más al sur, apenas se divisaba como una sombra oscura y estrecha. Lo pilotaba él mismo, erguido en el codaste y mirando con atención hacia delante. Ninguno de los dos disminuyó la velocidad. Podríamos haber estado navegando hacia el inframundo, pero Twicca estaba seguro de que aún estábamos a salvo en alta mar. Me sentía nervioso, y estaba convencido de que Egil compartía mis temores, mas no acortamos las velas, ni siquiera cuando la niebla se volvió más oscura a medida que el sol se ocultaba. Yo también oteaba hacia delante, esperando ver las olas rompiendo en una playa o, si era afortunado, el resplandor de una fogata en alguno de los asentamientos construidos sobre un banco de arena. Sin embargo, no divisé nada.

En la proa del *Banamaðr*, se podía ver a algunos tripulantes lanzando una cuerda con peso al mar. Tenía nudos atados a intervalos regulares. Poco después de oscurecer, se oyó un grito ronco, y percibí que Egil se acercaba.

–¡Hora de anclar! –gritó–. Y roguemos que baje la marea.

Echada el ancla, nos fuimos a dormir.

* * *

Dormí mal. Me despertaba cada vez que una ráfaga de viento tiraba del *Spearhafoc* y se detenía bruscamente, sacudido por la línea de anclaje. Cuando Finan me despertó, las ráfagas eran menos frecuentes y el viento casi se había calmado.

–Ya llegamos –refunfuñó–, dondequiera que sea eso.

Gruñí a causa del dolor en las articulaciones al incorporarme.Vi entonces que estábamos cerca de una orilla arenosa, o más bien de grandes dunas de arena que surgían de una playa erosionada por las olas. La niebla se había disipado, y lo único que percibía era arena y, no muy lejos, el *Banamaðr* sujeto por su línea de anclaje.

–Toma –dijo Finan al tiempo que me entregaba una jarra de cerveza–, recién sacada del fondo, y hay brea fría para desayunar.

Me adelanté para espiar a través de la niebla que desaparecía y de lo que yo llamaba el mar Interior, que se extendía más allá de las grandes dunas. Sabía que los frisones lo llamaban Waadsee, mar de Wadden, pero mi padre siempre había hablado con desprecio de los «hombres del fango» que vivían allí, y el nombre se me había quedado grabado.

–La marea está subiendo, señor. –Twicca se acercó a mí–. Si quieres entrar, éste es un buen momento. La corriente nos acompaña.

–Éste es un buen momento –repetí–. ¿Has comido?

–Un poco, señor.

No tenía sentido navegar hacia el mar Interior, así que izamos el ancla y pusimos los largos remos en sus agujeros.

–¡Remad! –gritó Gerbruht desde el timón, y el *Spearhafoc*, despacio al principio, se dirigió en dirección al espacio que había entre los grandes bancos de arena. Recordé el último combate que había librado en esas aguas extrañas. Había navegado hasta aquí con el *Seolferwulf*, otro buen navío, y había matado a Skirnir y a sus salvajes en una isla de arena desnuda. Aquel enfrentamiento no fue una lucha, sino una masacre, e imaginé que los huesos de mi enemigo aún yacían en aquel montón de polvo.

–¿Sabes dónde estamos? –pregunté a Twicca, que seguía a mi lado en la proa.

–En Frisia, señor –respondió, y luego permaneció en silencio.

El *Spearhafoc* se sacudió cuando la quilla de madera de olmo raspó la arena. Gerbruht gritó a los hombres, y éstos remaron con fuerza y nos deslizamos sobre el bajío hasta encontrar aguas más profundas de nuevo. El *Banamaðr* nos seguía, aunque tenía un calado más corto y atravesó la zona sin tocar fondo.

–Barco por delante, lord –me informó Twicca.

Me volví para mirar de nuevo hacia el este, y vi una pequeña embarcación a cierta distancia, casi con toda seguridad una nave pesquera. No tenía una forma definida en la niebla y aprovechaba el leve viento que soplaba para acercarse a nosotros, pero, mientras observaba, arriaron las velas, sacaron los remos y dieron la vuelta para huir hacia la costa.

–Saben que venimos, señor –sostuvo Twicca con amargura–. Quienesquiera que sean.

–Pensarán que somos un problema.

–Y lo somos, Twicca. Somos más que un problema, somos una pesadilla. –Me llevé las manos a la boca para gritar–. ¡Izad la vela!

–Señor... –murmuró Twicca, nervioso.

–Necesitamos velocidad –contesté en tono brusco. Le preocupaba que encalláramos, pero yo había navegado por el mar Interior lo suficiente como para saber que eran aguas profundas en su mayor parte y que los bancos de arena serían una amenaza sólo cuando llegáramos a la costa.

La gran vela atrapó el viento. El *Spearhafoc* crujía mientras se inclinaba con la brisa, y el agua se deslizaba por sus esbeltos flancos.

–¡Pronto necesitaremos los remos!

Ordené a mis hombres que se detuvieran y los estibaran en el centro del barco. Luego me incliné sobre el timón para dirigirme ligeramente en dirección contraria al viento. Egil había izado su gran vela de águila, y el *Banamaðr* avanzaba a toda velocidad, con el agua espumosa y blanca en su tajamar.

Egil, de pie en la popa, me gritó desde su cubierta:

–¿Sigues a esa pobre nave?

–Sí.

–Te llevará a aguas poco profundas.

–Es probable.

Y es lo que yo habría hecho en el lugar del pescador. Habría llevado mi pequeño barco a un riachuelo donde no pudieran seguirme. Sabía que había arriado las velas porque navegaba hacia un lugar donde era más seguro avanzar con remos que con velas, que podían provocar que chocara contra un banco de arena. Pero la niebla se disipaba, y el sol ascendía como una enorme esfera hacia el aire más despejado. Pensé con optimismo que tal vez la bruma nos envolvería cuando nos acercáramos a nuestro enemigo.En ese caso, le daríamos una sorpresa, para luego masacrarlo.

De eso, al menos, estaba seguro. Masacraríamos al enemigo, porque viajábamos en dos barcos cargados de guerreros aguerridos, hombres que habían sobrevivido a los muros de escudos, hombres cuyo único oficio era matar. Cualquier asentamiento en aquella costa barrida por el viento nos temería. Éramos el lobo y el águila en busca de venganza.

Sin embargo, si queríamos alimentarnos, primero debíamos encontrar a nuestra presa, y esperaba que fuera una tarea sencilla, ya que cualquiera lo bastante fuerte como para enviar más de cien hombres al oeste de Britania debía de ser muy conocido entre las comunidades que limitaban con el mar Interior, y derrotarlo sería una tarea desafiante.

La mayoría de aquellas poblaciones vivían en colinas artificiales llamadas *terpen*. Un *terp* era un montículo de madera y arena reforzada con arcilla que elevaba las viviendas por encima de las mareas más altas, y, desde las murallas, un hombre podía ver a lo lejos. Nuestros barcos serían visibles enseguida, y perderíamos cualquier sorpresa, pero eso era un problema para otro día. Primero teníamos que descubrir quién era nuestro enemigo y dónde estaba para luego decidir cómo derrotarlo.

Volví a tomar el timón y guie al *Spearhafoc* tras la estela del barco pesquero. Pese a que seguía siendo un bulto oscuro y borroso en la niebla, vimos que se había adentrado en un riachuelo entre bancos pantanosos. Los hombres a bordo de la pequeña nave podían ver la cabeza de lobo en mis velas, y el águila que adornaba el barco de Egil. Durante años, esa costa había sufrido el acoso de los daneses que recorrían sus orillas en busca de botines y esclavos, por lo que no dudaba de que los pescadores pensaban que éramos una incursión más.

El pesquero dobló en un recodo del riachuelo, de modo que lo único que alcanzaba a ver ahora era su mástil, aunque también advertí una bruma más oscura que se desplazaba con el viento hacia el sur. Comprendí que era humo que salía de un asentamiento.

–¡Bajad las velas! –grité–. ¡Remaremos!

El mástil se sacudió cuando la verga se deslizó por él. Se produjo un breve alboroto mientras los hombres enrollaban la vela y la estibaban a lo largo en el centro del *Spearhafoc*. Luego los remos se hundieron y nos deslizamos por el estrecho riachuelo, tan angosto que a veces las palas se enterraban en el fango de las orillas. El *Banamaðr* nos seguía de cerca. Le entregué el timón a Gerbruht, quien había crecido entre estos cursos de agua poco profundos, y permanecí a su lado, con la mirada puesta en el frente. Egil se mantenía en la proa de su nave, bajo el águila tallada.

Dos daneses estaban junto a él, ambos con largos arcos de caza que podían matar a un ciervo a doscientos o trescientos pasos de distancia. Escudriñaban las orillas de los pantanos, buscando un enemigo que intentara asustarnos con una flecha, pero nadie se dejó ver.

Doblamos la cerrada curva con bastante dificultad. Tuve que poner a seis hombres en la proa para que nos sacaran de la orilla antes de encontrar aguas profundas de nuevo. Delante de nosotros había un extenso lago azotado por el viento, donde algunos pescadores echaban las redes. Mejor dicho, donde habían estado pescando, porque ahora huían hacia la orilla oriental, en dirección a un asentamiento con empalizadas desde el cual el humo de los fogones manchaba el cielo.

–Están ahumando pescado –refunfuñó Gerbruht.

–Compraremos un poco –dije.

–También tendrán carne de ballena, señor.

–Odio la carne de ballena.

–Pero es buena, señor.

–Prefiero comer zanahorias.

Gerbruht soltó una risita

–¿Nos dirigimos al asentamiento? –indagó.

Asentí con la cabeza. El enorme lago era peligroso por sus bajíos, pero había estacas clavadas en el barro que indicaban los canales, así que seguimos las marcas hasta donde un muelle de madera sin pulir sobresalía de la muralla del asentamiento. Una docena de barcos pesqueros estaban amarrados allí, y tres hombres de la nave que habíamos seguido ataban las cuerdas de amarre. Una vez asegurado el navío, huyeron hacia el pueblo.

–Mirad, señor –dijo Gerbruht, y señaló la orilla al sur del pueblo. Sin embargo, yo ya había visto lo que lo había perturbado. Eran los restos calcinados de una docena de pequeñas barcas de pesca.

La puerta de la empalizada se abrió, y comenzaron a salir hombres. La mitad de ellos llevaban escudos, y unos pocos, lanzas. El resto portaba hachas u hoces. Conté setenta hombres.

–Idiotas –comenté.

–¿Idiotas? –Gerbruht sonaba ofendido, como si yo hubiera insultado a todos los frisones.

–Es más fácil matarlos fuera de los muros. Y mucho más difícil cuando están detrás, a resguardo.

–¿Lucharemos contra ellos?

–No, si puedo evitarlo.

Después de dar tres últimas y duras paladas, recogimos los remos y Gerbruht deslizó con cuidado al *Spearhafoc* junto a las barcas de pesca. Amarramos el barco, y ya para entonces el *Banamaðr* se acercaba por detrás.

–Quedaros aquí –le ordené a mi tripulación.

Gerbruht y Finan me acompañaron. Llevábamos escudos, mas no cota de malla ni casco. Cargaba mi espada, *Hálito de serpiente*, a mi lado, pero la mantenía en la vaina. Egil se unió a mí con dos de sus hombres, que, al igual que nosotros, llevaban escudos pintados con el águila desplegada y no tenían cotas de malla. Egil portaba su espada, *Víbora*, a un costado.

–Espero que no tengamos que usarlas –sostuve.

–¡Qué lástima! –replicó Egil.

–Son setenta, idiota.

–¿Y? Nosotros somos seis.

–Y míralos, son todos viejos, no hay ni un guerrero. Llevan anzuelos y lanzas para pescar. Ellos no son los que han asaltado el Tinan.

–Es una pena –sonrió. Era un guerrero danés, siempre feliz cuando su enemigo estaba cerca, pero me era leal porque le había salvado la vida a Berg, su hermano menor. Ese hermano era uno de los hombres que lo acompañaban y parecía un poco nervioso, aunque, si debía luchar, sería igual de despiadado e implacable que el propio Egil–. Y hay un maldito sacerdote –protestó.

–¡Por supuesto! Sois cristianos. Bajad los escudos –ordené, y todos, con gesto ostentoso, los pusimos boca abajo, en señal de que veníamos en paz.

El sacerdote, al parecer aliviado por el gesto, caminó hacia nosotros. Nos habíamos alejado del muelle y detenido a unos pasos de la orilla para esperarlo.

–¿Quiénes sois? –preguntó.

–Yo soy Egil Skallagrimmrson –respondió por mí, y luego me señaló–, y él es mi anciano padre, Rorik Skallagrimmrson –gruñí, y Egil sonrió.

El sacerdote nos estudió, y pronto descubrió cuatro martillos y dos cruces que nos colgaban del cuello.

–Soy el padre Aukil. ¿Por qué habéis venido?

–Para comprar cerveza y comida –repuse.

–Tenemos poco –sostuvo el sacerdote.

–Pero nosotros tenemos mucho oro –le aseguré, y abrí la bolsa del cinto de mi espada para mostrarle las monedas.

–Puede que nos sobre algo de pescado ahumado –comentó el cura, intranquilo.

–También hemos venido –continuó Egil– para averiguar de quién son los navíos que han disturbado la costa. Barcos esclavistas.

El padre Aukil se estremeció e hizo la señal de la cruz.

–Comprad la comida y marchaos –dijo, y de pronto entendí el significado de los barcos quemados en la orilla y por qué solo había hombres mayores frente a nosotros.

–¿Así que los barcos vinieron aquí? –inquirí.

–También tenemos carne de foca –añadió Aukil–, y pan.

–¡Sacerdote! –sostuve con dureza–. Somos guerreros y estamos armados. Háblanos de los barcos que asaltaron este lugar o terminaremos lo que ellos empezaron.

–¿Por qué queréis saberlo? –preguntó.

–Para matarlos –intervino Egil con expresión salvaje.

–No sois suficientes –repuso el cura–. Otros lo han intentado, incluso el conde Dirk envió guerreros, y ahora están todos muertos.

Sabía que el conde era, en apariencia, el gobernante de Frisia, pero tenía poca autoridad sobre las obstinadas y sanguinarias comunidades de la costa. Si le hubiera contado a Æthelstan del ataque a mi pueblo, habría enviado un emisario al conde Dirk, junto con un regalo que seguro habría sido un hueso de cabra que el mensajero juraría que era la costilla de la Virgen María. Habrían hablado durante un mes sin llegar a nada. Era evidente que a Dirk le habían hecho sangrar la nariz cuando intentó imponer su voluntad, y no quería volver a pasar por lo mismo.

–¿Cuántas mujeres y niños se llevaron? –pregunté al padre Aukil.

–A casi todos, señor –respondió, al parecer convencido de que yo tenía un estatus noble.

–¿Deseas recuperarlos?

–Ya los habrán entregado en los mercados de esclavos, señor. Se los llevaron hace seis meses.

–¿Y los que estaban muy enfermos o débiles para vender?

–Puede que todavía sigan con vida.

–¿Dónde puedo encontrarlos?

El padre Aukil estaba a punto de llorar.

–¡No podéis encontrarlos, señor! ¡Ellos nos encuentran a nosotros!

Pensé que tal vez el sacerdote había dicho la verdad y en realidad les quedaba poca comida.

–¿Siguen viniendo por aquí? –inquirí–. ¿Y se llevan alimentos cada vez que vienen?

–Sí, señor.

–¿Cuándo volverán?

–En cualquier momento. Creímos que eran ellos de nuevo hasta que vimos las bestias en vuestras proas.

–¿Vienen en dos barcos?

–Por lo general, en uno, pero a veces son dos.

Sin duda, el esclavista enviaba barcos de una punta a la otra del mar Interior y exigía provisiones en cada asentamiento. No necesitaba pescar ni cultivar ni elaborar cerveza, sino que tomaba lo que necesitaba y vendía el excedente.

–Nos quedaremos aquí hasta que regresen –anuncié.

–¡No, señor! –suplicó el sacerdote–. Si se entera de que sus hombres murieron aquí...

–Vendrá y nos matará a todos... –sostuve–, pero yo lo mataré primero.

–Mi padre, Rorik Skallagrimmrson –comentó Egil–, es un renombrado guerrero. Los hombres le dedican canciones desde las tierras más heladas hasta los muros de Roma.

No esperé a que el sacerdote estuviera de acuerdo, sino que ordené a Gerbruht que tomara seis hombres y trasladara al *Spearhafoc* más al sur del extenso lago y lo escondiera en un riachuelo entre los juncos. Eso significaba bajar el mástil y quitar el pájaro tallado de la alta proa, pero una vez dentro del arroyo sería invisible, al igual que el *Banamaðr*. Primero bajamos las cotas de malla, los cascos y las armas, y luego seguimos al descontento padre Aukil hasta el asentamiento, donde se ahumaban rejillas y rejillas de pescado sobre fogatas de turba. Le di al sacerdote dos monedas de oro y compré suficiente cerveza y comida para alimentar a mis hombres.

Nos dieron una casa grande como aposento. Era una construcción sólida, de madera, con paredes de zarzo y barro y tejado de turba. El suelo estaba cubierto de juncos viejos que no impedían que la humedad se nos colara en el cuerpo mientras dormíamos.

–A veces se inunda con las mareas altas –comentó Aukil a modo de disculpa–. Deberíamos trasladarnos a un terreno más alto, pero... –Se encogió de hombros. Al parecer, desde que habían asaltado la aldea, no quedaba entusiasmo ni energía para hacer mejoras.

Sin embargo, averiguamos algunas cosas de nuestro enemigo mientras lo esperábamos. El sacerdote y algunos de los aldeanos nos contaron lo que sabían, cómo un hombre llamado Sikke había llegado a la costa con su tripulación.

–¡Toda clase de hombres, señor, como los vuestros! –me dijo el padre–. Frisones, daneses, anglos, sajones, escoceses, francos; algunos cristianos, otros no.

–Sikke –dije. El nombre significaba «victoria»–. ¿Es cristiano?

–El día que lo vi llevaba una cruz, lord, pero son muchos los que rechazan a Nuestro Salvador.

–Se hace llamar conde del Waadsee –contó uno de los hombres.

–¿Y dónde está?

Parecía que Sikke había tomado un viejo *terp* y lo había reconstruido. Había reforzado el montículo contra las tormentas y las mareas y hecho una empalizada alrededor de un gran salón en la cima.

–Fue cuando comenzó sus incursiones –dijo el padre Aukil, impotente–. Se lleva todo lo que quiere. Mujeres, niños, comida, barcos, cerveza, herramientas. Algunos jóvenes se han unido a él. Incluso algunos de los nuestros.

–¿Cuántos hombres tiene?

–Muchos. –Fue la única respuesta que obtuve, aunque uno de los acompañantes del cura dijo que había visto una docena de barcos amarrados en la sala de Sikke.

–Podrían ser quinientos hombres –sostuvo Finan.

–Pero no todos son guerreros –añadió Egil.

–Dijiste que viste una docena de barcos en el *terp* de Sikke. ¿Dejan que tus naves se acerquen? –le pregunté al pescador.

Se encogió de hombros.

–Si estamos pescando, nos dejan en paz, a menos que quieran llevarse nuestra pesca.

–¿Y los esclavos? –preguntó Egil–. ¿Qué hacen con ellos?

–Los llevan a los mercados en tierras danesas.

–Alardeaban al respecto cuando se llevaron a nuestros niños y mujeres más jóvenes –agregó el padre Aukil con voz afligida.

–¿Y el conde Dirk no hace nada al respecto? –indagué.

Volvieron a encogerse de hombros.

–Oímos que tiene problemas en su frontera oriental, señor –comentó el sacerdote–, y con una guerra es suficiente.

Así que esperamos.

Sikke, a mi parecer, había hecho lo mismo que mis antepasados, o lo que los daneses habían hecho con Northumbria y Anglia Oriental. Había aventureros que se asentaban en la costa, construían una fortaleza y hostigaban las tierras cercanas hasta que eran reconocidos como gobernantes de toda una región. Pero Sikke había cometido el error de invadir mis dominios. Si se hubiera quedado en la costa frisona, lo habría ignorado, pero, como ya se había llevado a todos los niños y mujeres de los asentamientos del *Waadsee*, echaba sus redes más lejos.

Y así fue como cuatro días después de haber escondido al *Spearhafoc* y al *Banamaðr* en un riachuelo cercano, los hombres de Sikke llegaron.

* * *

Arribaron en dos pequeñas embarcaciones, cada una con unos veinte hombres sentados a los remos. Era un día sin viento; el Waadsee estaba en calma bajo un cielo azul brillante.

–Un bonito día para matar –murmuró Egil mientras los observábamos desde la empalizada.

El padre Aukil había identificado los barcos como los de Sikke al reconocer la cabeza de águila pintada toscamente de negro en las velas que, aunque no había viento, colgaban de las vergas.

–¿Qué hacemos? –me preguntó Finan.

–Lo que hemos planeado –respondí.

Si los hombres que se acercaban actuaban como de costumbre, entrarían en la aldea e irían directos a la pequeña iglesia del padre Aukil, situada a unos cincuenta pasos de la puerta y donde se suponía que los esperaba el «tributo» de comida y cerveza. Yo los dejaría llegar hasta allí; luego conduciría a mis hombres fuera de nuestra gran casa para impedir que sus barcos se retiraran, y después sólo habría que masacrarlos.

–Será mejor que nos preparemos –afirmé, y volvimos a nuestra vivienda.

Mi criado, Aldwyn, me trajo mi mejor cota de malla frisona, de pesados eslabones, revestida de cuero y ribeteada en el cuello y los dobladillos con anillos de oro y plata. Me puse mis suntuosos brazaletes, mis relucientes trofeos de victorias pasadas que revelarían al enemigo que yo era un señor de la guerra. Me calcé las pesadas botas recubiertas de tiras de hierro, con espuelas doradas en los talones. Aldwyn me abrochó el cinturón de espadas más pequeño, confeccionado con cuadrados de plata, con el que sujetaba a *Aguijón de Avispa* en el costado derecho. Luego, me colocó el cinturón más pesado, decorado con cabezas de lobo de oro, que sostenía a *Hálito de Serpiente* en mi cadera izquierda.

Alrededor del cuello, me envolví un pañuelo de una excepcional seda blanca que me había regalado Benedetta. Sobre él me colgué una gruesa cadena de oro con un martillo de marfil que me llegaba al corazón, y junto a él, la cruz de oro que mi mujer insistía en que llevara para protegerme. Sobre los hombros, me ajusté mi capa negra como la noche y me puse mi mejor yelmo, coronado con un lobo de plata. Cerré las piezas de las mejillas para que el enemigo sólo pudiera verme los ojos. Me encontraba en mi máximo esplendor.

Había vacilado en traer mi equipo más poderoso. Tenía numerosas cotas de malla y cascos que me protegerían, y vestirme con mi mejor ropa para luchar contra simples esclavistas me parecía excesivo, pero Benedetta había insistido. «Eres un señor. ¡Que lo vean! Los asustarás», me había dicho. Y tenía razón. Para los hombres de Sikke, acostumbrados a las túnicas de cuero andrajosas y las cotas de malla oxidadas habituales en las fangosas orillas del Waadsee, mi deslumbrante atuendo de guerra sería una pesadilla, aunque también los atraería. Podían enriquecerse matándome y desnudando mi cuerpo. Sin embargo, eso no me preocupaba aquella luminosa mañana.

Ayudé a Aldwyn a colocarse su cota de malla. Tenía quince o dieciséis años, edad suficiente para luchar en el muro de escudos. Le indiqué que se pusiera a mi derecha en el campo de batalla. Aunque parecía frágil, era rápido, y su delgado cuerpo tenía una fuerza vigorosa. Era más veloz que yo; en realidad, yo ya estaba viejo y era consciente de que los años me habían arrebatado aquella velocidad relámpago que alguna vez tuve.

Aldwyn se puso uno de mis viejos cascos y se lo amarré. Luego me quedé quieto al oír los golpes de los dos barcos contra el muelle.

–Nuestros invitados están aquí –anuncié–. ¡Silencio!

Egil, al igual que yo, había traído su mejor equipo de guerra. La cota de malla que llevaba estaba pulida con tanto esmero que brillaba como la plata, y el yelmo lucía coronado con dos enormes alas de águila. Llevaba tantos brazaletes como yo, y su larga espada, *Víbora*, le pendía del costado en una vaina de cuero rojo.

Me sonrió y comentó con placer:

–Los cabrones se cagarán encima cuando nos vean.

–Y algunos huirán –agregué. Supuse que, en cuanto empezara la batalla, huirían hacia los lados, escalarían la empalizada y correrían hacia sus barcos, así que había planeado enviar a Berg, el hermano de Egil, con media docena de hombres para hacer un muro de escudos a lo largo del muelle. Debería ser suficiente para bloquear el embarcadero y vencer a los vigilantes de los barcos que hubieran quedado atrás. Todos los hombres de Berg eran feroces guerreros daneses armados con lanzas.

–Hoy será un día sencillo –dije a mis hombres–. Somos más que ellos, y somos mejores luchadores. ¡No son más que matones, y los aplastaremos! –La respuesta generó gruñidos de aprobación–. Acabad rápido con ellos, pero quiero prisioneros. Dos o tres serán suficientes. ¡Y tened cuidado! Puede que sean ovejas hacia el matadero, pero están desesperados y llevan armas. Quiero que todos regreséis conmigo a casa, así que usad vuestras habilidades y divertíos.

Los observamos a través de una de las ventanas con postigos de la casa. Arrastraron la endeble puerta del asentamiento hasta abrirla y conté a treinta y dos hombres que entraban con aire arrogante. Aunque fanfarroneaban, su aspecto era andrajoso. Al menos la mitad llevaba cota de malla, mas estaba rota en algunas partes y oscurecida por el óxido. El resto llevaba jubones de cuero. La mayoría llevaba casco, pero era un simple casco en forma de cuenco, sin protección para la nariz o las mejillas. Todos empuñaban espadas, y una docena llevaban largas y pesadas lanzas. Si bien eran armas suficientes para acobardar a los pescadores, resultaban insignificantes contra la fiereza de mis hombres.

Abrí la puerta de la casa a no más de un palmo y esperé a que los treinta y dos individuos formaran una fila deslavazada frente a la iglesia. Uno de ellos gritó exigiendo que sacaran el «tributo». Fue entonces cuando salí.

Fui solo. Llevaba mi escudo de cabeza de lobo en la mano izquierda y mi espada, *Hálito de Serpiente*, en la derecha.

Por unos instantes, ninguno pareció advertir mi presencia, hasta que un hombre se volvió y llamó a sus compañeros. Todos se giraron, asombrados.

Asombrados porque no veían a un guerrero solitario enfrentándose a ellos, sino a un señor de la guerra en su máximo esplendor.

–¡Soltad las armas y arrodillaos! –espeté.

No lo hicieron, sino que desenvainaron las espadas, pero ninguno se me acercó. En ese momento, Finan salió de la casa vestido con la cota de malla negra que le había quitado a un guerrero escocés en Brunanburh. Insistía en que le daba un aspecto siniestro, y era cierto, aunque su faceta más aterradora era la evidente satisfacción que le producía la batalla. Llevaba la espada del escocés muerto, que había tomado como propia y rebautizado como *Ladrona de almas*. Era una hoja mucho más ligera que *Hálito de Serpiente*, pero se adaptaba al estilo de lucha de Finan, que poseía una velocidad letal. Tan pronto ocupó su lugar a mi izquierda, apareció Egil con su casco de alas desplegadas y su brillante cota de malla. Su espada, *Víbora*, le colgaba a un lado, y cargaba una gigantesca hacha de guerra con una hoja que había pulido hasta alcanzar un brillo deslumbrante. Ahora nuestros enemigos se enfrentaban a tres señores de la guerra y nos observaban desconcertados.

–¡Acercaos, muchachos! –les gritó Egil–. Sólo somos tres.

–Y, si queréis el tributo –añadí–, tendréis que quitárnoslo.

Seguían sin moverse. Si bien ninguno llevaba escudo, podrían habernos derribado con las largas lanzas que nos apuntaban mientras los espadachines nos rodeaban, pero parecían conmocionados.

–Si esto es lo mejor que Sikke tiene –comenté en voz baja–, los haremos pedazos.

–Lo haremos de todos modos –dijo Egil. Se volvió hacia su derecha y lanzó un silbido penetrante que hizo que el resto de nuestros hombres salieran de la vivienda. Berg y su grupo de daneses corrieron hacia el embarcadero, y el resto se agrupó para formar un muro de escudos con llamativos emblemas de lobos y águilas. Ahora nuestros oponentes, aterrorizados, debían enfrentarse a un centenar de guerreros, y la poca valentía que les quedaba se desvaneció como la bruma matinal.

–¡Ahora! –grité, y veinte hombres de cada extremo de nuestro muro corrieron hacia delante para formar nuevas murallas de escudos a ambos lados del grupo enemigo. Los guerreros de Sikke no estaban del todo rodeados, pero tenían que mirar a izquierda y derecha, así como al frente, para advertir la amenaza que representábamos–. ¡Y avanzad! –añadí, y el resto de mis hombres se dirigió hacia ellos.

Los adversarios rompieron filas.

Avanzamos formando un muro de escudos, que más resonaban a medida que nos acercábamos. Los hombres de Sikke nos observaron mientras nos acercábamos, luego se dieron la vuelta y huyeron. Nuestras fuerzas en los laterales trataron de intervenir y detuvieron a unos pocos, pero el resto desapareció entre la turba y las casas con tejado de junco.

–¡Seguidlos! –bramé, y sujeté el brazo de Egil–. Llama a Berg y a sus hombres.

–Pero... –comenzó, tratando de decirme que, si lo hacía, abriría un camino para que el enemigo llegara hasta sus embarcaciones.

–¡Hazlo! –gruñí, descontento de usar ese tono con un amigo, pero Egil obedeció.

La empalizada que rodeaba el asentamiento era más alta que un hombre y carecía de plataforma de combate en la mayor parte de su extensión. Era una estructura rudimentaria y, en algunos lugares, la humedad había podrido la madera. Servía para mantener fuera al ganado o a las ovejas, pero era lamentable como defensa contra unos guerreros. O, si vamos al caso, para mantener a los guerreros dentro de la aldea, que era donde estaban atrapados los hombres de Sikke. Huyeron hacia la empalizada y utilizaron sus armas para hacer palanca en las estacas o para abrir huecos donde la madera estaba más oscura y podrida.

–¿Los dejas escapar? –preguntó Egil mientras corríamos entre las casas. Tras enviar un mensajero a su hermano, me había alcanzado.

–Unos pocos.

–¿Por qué?

–Para que podamos matarlos a todos –repuse en tono salvaje.

Ante mí, había un montón de hombres apiñados en un lugar donde se había abierto una brecha en la cerca. Algunos ya habían escapado, el resto empujaba y forcejeaba para alcanzar la abertura, y fue entonces cuando nos vieron llegar. Un joven gritó una advertencia, y luego, valiente, me atacó con una lanza. Volteé mi escudo justo cuando embestía y desvié el arma hacia mi lado izquierdo, dejando que se encontrara con el filo de *Hálito de Serpiente*, que le perforó el vientre hasta chocar con su columna vertebral.

Aparté su cuerpo de la hoja de una patada y seguí a Egil, quien ya abría un sangriento sendero entre los fugitivos con su enorme hacha. Finan, a su lado, sacudía su espada, *Ladrona de almas*, a la velocidad de un rayo. Otra docena de mis hombres se apresuraba en convertir a la multitud presa del pánico en una pila de cadáveres.

–Ve –ordené a Aldwyn. Un poco de práctica le vendría bien, incluso contra un enemigo ya derrotado, y fui con él. Esquivé una débil embestida de espada de un hombre mayor, luego lo golpeé fuerte con el umbo de mi escudo, hundí a *Hálito de Serpiente* en la tierra y estiré la mano para sujetarlo por el cuello de su jubón de cuero. Lo arrastré hacia atrás, le barrí las piernas de una patada para hacerlo caer y recuperé mi espada–. ¡Aldwyn! –lo llamé, al tiempo que me apartaba del cadáver que estaba despedazando con su lanza–. Ese cabrón está muerto, pero mantén a este vivo. –Señalé al hombre mayor–. ¡Lo quiero vivo!

–Sí, señor.

De una patada, le quité el arma de la mano al anciano. Al ver que ninguno de mis hombres necesitaba ayuda, me dirigí a la puerta del asentamiento. El padre Aukil, aterrorizado, observaba el embarcadero a través de un pequeño hueco entre las puertas. No es que le hiciera falta mirar por ahí, pues las puertas estaban tan deterioradas que había agujeros entre cada madero.

–Algunos están escapando, señor –dijo el sacerdote, emocionado.

–Bien.

–¿Bien? –parecía sorprendido.

–Excelente –repuse. Arrastré una de las endebles puertas hasta abrirla del todo y observé a los hombres que se precipitaban por el muelle y saltaban a uno de los barcos que los había traído. De los treinta y dos hombres que habían llegado a la aldea, doce se marchaban. Me quede mirando cómo remaban contra la corriente y en dirección a la brisa del norte–. Tendrán que remar mucho –comenté, divertido.

Egil estaba junto a mí.

–¿Quieres que los persiga en el *Banamaðr*?

–No. Quiero que mis hombres vuelvan a casa sanos y salvos.

Egil escupió.

–Ha sido demasiado fácil –comentó.

–Tonterías –me burlé de él–, puedes escribir una canción sobre tu épica victoria contra el señor de Waadsee.

–¡Ja! –se mofó. Luego recogió un puñado de hierba para limpiar la hoja de *Víbora,* que estaba embadurnada de sangre hasta la empuñadura.

–Y la primera línea de tu canción –continué– debería decir cómo Uhtred, lord de los mares del norte, lideró a sus feroces hombres a través del agua.

–¿Crees que te mencionaré? ¡Mira a esos bastardos! Escapan como si nada.

–Volverán –sostuve en voz baja–, y podrás escribir el último verso de tu canción.

Entonces comprendió y se echó a reír.

–Quieres que vengan a por nosotros.

–Por supuesto. Nos llevará dos o tres días encontrar el *terp* de Sikke, y, una vez que lo hayamos hecho, tenemos que decidir cómo atacar. Estará preparado, seguro que nos supera en número, y no quiero que se escriba una canción sobre cómo murió Uhtred de Bebbanburg al atacar una fortaleza bien protegida en el mar Interior. Quiero una canción sobre la masacre.

Egil miró la endeble empalizada.

–¿Crees que podremos defender este lugar?

–Creo que debemos hacerlo. La canción depende de ello. La canción de la matanza.

* * *

En realidad, era fácil. A nuestro enemigo, Sikke, le quedaban más de trescientos cincuenta hombres, al menos eso decían nuestros tres prisioneros, que hablaron sin parar cuando Egil se ofreció a ayudarles a soltar la lengua con un hierro al rojo vivo. De esos trescientos cincuenta, alrededor de la mitad eran guerreros entrenados; el resto se encargaba de los remos o portaba lanzas para apoyar a los luchadores que iban al frente.

–Es muy sencillo –les dije a mis hombres una vez que terminó la pelea en la aldea–. Tenemos cien hombres. Podemos atacar la fortaleza de Sikke y luchar contra guerreros que se protegen detrás de una fuerte empalizada, o podemos defender este lugar y hacer que sean ellos los que ataquen.

–Un niño de siete años podría derribar esta empalizada –comentó uno de los hombres de Egil con desdén–. Ni siquiera tiene una plataforma de combate.

–¡Y la puerta principal no podría detener ni a una oveja lisiada! –añadió Finan.

–Hoy es martes –dije–. Los enemigos que han escapado llegarán a casa esta noche, y Sikke, si tiene un poco de cerebro, enviará hombres al sur el miércoles para inspeccionar el lugar. Dejemos que miren. Regresarán a su fortaleza a última hora del miércoles. Sikke hará sus planes el jueves y el viernes. Así que lo más probable es que vuelvan aquí el sábado al amanecer. ¡Lo antes posible! Bien podría venir más tarde, pero imagino que querrá traer sus barcos por la noche para sorprendernos al alba. Padre Aukil –me volví hacia el sacerdote–, me animo a decir que no habrá nadie vigilándonos esta tarde, así que conseguid una docena de pescadores y haced que quiten las marcas del canal.

–¿Las estacas? –preguntó el sacerdote.

–Movedlas para que los atacantes caigan en aguas poco profundas. Twicca –me volví hacia el pescador–, ¿entiendes lo que quiero hacer?

–Sí, señor.

–Ayúdalos. Quiero encallar los barcos de Sikke.

–Un placer, señor.

Twicca se había alegrado con la noticia de que los prisioneros capturados en el Tinan seguían en la sala de Sikke. Los tenían retenidos allí hasta que pudieran apresar a más y reunir un número mayor para llevarlos al mercado de esclavos. Aun así, Twicca se había mostrado desanimado al ver que yo no planeaba un ataque inmediato al *terp* de Sikke, pero la idea de subir por la escarpada ladera de un montículo para asaltar una muralla defendida no me agradaba. Tenía que atraer al enemigo a luchar en el terreno que yo eligiera.

Y tenía cuatro o cinco días para preparar ese terreno, para lo cual necesitábamos madera y fuerza. Derribé dos de las casas abandonadas y utilicé los maderos para reforzar los muros y construir plataformas de combate a ambos lados de la puerta. A propósito, dejamos los maderos medio podridos tal como estaban y no reparamos la destartalada empalizada en los laterales de la entrada, sino que construimos una nueva pegada a la vieja, de modo que Sikke, cuando llegara, viera el deteriorado acceso flanqueado por una valla podrida.

–¿Crees que atacará allí? –me preguntó Finan.

–Creo que escogerá la opción más fácil –contesté.

Colocamos barriles a lo largo de la empalizada para que los hombres pudieran pararse sobre ellos y aparentar que estaban en una plataforma de combate. Para un atacante que viniera desde el extenso lago, parecería que la parte menos vigilada de la muralla del asentamiento era la puerta principal. Para mí, eso habría significado problemas, aunque dudaba de que Sikke se diera cuenta de la trampa. Era un matón que despreciaba a las tierras que reclamaba como suyas, y su primera ambición sería someter a la aldea del padre Aukil y luego castigarla. Era cierto que nuestro enemigo sabía que, de algún modo, el sacerdote había reunido cerca de un centenar de aguerridos luchadores, pero también sabía que nos superaba en número, y no cabía duda de que pensaba salir de la devastada aldea con nuevos esclavos y un montón de costosos equipamientos de guerra.

Detrás de la puerta principal, cavamos una zanja del mismo ancho que la entrada y casi tan profunda como la hoja de una espada, aunque se inundó antes de que pudiéramos terminar la excavación. Clavamos estacas afiladas en la base, y luego tapamos la zanja con finas cañas, las cuales cubrimos con juncos sobre los que esparcimos arena. A nuestros ojos, la trampa parecía obvia, pero, para los hombres con ansias de batalla que irrumpirían por la puerta, resultaría invisible.

–¿Funcionará? –indagó Finan con cierta desconfianza.

–Para cuando Sikke atraviese la entrada, estará furioso y sólo querrá vengarse –repuse.

–Espero que tengas razón.

–Yo también.

Pusimos dos tablones sobre la fosa para que los pescadores pudieran ir a sus barcas sin usar la puerta trasera.

El jueves vimos una embarcación extraña en el canal, más allá del otro lado del lago. Imaginé que era un pesquero que venía a espiarnos y me aseguré de que los hombres utilizaran los tablones para entrar y salir por la puerta. Si Sikke tenía un poco de sentido común, exploraría la aldea, y yo sospechaba que la tripulación del pesquero había desembarcado en la isla en dirección al mar y nos observaba desde entre los juncos. Ninguno de nosotros llevaba cota de malla ni casco, y Egil tuvo la ingeniosa idea de vestir a algunos de sus hombres más pequeños con ropas femeninas, con la intención de hacer creer a los observadores que había mujeres que habían pasado por alto en su primera incursión.

La barca de pesca se quedó todo el día y se marchó hacia el norte cuando empezó a oscurecer.

–Nos ha visto –afirmé–. Mañana nuestro enemigo hará sus planes y zarpará por la noche.

–No entrará en el canal hasta el amanecer –sostuvo Twicca–. No podrá ver durante la noche.

Asentí con la cabeza.

–Así que será el sábado al amanecer o mañana al anochecer –añadió Egil.

–O una o la otra, pero una cosa es segura: vendrá –sostuve.

* * *

Sin embargo, Sikke no apareció. Pasó una semana entera, y ya estaba harto de comer pescado salado y pan duro. La cerveza de la aldea era ligera y agria, como mi humor. ¡Tan seguro que estaba de la respuesta del enemigo y me había equivocado por completo!

–Quizás el cabrón no está ahí –comentó Finan–. Quizás ha ido al norte a vender sus esclavos.

–O eso o está reuniendo hombres –sugirió Egil. Su comentario era el menos bienvenido, porque, si los supervivientes de la breve pelea en la aldea habían convencido a su líder de que éramos un enemigo realmente formidable, bien podía estar pagando a guerreros daneses para que lucharan por él–. Y, si no está en casa –continuó–, ¿por qué no le hacemos una visita?

La idea me tentaba. Si llevábamos al *Spearhafoc* y al *Banamaðr* hacia el norte, podríamos encontrar el *terp* de Sikke con pocos guardias. Un ataque rápido acabaría con sus hombres y nos daría todas las riquezas que hubiera dentro. Era muy tentador, pero mi instinto rechazó la idea.

–Él vendrá –insistí.

Aun así, me preocupaba que mi actitud prudente se debiera a la edad. En realidad, no estaba del todo seguro de cuántos años tenía, pero sí sabía que era demasiado viejo. Mi abuelo, Uhtred el Sabio, vivió hasta los ochenta y seis años, una edad extraordinaria, y yo sentía que debía de estar cerca y que ya no era el guerrero que había sido. Por la noche, medio dormido en la gran vivienda, recordaba batallas pasadas. No importaba que la mayoría de ellas hubieran resultado victoriosas; mi mente se concentraba en los momentos en los que había estado a punto de morir. Me estremecía al recordar cuando me habían quitado el escudo de un golpe y clavado una lanza en el estómago, o cuando un hacha de mango largo me había alcanzado. Me preguntaba si estos recuerdos no serían presagios enviados por los dioses. Pensaba en Benedetta, que sin duda se estaría preguntando qué ocurría, e imaginaba a uno de mis hombres llegando por fin a Bebbanburg para decirle que mi cuerpo estaba en una tumba frisona poco profunda. Alargaba la mano y empuñaba a *Hálito de Serpiente* para asegurarme de que, cuando llegara el final, me recibirían en el Valhalla. Sin embargo, a la mañana siguiente, mientras los hombres refunfuñaban ante la espera, yo seguía insistiendo:

–Ya viene. –Y en mi cabeza pensaba: «Viene y me matará».

Y por fin llegó.

* * *

La niebla había avanzado desde el mar, una niebla espesa y oscura que nos helaba los huesos. Aldwyn me ayudaba a ponerme la armadura, no porque esperara la llegada de Sikke, sino porque era una precaución que tomábamos todos los días. Finan entró por la puerta de la casa y anunció, feliz:

–Ya están aquí. Son seis barcos.

–¿De qué tamaño?

–Pequeños, treinta o cuarenta hombres en cada uno.

–Así que entre ciento ochenta y doscientos cuarenta hombres.

Egil entró un momento después.

–¡Están encallados! –exclamó, en tono salvaje–. O al menos tres de ellos lo están.

Berg, el hermano de Egil, fue el siguiente.

–Están caminando hacia la orilla, señor –anunció.

–Bien –murmuré. Los hombres empapados hasta la cintura solían ser lentos y malos luchadores–. ¿Cómo son? –pregunté a Egil mientras Aldwyn me traía mis pesadas botas.

–Igual que antes –contestó–. La mitad tienen cota de malla y parecen hábiles; el resto son lanceros andrajosos sin escudo.

Los hombres inexpertos solían llevar lanzas. Egil se refería a que su vestimenta era harapienta y su única protección era, en el mejor de los casos, un pedazo de cuero. Esos guerreros eran fáciles de matar, pero en número y protegidos por otros entrenados podían ser letales.

Me calcé las botas y me abroché la espada a la cintura. Aldwyn se subió a un taburete para ajustarme el yelmo mientras yo tomaba mi escudo.

–Será mejor que salgamos –dije.

El enemigo no podía vernos. Nuestros centinelas habían avistado sus barcos, se habían lanzado desde las nuevas plataformas de pelea junto a la endeble puerta, y ahora los observábamos por entre los troncos de la empalizada. Sikke debía de pensar que todavía dormíamos. Cuatro de sus barcos estaban varados en la marea baja, pero otros dos habían encontrado el canal verdadero y remaban hacia el muelle. Chocaron contra las barcas de pesca amarradas. Pero pronto varios hombres saltaron al muelle y empezaron a correr por él para reunirse con aquellos medio empapados que habían vadeado la orilla.

–Ése debe ser Sikke –murmuró Finan a mi lado.

–¿El alto? –indagué.

–El de la capa blanca.

Me pareció probable. Era, en verdad, de gran estatura, y vestía una larga cota de malla sobre la que llevaba una capa blanca. El casco le brillaba en el aire neblinoso, coronado por una cresta de plumas negras. Llevaba la espada desenvainada y un escudo blanco con una cabeza de águila pintada de negro. De momento, parecía contentarse con esperar mientras sus hombres se reunían. Me di la vuelta e hice un gesto con la cabeza a Gerbruht.

–¡Ahora!

Habíamos reunido dos docenas de cabras en el estrecho espacio que separaba la zanja oculta de la entrada, y Gerbruht, vestido sólo con ropa de pescador, empujó una de las puertas y sacó a los animales fuera del asentamiento. A ojos del enemigo que nos observaba, debió de parecer como si un día cualquiera comenzara en la aldea, ya que el ganado, resguardado tras la empalizada durante la noche, salía a pastar. Gerbruht abandonó del asentamiento para ir detrás del rebaño y dejó la puerta abierta. Luego fingió ver al enemigo a menos de cien pasos. Los miró embobado un momento, después huyó de regreso a la aldea. Entró sin cerrar las puertas y se apresuró hacia la casa para ponerse la armadura.

–Ahora ven, bastardo –murmuré.

Quería que Sikke advirtiera la evidente invitación para asaltar la entrada abierta, donde estaban reunidos todos mis hombres, lo que significaba que los laterales y la retaguardia de la aldea estaban desprotegidos. Mis guerreros formaban dos muros de escudos a ambos lados del foso, ocultos por la empalizada, preparados para encerrar a los atacantes por detrás y derribar los dos tablones. Los hombres de Egil, armados con lanzas, y sus dos cazadores, equipados con mortíferos arcos largos, estaban agazapados en las plataformas de combate que habíamos reparado.

Me uní a mis hombres en uno de los muros de escudos y me situé en primera posición, con el joven Aldwyn a mi derecha y Finan a mi izquierda.

–¿Crees que serán tan estúpidos? –murmuró Finan.

–Sí –respondí, y confié en tener razón.

Egil seguía observando a través de la empalizada, a la derecha de la puerta. Me miró, levantó dos dedos e hizo con ellos un ademán de caminar, con lo que entendí que se acercaban dos hombres.

Desenvainé a *Hálito de Serpiente* y me pregunté si se estaría enfrentando a su última batalla. Besé la hoja donde los extraños dibujos indicaban su nombre, y luego apoyé la punta en el borde de la fosa. Si había entendido bien los gestos de Egil, Sikke había tomado la precaución de enviar a dos exploradores para sondear la puerta. En ese momento, los juncos y la arena que cubrían la fosa me parecieron un engaño monstruoso, y temí que los visitantes se dieran cuenta de ello. Levanté dos dedos hacia Egil, cuyos ojos se movían de mí a los hombres que se acercaban, una y otra vez. Hice el gesto de pasarme el filo de la espada por la garganta. Egil sonrió y, en respuesta, agazapado desde la plataforma de combate, me lanzó un beso que hizo reír a mis hombres. Se bajó de un salto y se llevó un dedo a la boca, indicando que guardáramos silencio. Luego brincó por la esquina de la zanja hasta situarse en la entrada abierta. Al igual que yo, estaba en su máximo esplendor, con su brillante cota de malla y casco coronado con alas de águila. No llevaba escudo, pero empuñaba a *Víbora* en la mano derecha.

Era un guerrero nato y letal. Disfrutaba de aquel momento, y nada le gustaba más que el público. Le encantaba entretenernos en el salón de banquetes tocando la lira mientras entonaba sus propias canciones sobre campos teñidos de rojo por la batalla. Ahora estaba solo en la entrada de la aldea, con la mirada de mis hombres puesta en él, y, en un momento, también tendría encima la de todos los luchadores de Sikke.

–Para cuando sea una canción –dijo Finan en voz baja–, no serán dos hombres los que vengan, sino veinte.

–No –repuse a modo de reproche–. Por lo menos, cien.

Gerbruht se abrió paso entre mis hombres para ocupar su lugar junto a Aldwyn. Llevaba cota de malla, casco y una enorme hacha.

–¿Qué ocurre? –preguntó.

–El *jarl* Egil –sostuvo Finan– está a punto de ganar la batalla por nosotros.

Egil se aproximó hasta el centro de la amplia entrada y se quedó allí de pie, con la punta afilada de *Víbora* apoyada en el suelo, mientras clavaba la vista en los dos hombres que se acercaban. Ambos se quedaron pasmados, al verlo en su resplandeciente vestimenta de guerra. Luego retrocedieron. No se alejaron mucho, apenas unos pasos, mas su miedo era evidente. Sin duda, ya sabían de los guerreros que habían matado a sus compañeros un par de semanas antes, pero ver a uno cara a cara no dejaba de ser impactante. Ellos también eran guerreros, o al menos vestían cota de malla, llevaban las espadas enfundadas a los lados y lucían buenos yelmos. Egil se burló.

–¿Deseáis entrar? –les preguntó–. Sois bienvenidos. –Empujó una de las puertas y señaló hacia el asentamiento–. ¡Entrad, sois bienvenidos!

Me había acercado a la entrada y espiaba a través de la grieta entre la puerta y el poste. Podía ver a Sikke, quien se limitaba a mirar a sus dos hombres y al único guerrero que se les encaraba. Seguro que sospechaba que aquel combatiente no estaba solo, que había más guerreros esperándolo, y eso significaba la pesadilla de una batalla contra un muro de escudos. Yo dudaba de que Sikke, que se había autoproclamado conde de Waadsee, se hubiera enfrentado a muchos muros de escudos. Sus presas eran aldeanos indefensos, pero estaba claro que había derrotado a una fuerza enviada por el conde de Frisia, así que no ignoraba por completo el peligro.

Mientras tanto, Egil se burlaba de los dos hombres.

–No os culpo si decidís huir –explicó en tono compasivo–. Sé que sois temibles cuando lucháis contra mujeres y niños, pero ¿luchar contra un danés con lanza? Eso excede vuestras habilidades. Es probable que ahora estéis meándoos de miedo, y es comprensible, pero, si soltáis las espadas y os arrodilláis, todo terminará. ¿O preferís escapar? Regreséis con el imbécil de Sikke y decidle que un hombre os ha asustado.

Las burlas funcionaron, porque los dos corrieron hacia Egil. Sonreí. No me importaba lo buenos que fueran; no serían rivales para el danés que los esperaba. Estaban furiosos y eran impulsivos, lo que los condenaba.

Egil dio un paso a la izquierda justo antes de que lo alcanzaran. Esquivó un salvaje hachazo que le lanzó el hombre más cercano, y luego, con un movimiento hacia atrás de su espada, *Víbora*, le asestó un golpe en la nuca. Éste cayó muerto al instante. Todo pasó tan deprisa que apenas pude seguirlo. Egil era tan veloz como Finan en combate, y esa rapidez lo hacía letal.

–¡Qué bien! –murmuró Finan a mi lado.

El segundo hombre también intentó un movimiento de retroceso con su espada, lanzando un corte en forma de guadaña hacia el estómago de Egil, pero éste se apartó, dio un paso adelante y le lanzó una veloz estocada que le atravesó la cota de malla, el cuero, los músculos y el vientre. Acto seguido, una potente patada en la ingle del oponente permitió que Egil pudiera sacar a *Víbora* de la herida. La mano del enemigo que empuñaba el arma se debilitó y soltó la espada. Egil lo remató con un tajo en la garganta cargado de desprecio. Luego recogió las dos espadas y las lanzó sobre la zanja antes de darse la vuelta y enfrentarse a

Sikke. Extendió los brazos, en señal de que la muerte de sus dos contrincantes había sido fácil. A continuación, se inclinó, tal y como hacía al saludar a la multitud de guerreros reunidos en un salón de banquetes que respondían con entusiasmo a una de sus canciones. Fue ese gesto elegante y descarado el que incitó a Sikke al ataque. Lo escuché rugir; y luego lo vi blandir su espada y embestir.

Todos se abalanzaron, mas Egil no se movió. Permaneció inclinado, al parecer con la mirada fija en el suelo, mientras Sikke y sus hombres se acercaban con pasos fuertes y firmes. Eran alrededor de doscientos, un poco más del doble que nosotros, pero la mayoría no llevaba cota de malla, y tan sólo una cuarta parte tenía escudo y casco. Aullaban mientras corrían, y lo hacían todo mal.

–Igual que enfrentarse a los malditos escoceses –comentó Finan, indiferente.

–Gracias a Dios que no son escoceses –dije.

–Serían peores –coincidió Finan.

Los escoceses preferían un ataque salvaje, rugiente y aterrador, pero que los dejaba maltrechos cuando chocaban contra un muro de escudos. Pese a que la mera furia de su embestida podía atravesar una muralla de escudos, como no llegaban todos al mismo tiempo, era bastante fácil para la segunda fila deshacerse de los hombres que habían causado el daño y cubrir la primera línea. Los guerreros de Sikke, en cambio, no embestían con la pasión y el odio que motivaba a los escoceses, sino que más bien, yo sospechaba, lo hacían por la creencia errónea de que ésa era su mejor táctica.

Yo había alimentado esa creencia al esconder a mis hombres a ambos lados de la puerta, ocultos tras la empalizada, lo que significaba que Sikke y los suyos sólo podían ver a Egil, quien seguía con la mirada clavada en el suelo.

–¡Muévete, idiota! –murmuró Finan sin dejar de observar a Egil, quien seguía ignorando al enemigo que se acercaba. De repente, se enderezó, corrió tres pasos hacia su derecha y saltó a la plataforma de lucha, algo extraordinario dado que llevaba puesta la cota de malla. Al llegar a la plataforma, agarró una lanza y se la arrojó a Sikke. El hombre logró detener la hoja con su escudo, pero la fuerza del impacto casi lo hace retroceder. Tropezó mientras sus hombres, lanzando aullidos desafiantes, pasaban corriendo a su lado.

–¡Escudos! –grité, y todos recogimos nuestros pesados escudos y los superpusimos con estrépito–. ¡Y adelante!

Mis dos grupos de luchadores se cerraron a ambos lados para formar un muro de escudos, a dos o tres pasos detrás de la zanja. Eran nada más que dos filas de veintidós hombres cada una, pero todos llevaban cota de malla, yelmo e iban armados con espada, hacha o lanza.

Los hombres de Sikke que iban por delante aminoraron la marcha en cuanto vieron la formación del muro; sin embargo, los que venían detrás les gritaron que siguieran avanzando, y el propio Sikke, ya recuperado de la lanza de Egil, bramó por nuestra muerte. Nuestro enemigo veía que éramos pocos e ignoraba que había luchadores escondidos en las plataformas de combate. Se acercaron, temerarios, y se agolparon a través de la puerta. Y el foso se abrió bajo ellos.

Los aullidos se convirtieron en gritos o bramidos de alarma. Algunos quedaron empalados en las estacas, otros quedaron en las profundidades de la trampa de lodo. Pese a que intentaban alcanzarnos, ahora tenían que atacar hacia arriba desde el fondo del pozo. Mi muro de escudos avanzó hasta el borde, y la matanza comenzó. Las armas de los contrincantes golpeaban sin hacer daño contra nuestros escudos mientras apuñalábamos hacia abajo, tiñendo de rojo el foso todo revuelto. Más oponentes, empujados por la espalda, cayeron dentro de la zanja. Era un caos, y Egil observaba desde arriba, calculando su momento.

De algún modo, Sikke había logrado eludir la fosa, pero reconoció el desastre en cuanto lo vio. Comenzó a gritar y hacer señas.

–Está llevando a sus hombres alrededor de la empalizada –dijo Finan.

–Lo está intentando –coincidí.

–¡Ahora! –gritó Egil, y sus guerreros se lanzaron desde la plataforma de combate por fuera de la empalizada. Veinticinco hombres salieron por la derecha y otros veinticinco por la izquierda, y los dos grupos atacaron.

Los hombres de Sikke estaban apiñados fuera de la puerta, la mayoría sin entender lo que ocurría. Los mejores de sus luchadores, los que llevaban casco, cota de malla y escudo, habían liderado el ataque, y muchos de ellos estaban dentro del foso o atrapados del otro lado, lo que significaba que los menos experimentados ocupaban la retaguardia y se veían atacados por dos grupos de daneses bien entrenados.

–¡Atrás! –ordené a mis hombres–. ¡Aguantad el muro! ¡Atrás!

–¿Qué? –sostuvo Finan mientras retrocedía a mi lado.

–No podemos cruzar el foso y mantener firme el muro –expliqué–, así que ellos pueden venir hacia nosotros.

Retrocedimos veinte pasos. Fuera, tras la puerta, reinaba el caos. Los hombres de Egil se abrían paso a hachazos entre la multitud aterrorizada. Sikke había perdido el control de la lucha, pero entonces advirtió el espacio que le ofrecíamos. Empezó a gritar a sus hombres más cercanos, a sus mejores guerreros, y uno a uno se aventuraron hacia el foso o saltaron por la esquina más cercana. Los que cruzaron la zanja lo hicieron pisando los cuerpos de los muertos o heridos, pero llegaron sanos y salvos al otro lado, donde se reunieron junto a Sikke, quien permanecía erguido con su cota de malla. Unos cuarenta hombres se unieron a él y se quedaron mirándonos. Habían logrado escapar de la carnicería de Egil, aunque ahora se enfrentaban a un muro de escudos inquebrantable. Si Sikke hubiera tenido un mínimo de sentido común, los habría guiado por el flanco de la muralla de escudos, pero su orgullo y actitud combativa lo impulsaban a desafiarnos. Si lograba derrotarnos, obtendría un rico botín en cotas de malla, yelmos y armas, sin contar los brazaletes y otros tesoros que lucían mis hombres, como hebillas, broches y vainas de plata. Envainé a *Hálito de Serpiente* y saqué a *Aguijón de Avispa.* En una refriega entre muros de escudos, la hoja más corta era mucho más eficaz.

–¡Adelante! –ordené–. ¡Escudos firmes!

–¡Muro de escudos! –gritó Sikke, y sus hombres se pusieron en fila y entrechocaron sus maderas de sauce.

–El último muro de escudos –le dije a Finan.

–No es gran cosa.

–Quizá sea lo mejor que podemos esperar los ancianos –dije–. Llévalos hacia adelante.

–¡Avanzad! –vociferó Finan–. ¡Avanzad! ¡Avanzad! ¡Avanzad! –Cada palabra indicaba un paso y, a medida que nos acercábamos al muro enemigo, la pronunciaba más deprisa para que nos apresurásemos al dar el siguiente–. ¡Avanzad! ¡Avanzad! ¡Y matad!

Sikke había avanzado dos pasos para salir a nuestro encuentro, lo que salvó a sus hombres de caer de nuevo al foso cuando chocaron los muros. Se oyó un bramido al impactar los umbos de las maderas de sauce. Cuando nuestros atacantes retrocedieron un paso, espadas, hachas y lanzas se deslizaron entre las maderas en busca del adversario. Las hachas brillaban en lo alto, ya fuera intentando partir un yelmo o enganchar un escudo y arrastrarlo hacia abajo. La hoja de un hacha alcanzó el escudo de Aldwyn.

–Deja que baje, muchacho –le dije, y permitió que el enemigo tirara del escudo. Di medio paso a mi derecha y deslicé a *Aguijón de Avispa* entre las costillas del hombre–. Arriba otra vez –le indiqué–, y acaba con el cabrón.

El contrincante se encontraba de rodillas, y Aldwyn le clavó la hoja de su lanza en la garganta.

–Bien hecho –sostuve–, pero no alejes tu escudo del mío.

–¡Empujad! –gritaba Sikke a sus hombres, con la esperanza de echarnos hacia atrás, pero éramos dos filas contra una, y no tenían ni la fuerza ni la habilidad para derrotarnos. Además, estaban atentos a lo que ocurría detrás de ellos, donde los hombres de Egil ya habían arrasado al resto del enemigo y ahora cruzaban el foso para unirse a la lucha.

Me enfrentaba a un guerrero de barba roja que no paraba de escupir insultos a través de los cuatro dientes que aún conservaba. Martilleaba mi escudo con una espada larga, arremetiendo una y otra vez, como si pretendiera abrir un agujero en la madera. Dejaba que siguiera y esperaba el momento en el que cometiera un error. De pronto, una mano se alargó desde la muralla enemiga y sujetó el lobo plateado que coronaba mi casco.

El sujeto tiraba con la clara esperanza de quitarme el yelmo. Logró hacerme tambalear hacia un lado, lo que permitió que la siguiente estocada del barbirrojo se deslizara por el borde de mi escudo y me abriera un agujero en la cota de malla, a la altura de la cintura. Mi adversario desenvainó la espada, listo para asestarme una estocada mortal, pero Aldwyn cubrió el hueco con su escudo justo cuando yo levantaba a *Aguijón de Avispa* y la deslizaba delante de mi rostro para que la letal hoja le cercenara la mano al hombre que me tiraba del casco. Saltó un chorro de sangre brillante, se escuchó un grito, y quedé libre.

Cansado de los insultos del barbudo, bajé el escudo y lo empujé hacia sus piernas. Al instante, él también bajó el suyo, y la hoja enrojecida de *Aguijón de Avispa* se elevó por encima de las maderas de sauce para atravesar la cota de malla de mi atacante. Retorcí el filo en busca de su corazón, y lo encontré. Mientras luchaba, me di cuenta de que vociferaba insultos y me divertía. Temía que la edad me hiciera más lento, pero en realidad me había hecho más fuerte. Me había enfrentado a los muros de escudos más feroces de los guerreros del norte. Había combatido contra daneses, sajones, nórdicos, galeses y escoceses, y en todos aquellos años de batalla había adquirido destreza con las armas. Incluso antes de soltar mi escudo para atraer al hombre de barba roja, evaluaba al que tenía detrás y planificaba su muerte. Puede que no fuera tan rápido como años atrás, y sabía que me dolerían los músculos durante días, pero seguía siendo Uhtredærwe, Uhtred el Malvado, y, cuando el siguiente hombre tropezó con el cadáver del guerrero barbirrojo, agité mi arma con un movimiento veloz y le rebané la garganta.

–¡Ven! –espeté a otro enemigo, mas lo vi dudar.

Un joven con un jubón de cuero y un hacha arremetía entonces contra el escudo de Aldwyn. Trozos de sauce volaban para todos lados. Moví mi escudo para cubrir el de Aldwyn cuando, de repente, el muchacho que empuñaba el hacha lanzó un grito ahogado y cayó de rodillas. Una lanza se le había clavado en la espalda y le sobresalía por el pecho. Advertí que uno de los daneses de Egil sonreía complacido.

Y entonces la batalla concluyó, excepto por unos sangrientos instantes en que los hombres de Egil se encargaron de liquidar a los heridos.

–No ha sido una gran pelea –se quejó Egil.

–Será una gran victoria cuando la conviertas en canción –repuse.

–¡Será más grande que Brunanburh! –aceptó, satisfecho–. Contaré cómo atravesamos el mar, el sendero de las ballenas, para bañar de sangre la costa frisona. Puede que incluso te mencione.

–Más vale que lo hagas –le dije.

Al día siguiente, llevamos al *Spearhafoc* y al *Banamaðr* hacia el norte a través del Waadsee para encontrar los salones de Sikke, quien había muerto bajo la filosa espada de Finan. *Ladrona de almas* le desgarró el vientre. Había dejado una veintena de hombres para vigilar su *terp*, los cuales se rindieron sin resistirse. Hallamos a más de cien esclavos, prisioneros en chozas de paja, incluyendo a todos los que habían capturado en mis tierras. Bajo la mirada vigilante y resentida de Gerbruht, Twicca se reunió con Ella y sus hijos.

–No es gorda –le comenté a Finan mientras observaba a Twicca junto a su esposa.

–Tampoco es pequeña –sostuvo con desdén–, aunque he visto a mujeres más gordas. Es probable que haya perdido peso. No creo que Sikke la haya alimentado bien.

–Quizá sólo comía verduras.

–¡Pobre mujer! –añadió Finan–. Entonces, ¿regresamos a casa?

Volver a casa con el tesoro de nuestro enemigo valía más que el viaje. Compartí el botín con todos los hombres que me habían acompañado. Navegamos de regreso bajo un cielo despejado, inundados de felicidad. El *Spearhafoc* surcaba las aguas empujado por un cálido viento del sur que nos hacía avanzar deprisa hacia Bebbanburg. Al mirar las estrellas, pensé que había librado mi última batalla, luchado en mi último muro de escudos, y ahora me dirigía a casa, a Bebbanburg, hacia una buena cerveza y una mujer maravillosa.

Wyrd bið ful ãræd
El destino es inexorable

Esta edición de *El festín de Uhtred*,
de Bernard Cornwell y Suzanne Pollak,
se terminó de imprimir en Liberdúplex,
el 25 de agosto de 2024